春秋乱

潘军 著

图书在版编目（CIP）数据

春秋乱 / 潘军著. -- 合肥：安徽文艺出版社，2024. 8. -- ISBN 978-7-5396-8159-7

Ⅰ．I247.5

中国国家版本馆 CIP 数据核字第 2024T4J811 号

出 版 人：姚　巍
责任编辑：张　磊　　张星航　　　　　　装帧设计：马德龙

出版发行：安徽文艺出版社　　www.awpub.com
地　　　址：合肥市翡翠路 1118 号　　邮政编码：230071
营 销 部：(0551)63533889
印　　制：安徽新华印刷股份有限公司　(0551)65859551

开本：880×1230　1/32　印张：10　字数：195 千字
版次：2024 年 11 月第 1 版
印次：2024 年 11 月第 1 次印刷
定价：58.00 元（精装）

（如发现印装质量问题，影响阅读，请与出版社联系调换）

版权所有，侵权必究

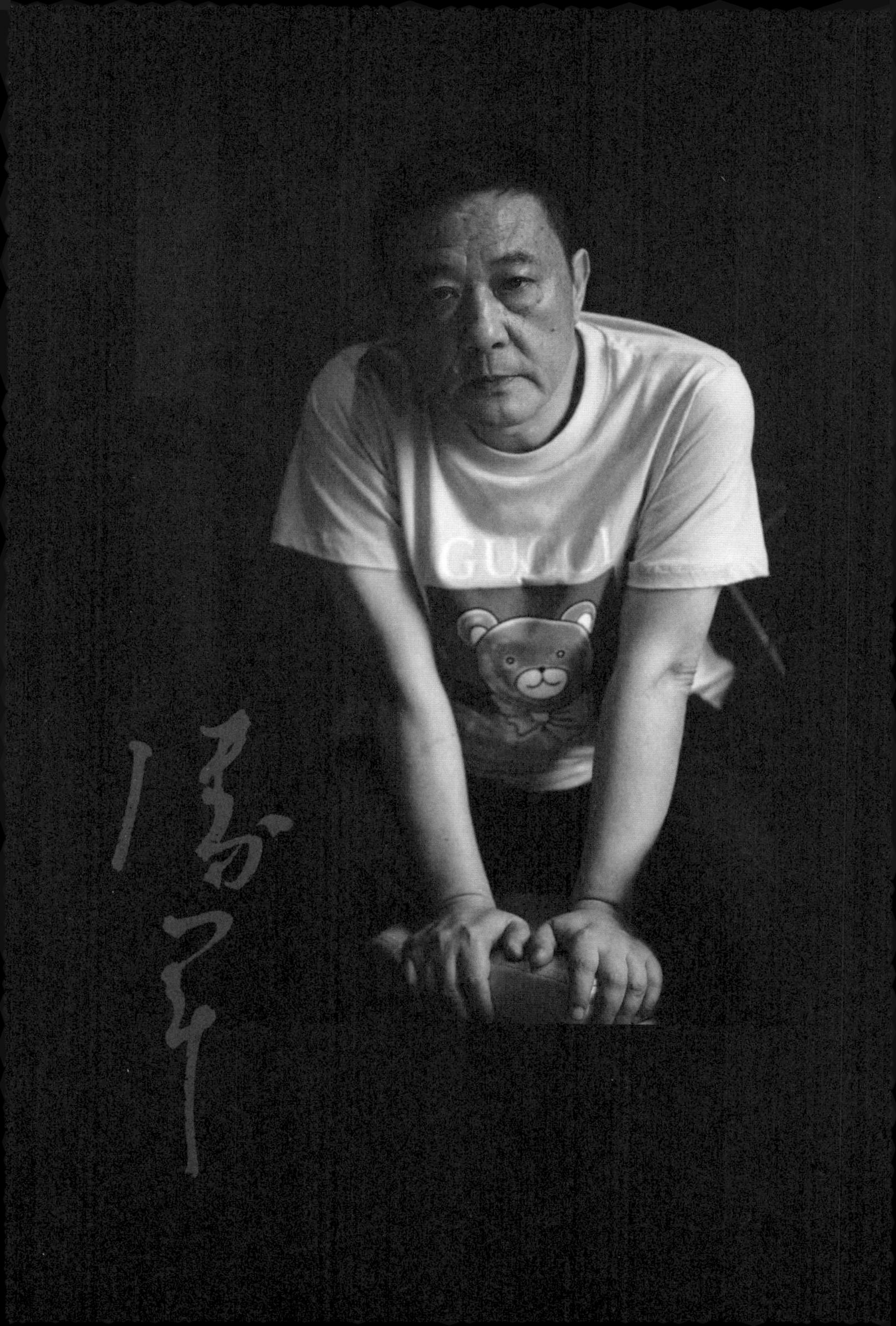

潘军，男，1957年11月28日生于安徽怀宁，1982年毕业于安徽大学。写小说和剧本，拍电视剧、画画。

主要文学作品有长篇小说《日晕》《风》《独白与手势》之"白""蓝""红"三部曲、《死刑报告》以及《潘军小说文本》（6卷）、《潘军作品》（3卷）、《潘军文集》（10卷）、《潘军小说典藏》（7卷）等，并被译介成多种文字，多次获奖。

话剧作品有《地下》《断桥》《合同婚姻》（北京人民艺术剧院演首演）、《霸王歌行》（中国国家话剧院首演），并先后赴日本、韩国、俄罗斯、西班牙、埃及、以色列等国演出，获第31届"世界戏剧节"优秀剧目奖。

自编自导的长篇电视剧有《五号特工组》《海狼行动》《惊天阴谋》《粉墨》《虎口拔牙》《分界线》等。

闲时习画，著有《泊心堂墨意——潘军画集》（3卷）等。

目录

第一部	与程婴书	007
第二部	刺秦考	117
第三部	霸王自叙	191

后记　261

一意孤行
——潘军访谈录　265

那个风雨飘摇似是而非的年代叫春秋,叫战国,叫秦汉……在连绵不断的血雨腥风中,我只看到了一个字:乱。

——作者题记

阿诺德·汤因比在《人类与大地母亲——一部叙事体世界历史》一书中有以下一段话——

一切有文献记载的历史的确都是当时所记载的历史,在文字上是这样,在主观意义上也是如此。正是在这个意义上,贝内迪克·克罗齐认为:一切历史都是当代史。在主观上,过去的历史必然是一个观察者所看到的历史,而这个观察者是在自己所处的那个时空回顾历史的。

现在看来,在决定写这部书之前,我已经大致知道了自己的身份,将以一个爱好历史的观察者,去履行一个写作者的职责。我深知,自己立足于当下,将要面对的,是极其遥远同时也是发展轨迹十分模糊的年代,一切看上去都如风一般虚无缥缈。这奇异的姿态和缤纷的色彩,时常出现在我辽阔的梦境之中,仿佛已经不是在回望历史,而是重温传说,我竟不知它们之间的界限在哪里。

春秋、战国、秦汉,我用了二十五年的时间,对这段满纸烟云的历史或者激动人心的传说进行了一次次的散漫回顾,然后从中找出了我喜欢并愿意亲近的人物,或者,有趣的灵魂。我的书写其实是围绕着他们的故事逐渐展开的。这些故事家喻户晓,百姓耳熟能详,数千年过去却至今经久不息,但我的书写却并不顺利,甚至显得异常艰难。是的,我并不满足从前那样的传说和叙述,源自血液里的那份执拗让我与过去分庭抗礼。然而很多时候,我又愿意和他们在梦中交谈,在空气中对话,企图以一种新的形式继续我的叙述与书写。

我的命中应该有这样的一部书?

1996年，仿佛鬼使神差，我毫无缘由地自熟悉的南方来到了陌生的中原。这里正是当年楚汉争锋的古战场，位于荥阳境内的那条著名的鸿沟尚存，今人还专门在边上立着一尊仰天长嘶的乌骓马的塑像，却并不好看。那时期正是我此生的低谷，造化弄人，我陷入进退两难的境地，离四面楚歌仅一步之遥。一个风雨交加的深夜，我第一次在朦胧的梦境中，居然与传说中的西楚霸王项羽邂逅，依稀记得，我们在夕阳下相对而立。令我惊讶的是，他的形象完全脱离了京剧的脸谱，站在我面前的，竟是一位表情忧郁、散发着诗人气质的青年将领，长发在风中飞舞，手里的画戟还在滴血。我们相对许久，竟没有一句对话交谈，但我相信，沉默的注视意味着尽在不言中。梦醒之后，我好像知道了这是生命的一次重大暗示。

三年后的1999年，在停笔数年之后，一种无形的力量支持我写下了中篇小说《重瞳——霸王自叙》，其实这之前就已经有了三种不同方式的开头。我对司马迁的《项羽本纪》进行了重新解读，对历史上的楚汉相争进行了颠覆式的重构与改写，最终，我重塑了项羽。那个世纪之交的夏天,我挥汗如雨,一气呵成,笔在飞翔。《重瞳——霸王自叙》翌年便在南方的《花城》杂志以头条位置发表,随即被海内外的报刊相继转载,说一时间洛阳纸贵倒也不为过,直到今天还在被不断谈论着。又几年,我应中国国家话剧院之邀,根据小说改编成话剧——剧名已经改作《霸王歌行》,由中国国家话剧院首演,在国内外很多地方上演了,还获得了第三十一届世界戏剧节优秀剧目奖。这个戏是国家话剧院的保留剧目,几乎每年都要演上几场。2008年9月12日北京首演之夜,我走上舞台接受了观众的鲜花,或许那个瞬间我就已经萌生了一个念头:这辈子注定要完成一部书——"春秋、战国、秦汉三部曲"。我的想法并不复杂,我将从这三个迷人的历史时期中选取三个家喻户晓的故事,但需要重新建构和叙述。我已经写过了发生在秦汉时期的"楚汉相争",剩下的就是春秋时的"赵氏孤儿"和战国中的"荆轲刺秦"了。

不料这一想,就是二十几年。

对于一个创作者,我始终坚信认知高于表现。所谓的认知,除了需要对表现的对象进行重新认识与解读,还在于最终能够寻找到一种与之相符的表现形式,形式的发现其实也是认知的一部分。某种意义上,现代小说的写作就是对形式的发现和确定。如果说小说家的任务是讲一个故事,那么,好的小说家的使命就是讲好一个故事。这个立场至今没有改变。我甚至认为,叙事是判断一部小说真伪优劣的唯一尺度,一个小说家的叙事能力和叙事方式决定着一部作品的品质。我有一个习惯,但凡小说的写作,都会自觉地先去考虑"怎么写"。我在意这个,总觉得不同的题材应该有不同的写法,得先找到一个最合适也最舒服的叙事方式,绝非千篇一律。对我而言,小说就是通过文字造型的艺术。如前所述,当初的《重瞳——霸王自叙》有过三种不同的开头,都不能令我满意,直到确定采用第一人称,开篇就是"我叫项羽",才豁然开朗。这岂是简单的第一人称?我找到的无疑是项羽亡灵的视角,让他从两千多年前一直看到今天。那么,现在我面对更为遥远的"赵氏孤儿",是否可以用第二人称作为主打?你怎么样?于是你说,那时你想……程婴先生,别来无恙乎?这个瞬间,我怦然心动！

第一张多米诺骨牌终于倒下了。

还是做中学生的时候，我第一次读到了大先生的《狂人日记》，便记住了那著名的一段话——

> 我翻开历史一查，这历史没有年代，歪歪斜斜的每页上都写着仁义道德四个字。我横竖睡不着，仔细看了半夜，才从字缝里看出字来，满本都写着两个字是吃人！

而现在的我，看到的是一个似是而非的、风雨飘摇的年代，它叫春秋，叫战国，叫秦汉……

正如孟子所言，"春秋无义战"，在那连绵不断的血雨腥风中，我只看到一个字：乱。

这应该就是这部书名的缘起。

我也想到了"救救孩子"。始料不及的是，这一个"孩子"，最后却让我欲哭无泪，万念俱灰……

——作者手记

第一部 与程婴书

春秋乱
CHUNQIU LUAN

上篇：捕风

一

很多年了。从我记事那天起就知道，由你领衔主演的那场惊天地泣鬼神的大义之举，在这世上已经登台亮相了至少八百年。我父亲曾以它为题材写过通俗小说，我母亲在戏曲舞台上还扮演过你的妻子。现在，又轮到我以电影的形式来讲述这个故事了，我是编剧，也是导演。起初，我的投资人对此毫无兴趣，说这是一个陈旧的故事，不值得拍，况且也让人多次拍过了。但是，当我把自己的构思说全了之后，他很快改变了主意。这样的话，他有点兴奋地说，或许真的有点意思了。

这些年研读你的故事，对我而言俨然是一份使命，有一种无形的力量在怂恿着我，说是鬼使神差也不为过。不过说实话，我对你的故事原本也是没有多少激情的，但凡家喻户晓的故事都难免令人乏味。我之所以对此不屑，是因为早就发现你和你们的事迹在所谓的历史典籍中不过是一个混乱而矫情的传说，即使是在《史记》《左传》这样伟大的著述中，也往往自相矛盾。说得难听一点，就是漏洞百出，经不起推敲，终究还是纸包不住火。都说时间是一把雕刻刀，能把历史雕刻得不成个样子，甚至面目全非。遗憾的是，这种带有浓重学生腔的表述有时却显得恰如其分。

始作俑者可能是元代那位杂剧作家纪君祥。他蛰居在大都的屋檐下，从断简残篇里搜罗出一鳞半爪，第一次以杂剧的形式叙述了这个不可思议的故事，而且还取了一个哗众取宠的名字——《赵氏孤儿》。于是，瓦舍勾栏下伶工们粉墨登场，伴随着长袖与丝竹，他的大名像瘟疫一样，很快就传遍了大河上下、大江南北。呵呵，那时的人民就开始吃瓜了！他们听得津津有味，哭得稀里哗啦，却不知那时分写戏的人正钻进某个青楼听着小曲，喝着花酒，要不就是摸着骨牌。当然也早有人质疑，认为你的形象其实是虚构的，即使在太史公的笔下也是一带而过，但这一点也不会妨碍你的故事深入人心，并且经久不息。

程婴先生，今夜月亮很好，很大。我独自逗留在大别山区的妙道山巅,住进了一处看似苍老实则时尚的房子,喝着清香的野茶。这里海拔不高,只有一千多米,但是空气中负氧离子含量充足。城里是绝对没有这样的空气的。适逢重阳节,历史上这一天有登高的传统,我是个懒人,算是借此登高了。自我进山以来,电视机里一直在滚动播放着中东地区以色列和哈马斯交战的新闻。这是近期的世界热点,沸沸扬扬,为人类瞩目。而另一个地方,同根的俄罗斯和乌克兰早已经打了六百多天,战火至今未熄,这个世界从来就不大太平。我父亲生前说过一句高屋建瓴的话——第二次世界大战其实并未结束,第三次世界大战显然早已开始。不过这几天俄乌那头似乎淡出了大众的视野,实际上也不是消停,只是风头让给了中东。所谓的舆情跟油漆一样,很容易互相覆盖。这是网络时代的无奈,更是人类的悲哀。

程婴先生,在这个略带凉意的晚上,我在琢磨着给你写信,我想与你笔谈,这当然是一个奇怪的念头,却不乏天真,我只是想借这个难得的环境继续打磨我的剧本。在这个文本里,我还会不时向你剧透,假想与你在空气中交流,做饶舌的阐述。对此,我总是显得信心满满,这或许有点自负。

我的剧本是这样开场的,看似漫不经心——

按《史记》记载,这个故事要追溯到公元前近六百年,春秋晋国已经到了晋景公执政的年代,实在太遥远了。

那时候还没有二十四节气的说法,只有春夏秋冬。

阳春三月,汾水岸边的柳树已经发芽,远远看去是一片草色嫩绿。

一个阳光明媚的早上,晋国都城的街上还没有完全热闹起来,只有零星的马车驶过,发出清晰的声音。透过街边的一排羊皮灯笼,可以看见对面威严的赵府红门紧闭。门前那对石狮子刚被雨水洗过,却显得并不干净,而且那只雄狮的眼神看上去也不大对劲,仿佛瞎了一只眼。

很快,从城北方向跑来了一匹棕色的马,在临近赵府的时候便开始放慢了步子,走到熟知的拴马桩前停下了。

然后,一个穿戴整齐的男人下马,他叫程婴,大约还不到四十岁,面白身修,背着一只藤编的药箱,缓步走上了门前的台阶。

那真是一个扑朔迷离的时代,细说或戏说都是捕风捉影。遥想春秋五霸,真叫一个乱字了得!那些互相杀来杀去的画面我不想多加描绘,在未来我这部电影里,充其量不过是序幕的素材,或者仅仅作为片头字幕的衬底。那时候大户人家养士的风气还没有盛行,但很多记载认为你是赵家的门客。我不喜欢"门客"这个词,这种模糊的身份给人的感觉就是四处游荡混吃混喝。我更愿意你是一位名医,都城的人从来不叫你郎中什么的,一律尊称你先生,民间对你的医术也传得神乎其神,甚至认为你能起死回生,如果不是被那桩义举所遮蔽,你的影响力或许能与后来的扁鹊不分伯仲。而且你本人有着一副端正的长相,慈眉善目,头发微卷,说话和气,声音也非常好听。所以,我的剧本决定安排你在这个春日之晨从容地走进赵府,显然,作为主角,这样的出场似乎有点平淡,但我不想你的亮相过于抢眼,你就是普通的一个男人。

现在你已经走进了赵府大门,经过了前院,顺着回廊来到了这个中庭小园,眼前便为之一亮。这是两年前赵家为迎娶赵庄姬公主修建的,与中原的建筑风格迥然有别,更像是江南的感觉。需要说明的是,赵庄姬是多年以后对公主的称谓,那个时代人的姓名很复杂,皆是以氏作姓,譬如赵家本是嬴姓,赵为氏,但没有人称赵家为嬴家。对赵庄姬而言,赵是夫氏,庄是夫的谥号,姬才是她的本姓。为了叙述的方便,在这个文本里我一般会称她为少夫人,只是在她的丈夫赵朔将军死后,才改称庄姬或者赵庄姬。少夫人是晋成公的女儿,当今国君晋景公的妹妹。彼时老相国赵盾刚刚去世,这大宅子让人多少觉得有些萧瑟,尽管现在已经是春暖花开的季节。

你的脚步有些迟疑了,这些许的不安应该源自两年前赵府那场盛大的婚礼。

赵府的婚礼轰动了都城。那一天里都是鼓乐喧天,鞭炮齐鸣,一时间万人空巷,人们争先恐后想看一眼传说中惊为天人的公主。当气派的花轿降落到赵府门前时,场面险些失控。胆大的冲到前面企图掀开新娘的大红盖头,但伸出来的手一律被家丁的鞭子抽回,人们最终也没有一睹公主的芳容。那天你也在场,始终不离新娘左右,这显然是赵家事先的安排,防止意外的鲁莽会伤及金枝玉叶。但你的目光却投向了高头大马上的新郎赵朔,那是一个看起来俊朗且持重的年轻人,是他父亲最中意的儿子,也是晋国最年轻的将军。你一眼就看出,新郎过于沉静的表情,与喜庆的气氛有点格格不入。很快,也许是从第二天起,坊间就开始流传关于这场婚礼后续的闲言碎语……

月上柳梢头。

鼓乐声终于退去了,前来参加婚宴的宾客早已陆续离开。此刻,新人也入了洞房,门前的一对大红灯笼在夜风中轻微摇曳着,月光下的中庭小园显得格外安静。

不多时,传来了迟疑的开门声。接着,一个披着白色斗篷的身影从门里走出。这是新郎赵朔。

经过回廊,赵朔来到了小园。他的步伐似乎有点凌乱,仿佛还醉着。年轻的大夫在小园里踱了几步,又在冰凉的石凳上坐下。

月光在池塘里抖动着,映照出新郎忧郁的表情……

他抬头看了看月亮,然后便是一声长叹……

渐渐地,洞房传来了瑶琴的弹奏声,听起来很随性,仿佛山涧里的流水,让人顿起莫名的感伤。

新郎却没有闻声望去,洞房里也没有烛光。

借着朦胧的月光,依稀可见一个女人在优雅地抚琴。这无疑是公主,也是今天的新娘。但无法看清抚琴人的面容……

一只纤细的手轻轻拨动着琴弦,很快又转为激烈的划动……

突然,黑暗的洞房里传来沉闷的一声响。

月光里,那床瑶琴断了一根弦。

——程婴先生,你同意这样的安排吗?

二

风拂过,一股浓郁的栀子花香扑面而来。你本能地吸了吸鼻子,这花的香气实在太出挑了!晋地断没有这样的花,应该是由江南一带移植而来的。它看上去一点也不名贵,却显得洁白干净,姿态容颜也不输牡丹芍药。丫鬟已经进屋向主子通报了,你在小园里等候,除了形态各异的花木,这里的奇石和莲池也一样让你留恋。今天的天气真好……

先生来了?

声音来自你的左前方,显得轻盈,犹如一只蜻蜓安静地立在了荷叶上。你循声望去,视线越过了面前那丛栀子花——这也是我未来影片特意设置的画面前景,我的镜头焦点一开始就聚集在花瓣上,这无疑是一个主观镜头,你的主观,我会让你的视线引领观众向前方看过去,然后,你隐约看见不远处的檀木屏风后面走出了一个粉色的身影,镜头慢慢越过这些花丛,等焦点完全变实,你的眼光却虚了下来,身体随之轻微颤动了一下。于是,这位仿佛还在蜜月中的公主就向你款款走来,立在了你的面前。她二十来岁的年纪,略施粉黛,身材窈窕,如同她的声音一样轻盈,但毫不拘谨。一双水汪汪的丹凤眼带着一丝不屑看着你。你赶紧把头低下……

——程婴先生,我试图这么安排你们的第一次相遇可以吗?虽然这种先闻其声后见其人的手法有些老套,镜头刻画或许也有点啰唆,但我实在不肯舍弃。你们互相的第一眼对我很重要。我需要强调"一见"。

哦,公主。

我都嫁人了,先生何以还这样称呼?

叫习惯了。

你我算是初见,怎么就叫习惯了?

虽然,虽然在下还是头回见到公主尊容,但公主的大名我早有耳闻……

其实也不能算是初见。出嫁之日,我就隔着盖头看见过先生。

哦……

先生,你额头可出汗了呀!

然后女人就呵呵地笑了起来,露出了两颗可爱的小虎牙。你用衣袖擦去了额头上的细汗,感觉心跳瞬间加快了,还有点儿乱。这时,少夫人从腰间摘下一方淡绿色的丝帕递到了你面前,你不敢接,还是用衣袖擦拭着额头。女人倒也不勉强,就这么散淡地看着你,这让你更加地不自在了。

——程婴先生,你一定觉得这样的会面显得有点暧昧,没错,但这就是我的期待。然而始料不及的是,正是这样一种不经意的暧昧,最终将导致一发不可收拾的凶险,这就完全脱离了你我的想象。

隔着小园里的一张石桌,程婴与少夫人相对而坐。这本是她平时的琴案,现在却用来把脉了。程婴打开那只藤编药箱,从里面拿出把脉用的垫枕。可是后者却说不急,先用茶。

丫鬟很快端上了两只陶制盖杯,放在二人面前。

程婴小心地用拇指和中指揭开盖子,立刻就闻到了散发的清香。他用杯盖拂去面上的细嫩的叶子,那茶汤泛着诱人的浅绿,像是一帧绣品。这应该是刚刚采摘下来的野茶,也是这个春天他尝到的第一口新茶,程婴不禁赞叹道,好茶!

少夫人似乎一直在盯着程婴的手指,脱口而出,先生的手指好看,这样的手真该去理丝桐啊。

程婴有些腼腆,年轻的时候,我还真做过这梦。只可惜……

可惜什么?

斫琴的天分都让公主占去了……

少夫人又是抿嘴一笑,先生真会说话。

程婴放下杯子,又提了一下袖子,这才说,公主,劳驾伸出你的手……

少夫人便伸出了莲藕一般的手臂,低声问道,我的手凉吗?

程婴也是低声回答,有点,玉的表面都是凉的。

脉象如何?

稍嫌紊乱……

少夫人抬起头看着程婴,怎么个乱?

显然，剧本里这段戏延续了暧昧。从后来的事实看，那一次你应约去赵府探望少夫人，实际上是不知不觉中走进了一个温柔的圈套。虽然你在那个迷人的中庭小园逗留的时间不长，印象却难以磨灭。公主没病，只是缺乏优质的睡眠，未能消解郁积的心事。而且，女人也没有怀孕。今天少夫人召你来，其实也没有兴趣回答你的问诊。她只想和你聊聊天，就这样有一句没一句地闲谈。日影有些变化，你也打算起身告辞了。这时，你仿佛听到了一个声音，像是开门声，连日的阴雨天气会让木头受潮，门声听起来便有些暗哑，像是从一个行将断气的喉咙里发出的。这声音应该来自少夫人的后院，那里还有一个暗门，通向暗道，一直可以走到城南的河边。这是大户人家防止兵变与匪患的防御安排。不过，当时你并没有往心里去。

明媚的阳光，和煦的天气，小园里那几株栀子花招来了蜜蜂和粉蝶，始终在花丛里追逐，其中一只黑色带着白斑的蝴蝶，却努力想停在了少夫人抹过头油的高耸发髻上。女人用宽大的袖子赶走了蝴蝶，身体扭转之际失去了平衡，脚下一滑，险些摔倒。你赶紧上前扶住了她，于是女人就势靠在了你怀里。这是你们第一次身体接触。天气开始转暖，女人今天又穿得显薄，这个瞬间你切实感受到了女人的体温，还没有来得及放手，女人就说话了：先生的心跳得也有点乱呢！

你竟不敢接话了，含混地笑了笑。当女人低头拂去鞋上的一片叶子时,隔着窗纱,你瞥见了一个宽大的身影出现在后院,一晃而过,接着你又听见了门声,但这回不是喑哑,而是沉闷。

那是个男人,但分明不是赵朔。

那年雪霁初晴,一个早晨,你去汾水边上遛马,远远看见古渡口旁立着一个瘦削的身影,形同河边败落的蒹葭。走近了,才看清是赵府的少爷赵朔。其时,年轻的将军刚刚度过蜜月,神情却有些黯然。这让你再次想起坊间的闲言碎语。本想回避,但赵朔已经对你打招呼了。毕竟你们是老熟人,赵盾相国健在时也经常在一起喝酒。然后你们就随意聊了几句。当时将军只说因为军务需要,马上要去一趟边关。很长时间过后,你才知道这可能是个借口,其实他是负气离家,恰好印证了坊间的流言。这期间赵朔是否回过都城,也无从知晓。即使在今天,你在对少夫人问诊时,还有意无意地问了句赵朔将军可好,后者的回答就两个字:他忙。

回来的路上,你一直在想着刚才无意间见到的那个模糊的身影。不会看错,那就是一个男人,却出现在少夫人的后院,多少有点蹊跷。也许是自己想歪了,赵府豪门深院,家臣用人无数,没准是哪个匠人在忙着修葺什么物件呢——程婴先生,你之所以忘不掉那个瞬间,是因为不想今天这次会见的美好感觉受到一丁点儿破坏,如同那杯新茶里实在不能落下一点儿灰尘,虽然这次的会见未必显得多么洁净。

三

就这样,带着几分窃喜又有点复杂的心情,你回到了城北自己的家。那时候妻子已经做好了一桌菜,正在替你温酒。你这才想起,今天是你们结婚的纪念日。妻子是你师傅的独生女,嫁到你家整十年了,至今尚不能为你生下一男半女。这是女人的心病,你却治不了。

一转眼,十年了!你不禁感叹,端起酒盅一饮而尽。

妻子放下筷子为你斟酒,叹息道,我都虚三十了。唉,也不知上辈子作了什么孽,老天爷罚我,成了一个空心萝卜……

女人说完,没有再拿筷子。

你看着妻子,知道女人心病又犯了,便忽然提起:要不,咱抱养一个娃?

这事以前也提过,每次说到这口上,妻子就断然否决。但今天女人却一声不吭,或者说,她认命了。接受这个建议并非女人本心,也背离了你的意志,你早就私下里怀疑自己的生育能力,问题没准出在自己这一头呢!子嗣不是家长里短,除了血脉,还有颜面。不过,此刻你倒是有了一个更好的主意……

程婴先生,戏到这里,我想卖一个关子,按下暂时不表。镜头里我仅仅表现你对妻子的耳语,但从女人脸上出现的表情变化——疑惑、惊讶,再到按捺不住的喜悦,给人——当然是未来的观众———种美好的期待。这事说完,妻子便显得有些兴奋了,她又拿出一只酒盅,为自己斟满了酒。如同十年前的今天,女人要与你喝交杯酒。于是,你们夫妇互相看着对方的眼睛,把酒盅送到唇边,喝得很慢,很慢,最后喝干。这真是难得的一次欢心的午餐,一桌的菜所剩无几,一壶酒也差不多喝尽。接着,妻子又提起了另一个话头。

公主得了啥病啊?

脾胃毛病,吃乱了。

那不碍事。

富贵人家嘛,管不住嘴的……

人家是金枝玉叶啊,你可千万要小心。

你放下筷子,看了妻子一眼。回味女人这最后一句随口的话,你心下竟起了些许的慌张——难道心思写到了脸上?你拿起面前的酒一口干了。妻子正打算为你再斟上,你推开酒盅:我够了。

细心的人会发现,从这个晚上起,城北程先生家的灯火比以往要明亮得多,而且也熄得迟了。屋子里不时会传出嘎吱嘎吱织布的声音,使夜晚显得格外宁静。这个晚上你睡得很香,你度过了十分美好的一天,既见到了仰慕已久的公主,又安慰了结婚十年的妻子。这一觉你睡得很沉,还做了一个梦,在梦中你又一次闻到了晋地稀罕的栀子花香。这奇异的香味似乎还没有散去……

几天后的下午,程婴正在屋里试穿妻子刚做好的一双新鞋,忽然闻到了一阵栀子花香。他抬头一看,赵府的马车已经停在了门外。那个丫鬟又来了,这回手里还捧着一盆秀气的栀子花。

程婴便迎上去,丫鬟就把花盆交到他手上,这是我家夫人送给先生的。

程婴开心地笑了,公主客气,谢谢……她的身体……

丫鬟说,还是肚子不舒服。

程婴又问,是不是又吃了什么不该吃的东西?

丫鬟抿嘴一笑,也许吧。夫人还是想请先生过去一趟,如果抽得开身的话。

不等程婴回答,妻子便在他身后回话了,抽得开身。再说了,就是再忙,那也是公主的身子要紧啊!

程婴心里嘀咕,这个蠢婆娘啊!

镜头移到了那盆栀子花上……

——这是常见的一种蒙太奇转场。借助这种传统的手法,你已经随着丫鬟来到了你喜欢的赵府中庭小园。栀子花就这样自然地连接了两个不同的空间,但这里的栀子花更茂盛。这回你不再觉得新奇了,也没有在小园里逗留,眼神也散漫,你跟随那丫鬟直接走到了那扇檀木屏风后面,然后,你走进了少夫人的房间。这是一间宽敞但不明亮的屋子,当初按照女主人的意见,窗扇上都镶嵌了两层纱。中间是一个厅堂,东侧卧室,西侧琴房——这里现在应该成了少夫人的专用寓所。走到琴房边上,你往里瞥了一眼——条案上陈放着一床瑶琴,果然断了一根弦!瑶琴也可以叫作古琴,不同于筝、琵琶之类的丝弦乐器,它从来不是为了悦人,只悦己。显然,少夫人已经有些日子没有抚琴了。

丫鬟端上了一杯清茶,然后就自动离开了,没忘记将门带上。屋里的光线顿时就显得更暗淡了,陷在阴影里的你突然觉得有点不自在,于是就借着吃茶加以掩饰,好让自己尽快平静下来。刚揭开杯盖,东侧卧房的门便迟疑地打开了,你连忙站起身,躬身拱手,公主,我来了……

女人好像刚从床上起来,头发有些凌乱,衣着也比较随意,她倚着门框毫不遮掩地打了个哈欠,对你微笑着,不好意思,又有劳先生跑一趟了。

公主客气……

送去的花喜欢吗?

在下很喜欢……

不过,都城的人未必喜欢,有说这花不吉利的,也有说它生来下贱……

那是胡说!

就当给先生做个陪伴吧。每天看上几眼,先生自然会往我这里多跑上几回。我一个人待在这么大的宅子里闷得慌啊,身边连个可以说话的都找不到……

女人一边说话,一边伸手把散落的头发随便拢了拢,又拔出发髻上的凤钗,用嘴唇抿住,待发髻收拾整齐重新插好。这一系列的动作完成得行云流水,像是一次表演——女人今天是有意演给你看的,你竟看得有些痴迷。那一刻你在想女人刚才的话,显然这已经不是在闲谈了,而是倾诉,女人在对你倾诉,连暗示都省去了……

先生,今天我请你来,也没大不了的事,权当谈心。

谈心也好……

我喜欢这个词。原来心是可以拿来谈的。都说头回生,二回熟,现在我就不拿你当外人了……

公主……

叫我夫人。

哦,夫人请明言。

几天前你给我号过脉了,但我今天还是想当面问问你——我这辈子,还可以做一个实在的女人吗?

四

　　离开赵府的时候,太阳已经西沉。少夫人本想留你共进晚餐,你婉言谢绝了。你说天气不错,想去河边遛马,所以今天你是骑马跟着一块来的,你习惯驾驭。这匹老马有好些日子没跑远途了,很憋屈,几天都没有好好吃草。看来无论人畜,骨子里都埋着一份贱性。你不知道为啥这么想了。这时,女人突然凑到你耳边嘀咕了一句——别忘了时常来遛遛我。你的脸颊霎时就热了起来,一直热到耳根。女人接着嘀咕,要不就由我来遛你……

　　你回头看着少夫人,这会儿女人的头发又显得乱了,然后对你开心一笑,走你的吧。

　　女人的两颗虎牙着实可爱。

　　走过那两扇红漆大门时,迎面遇见了看门的家丁,这个一脸胡子的壮汉平时很木讷,今天一直在门前转悠,好像在等人。你本不想搭理,可他却对你咧了咧嘴,先生辛苦了。

　　哦,分内的事。你这是……

　　我在等石匠来瞧瞧这只雄狮。

　　这雄狮……

　　少爷总说越看越不对头,像瞎了一只眼。

　　我倒不觉得……

对呀，我也没看出来！

你家少爷回来了吗？

这我就说不好了，我是下人。

就这样敷衍几句，你便躲开了这人的眼光，翻身上马，往河边去了。这一路上你都在想，那只看上去威风八面的雄狮，为什么赵家少爷却固执地认为它瞎了一只眼呢？

夕阳的余晖在汾水上抖动着，一群鸭子在悠闲地划动，不时发出几声零碎的鸣叫，却让人对这个稍纵即逝的春天顿生疑虑。

你又一次来到了这个古渡口。上一回来这里，还是去年的冬天。你在此地遇见了即将登舟远行的赵朔。现在看来，年轻的将军从那次出门之后或许就没有回来，刚才少夫人虽没有明说，但事实本该如此。显然，对这场君臣之间的联姻，赵朔没有兴趣，如果不是父命难违，他也许会断然拒绝。如此看来，新婚之夜的不欢而散自有道理，来自坊间的那些流言蜚语也绝非空穴来风……

联想起刚才发生的事，你有点不寒而栗了。这个女人啊……

少夫人又一次把手递给了程婴……

程婴屏住呼吸，神情专注地号脉。今天女人的脉象倒是不弱，甚至有点强劲，但还是显得紊乱。

还是显得乱……

怎么个乱？

平缓地跳动不到五下，便会停顿一下，再连跳两下……

是喜脉吗？

程婴摇摇头……

是身子太虚？

不完全是……

少夫人的神情有些沮丧，突然又苦笑道，看来，这辈子我是难为人母了，既然如此，那就踏实地做一个女人吧！

不等程婴回答，女人便突然握住了男人的手。她含情脉脉地盯着他的眼睛，后者却有些胆怯地避开了，额头又现出了细汗。

少夫人激动地，我太喜欢你的手了……

程婴紧张地，公主……

少夫人却装作严厉地，叫我夫人！

夫人……

少夫人凑到程婴耳边，温柔地，现在，我是……你的夫人……

春风送来了栀子花的香气，借着这份冲动与沉醉，程婴抱住了公主。

未来的影片到了这里,镜头的焦点会逐渐变虚,但无法掩盖你们的肢体语言,那些习以为常的动作在多机位和多景别的处理下,会感觉有些夸张,甚至比较粗野,后期的弦乐合奏烘托着这场不期而至的风花雪月,而鱼水之欢的表现手法却十分写意,但是,你们的表情在镜头里将会无比清晰。你会强烈地感觉到,这个看上去弱不禁风的女人,平时总是一副慵懒的样子,似乎从来没有睡够,然而在这一刻却是生龙活虎,恨不得一口将你囫囵吞下。

婴……婴……

女人呻吟着,再由呻吟过渡到呼喊,直到最后身体绷得像一张满弓,而你也完成了最后的冲刺。你大颗的汗水像一场大雨过后屋檐下的滴水,杂乱地落到女人的脸颊上,与她的汗交汇在一起,溶化了胭脂,破坏了美丽,那张原本好看的脸顷刻间就成了被狂风骤雨摧落的一片破败的枯叶,孤单地漂在池塘里。这已经不是你心仪的那张脸了,也彻底背离了你的梦境……

啪——身后猛地传来了一声鞭响,惊得你浑身一哆嗦,女人的脸也随之消失了。

你定了定神,回头看去——一位须发飞霜的老汉骑着毛驴正顺着河边向你走来,好悠然的样子。此人叫公孙杵臼,也是赵家的门客,和赵盾算是至交。他虽是个石匠,却满腹经纶。赵盾当国时曾多次邀他入幕充当谋士,均被其拒绝。他宁肯做赵家的朋友。想起来了,当年赵府竣工,门口那对完美的石狮子就是公孙杵臼的贺礼。

公孙先生,想必也是刚由赵府过来吧?

你觉得那只雄狮眼神不对吗?

没觉得……

可赵朔那后生偏说像瞎了一只眼!

也许赵将军说得有几分道理……

这后生执拗着呢!

毛驴去河边喝水了。然后你们坐在河边的两块石头上,望着波澜不惊的河水。你知道老人还有话要说,也大致知道他想说什么,你在等待。果然,老人抹了抹嘴,说话了。

听看门的说,这些日子少夫人身体欠安,总劳你三天两头出诊?

其实也就来过两回。

少夫人啥病啊?

胃寒,又贪吃了不该吃的东西。

她男人没在家吗?

倒是没有见到赵将军的身影,也没敢向公主打听。

都嫁到赵家两年了,哪来的公主?

叫习惯了……

得改。

说话间,不远处的堤坝上扬起了烟尘,接着就传来了杂乱的马蹄声。望过去,逆光下一队人马浩浩荡荡疾驰而来,队伍的前面打着一面猩红色的"屠"字旗号——这是新任的晋国大司寇屠岸贾班师回朝了。屠岸本是复姓,旗帜上却单书一个"屠",有点奇怪。这位屠岸大人,在都城可谓无人不晓。从前这个人是晋灵公的宠臣,桃园打鸟殃及百姓就是他的杰作。如今他又成为晋景公手下的得力干将。赵盾在时,对他有所节制。如今老相国一走,屠岸贾便毫无忌惮,他位极人臣,大有取而代之的可能,日后将位居一人之下,万人之上了。公孙杵臼捋着胡须,不禁自语,景公这个时候提调屠岸贾,咋个意思?

老人的这句话当时并没有引起你的重视,直到这年的冬天,当你走过这条大河凝结的冰面时,你才猛然回想起这个黄昏的情形,你意识到,原来那场惊天的杀局就隐藏在这一天的西风残照里。

五

河边的这次与公孙杵臼看似随意的交谈,让你一连想了几天。老石匠早就离开了城区,隐居后山,可为什么偏要绕到河边见你一面呢?那几句不咸不淡的话语也并无玄机,充其量只是一次旁敲侧击,算是善意的提醒吧——和少夫人要保持距离,要懂得拿捏分寸。糟糕的是,如今距离和分寸都已失准,你已经陷入进退两难的境地难以自拔了。看来,这些日子是不好再迈进赵府大门一步了。门前那只石头雄狮虽然看起来像瞎了一只眼,却是明察秋毫。

一连几天你都没有出门。

直到几天后的一个午后,你在睡梦中又嗅到了浓郁的栀子花香,然后就随着这奇异的香气醒来,以为是妻子把院子里的那盆花端进了家。可是紧接着就传来了一个女声——先生在家吗?

那丫鬟又来了,还是捧着一盆栀子花。

对于身心契合的一对男女,性爱无疑是一种强烈的依赖,是会上瘾的。你得承认,你和赵府的女人算得上金风玉露,相逢即是完美。可是现在你心里有挂碍,这就让你感到力不从心。女人对身体的贪婪不仅考验着男人的体魄,还测试着他的态度,你必须装作投入,你必须动作粗野,你必须大汗淋漓,最后,你还必须倾听着她生不如死般的呻吟……

婴……婴……婴齐……

女人的这句呻吟令程婴震惊,他猛地直起腰,顺手对着身体下的那张破败的脸用力抽了下去!

一切都静了,屋子里能听见一根针跌落的声音。这一刻连窗外的栀子花香都仿佛消失了。

程婴想起了一个月前的情形。现在他知道了,无意中看到的那个宽大的身影,就是赵盾同父异母的兄弟、赵朔的叔叔赵婴齐!

原来这女人……

沮丧像一件衣服披到了程婴身上,他已经顾不得为刚才的粗鲁道歉,身体在微微颤抖。

女人倒显得平静,甚至可以说是异常地平静。她没有指责男人,而是从枕头下摸出一把锋利的匕首,扔到了男人面前。

那小刀在地砖上跳动了两下,随之发出了清脆的声响,感觉是风吹动了屋檐下的风铃,一点都不瘆人,却牢牢拽住了程婴的视线。

少夫人靠在床上说,你,把刀子给我拾起来。

程婴没有动弹。

少夫人不屑地看着,觉得我轻贱,你现在就可以把我杀了!

程婴低着头……

要不,你就把自己捅了。

程婴浑身哆嗦……

你有这胆气吗?

程婴的眼睛湿润了……

少夫人跳下床,拾起那把刀,你若下不了手,那就只好等着我来……

程婴扑通跪在了女人面前,泪如雨下。

——程婴先生,我能想象得出,对这样的安排你一定很不满意,也许还会感到几分愤怒。也难怪,这种自古以来就见不得光的苟且之事,怎么也不应该和传说中你那伟岸的形象有所勾连。对于历史上这位庄姬公主的节操,《史记》倒是回避得干干净净,但《左传》又说得头头是道,我该信谁呢?司马迁还是左丘明?我觉得,我还是信一回自己吧。开宗明义,眼下我这个文本就是捕风捉影。从少年到中年,从书籍到舞台,从电视机到银幕,在被你的故事感动过很多次也困惑过很多次之后,一个不经意的偶然,我接近了你的影子。我发现那个看似虚无的身影掩盖着不可告人的秘密,我的想象滋生出对你的怀疑,最终成为虚构的支点。原来你和赵府的少夫人共同拥有一件华丽的锦衣,携手夜行了三千年。你看,那一刻天空聚集的乌云,就是这件锦衣。我的镜头会随着你空洞的视线推向窗外,迎着那姿态轻佻的云朵,然后天空开始出现闪电,远处也响起了轰轰的雷鸣。很快,下雨了,一开始就气势汹汹——这好像又没有跳出窠臼,不过我觉得,对付饮食男女这堆绕不开的人间烟火,老套的手法最好不过。或许失去了诗意,却能直抵人心。

大雨滂沱,可你没有打伞,也没有骑马,你甚至谢绝了赵府的马车,执意淋着雨往家走。这种反常的举动让丫鬟不知所措,也引起了看门家丁的注意,他好意地递给你一顶斗笠,说雨大得吓人,淋久了,会生病的。你对他笑了笑,说,我是先生,知道深浅。其实你恰恰就是忘记了深浅,所以才借助这场滂沱的大雨作为警示,也让自己病倒,这或许才是斩断情丝的一把快刀。但是你是否想过,再大的雨也扑不灭人心头的欲火?

街上已经看不见一个人影了。你深一脚浅一脚地蹚着,四顾茫然。在迷蒙的雨幕中,你仿佛又一次看见了那个宽大的身影。现在这影子对着你转过身来——正是赵婴齐,那个能说会道的晋国大夫。这个人在对着你讪笑……

你不禁打了个寒战。

世上没有不透风的墙。难怪赵朔那么急着去驻守边关,丝毫不留恋自己的安乐窝啊!他应该早就嗅出了红门深院里的龌龊。这种乱伦的奸情无疑是天下的丑闻,有辱他赵家的颜面,将为都城的百姓耻笑。但是现在,你又有什么资格评说这些呢?黑暗中,这次你用力抽了自己一嘴巴。你感觉吞下了一只苍蝇,其实你是在嫉妒,由嫉妒衍生出愤怒,仿佛那个叫赵婴齐的男人夺了你的女人。程婴先生,你不觉得有点荒谬吗？

就这样淋回了家,如落汤鸡一般。那时候妻子正在机房里忙着织布,见你这副模样便很吃惊。

你这是咋了？

马车路上坏了……

那也该打把伞才是啊！

妻子似乎还想问什么,但是你已经不想听她啰唆,吩咐女人赶紧烧水,你想洗个热水澡,去去寒气。女人立即就进了厨房,一边往锅里舀水一边说,我今天的一段布快织好了,明天一早就系到肚子上。哦,原来这就是你那天关于生育的计策,谋划的竟是一次"诈孕"——你让妻子每晚织好一段布,第二天系到肚子上,就这么织上三百天,等完成了"十月怀胎",你再悄悄去乡下买回一个襁褓中的婴儿……人的一张脸真的如此要紧吗？要脸难,不要脸也难,你不禁叹了口气。

织布的活计给妻子带来了兴奋,更带来了希望。这些日子女人的心思都放在这上面,也就没有留意到你有什么变化。这是个好女人,这辈子都欠她的。你提醒妻子要记好日子,记着每天只能在肚子上增加一段布,你说,女人的肚子是一天天变大的。

妻子一笑,我又不傻。

女人说得不错,犯傻的是自己。

六

果然病倒了。后半夜你就开始发热,浑身酸胀,头也疼得厉害。喝过姜汤,捂上棉被,想尽快逼出体内的寒气。你想沉沉地睡上一觉,却又担心神志不清信口胡说,透露了心思。于是这个晚上你就让妻子临时去了客房,这才放松了身体。没过多久,你又回到了那个幽静的中庭小园,回到了那张香气四溢的大床上,然后就听见一个急迫的声音在呼唤着你——

婴……婴……婴齐……

你一下就惊醒过来,浑身大汗淋漓,发现外面的天已经发白了,四野的鸡鸣声此起彼伏。隔壁的妻子还在酣睡,你没有惊动她。挪动身子下床,你站到了窗前,望着院子里的那两盆栀子花,空洞的眼神显出了莫名的忧伤。大雨过后,这好看的花已经彻底败落了,无精打采,那奇异的香气也荡然无存,其实离花谢的日子还早吧?

你披上衣服,飘飘然走到院子,有些怜惜地摸着发蔫的花瓣,暗暗下了决心,不再蹚那摊浑水,现在刹住脚或许还来得及。然后,你就把这花给连根拔掉了,扔到马棚里。

已经有些日子没有去赵府探望了,尽管这期间那丫鬟又来过两次,你都称病不出,让妻子客气地挡回去了。妻子说你一直卧病在床,行动不便,还望公主海涵。于是少夫人很快又派人送来了一只羊羔,说是让你补补身子,尽早恢复元气。那会儿你就觉得,这女人太高明了,想摆脱她的控制并非轻而易举。当然,你也未必想摆脱,因为你也享受了这种控制带来的惬意,这算骨子里的贱性吗?你不禁自问。不过,这只羊羔第二天就让妻子送到集市上卖了,好像价钱还不低。那天女人兴高采烈地回到家,进门就催你去赵府看看,像这样的大户,一般人是高攀不上的。女人说,那丫鬟都来几回了,人家又送了羊,不去怕是不合适的。

公主的病其实不在脾胃……

不是脾胃?

她得的是心病。心病难除。

程家屋后的荷塘里,一只红蜻蜓停在花蕾上,抖动着双翼。

程婴站在柳荫里,转暖的天气也一定程度上调整了他抑郁的心情,气色也有所改变。这个上午他已经在这荷塘边上转悠很久了,他舒展了一下身体,在想着是否该去赵家看看了。

这时,他听见了自屋前传来的马车声,心下一紧,知道赵府又来人了。这一次他不打算回避,于是就转过身来,向前院走去——那个熟悉而亲切的身影立即映入眼帘,赶紧疾步上前,躬身拱手道,不知公主驾到,有失远迎,多有得罪……

少夫人莞尔一笑,先生客气了。

说着,就让丫鬟把带来的一匣点心递到了程妻手里,女人便欠身,多谢公主……

少夫人说,自家做的,未必合你们的胃口。

妻子说,那也是好吃。

少夫人看着程婴,亲切地问,先生身体可有好转?

不等程婴回答,妻子立即接过话头,自从吃了公主送来的羊羔,印堂就发亮了,眼也有光,就跟换了个人似的……

程婴打断说,还不去给公主上茶?

少夫人摆摆手,不用了,我出门一向没有吃茶的习惯,不如陪我走走吧……

于是,程婴便陪着少夫人从前院到了后院,边走边看,女人感叹道,虽然有些简陋,但这房前的柳树、屋后的荷塘,还有这满院的鸡雏,都是那么生机勃勃,怎么瞧都是一份温馨啊!

程婴说,贫贱人家无非平常日子,不足挂齿。

赵府少夫人的不期而至是这个上午最亮丽的风景,但对于主客双方而言,则是一次计划外的公开表演。分明是一次突袭问罪,却又被甜美的笑容、温和的语气所包裹;明面上的嘘寒问暖,却让你莫名地感到慌乱。少夫人举止得体、落落大方,你却一时间手脚无措,口齿也变得极不流利。你明显地感到体内升起了一股寒气,那个模糊的身影,那声清晰的呻吟,还有那突然扔到面前的匕首,这些都让你放松不下⋯⋯

少夫人忽然站住了,回头用诧异的眼神看你,怎么没见到我的那两盆栀子花啊?

让,让那场大雨⋯⋯

你给扔了?

岂敢!是⋯⋯败了⋯⋯

也难怪,那花本就不该插在这块土上。

在下该死⋯⋯

看你,又出汗了⋯⋯我可没怪你。

多谢公主宽恕!

替我把把脉吧。

遵命。

于是你赶紧进屋搬出那只藤编药箱,利索地拿出垫枕,少夫人便把手轻巧地放在上面,眼睛却转向了你的妻子——这女人刚才没有随你们四下转悠,一直怯怯地站在门边。你的手指刚刚触及少夫人的脉搏,就意识到一件大事发生了。你屏住气,很快就做出了进一步的确认。然后,你恭敬地站起来,整理了一下衣服,再次对少夫人躬身拱手,恭喜公主!喜脉……

少夫人仿佛还没有回过神来,竟一时无话。直到你妻子也上前欠身,说"恭喜夫人有喜了",赵家的女人才慢慢站起来。

先生……可确切?

千真万确!公主有喜了……

少夫人一笑,接着就笑出了眼泪。

七

赵府少夫人有喜的消息在这年夏天开始的时候就传开了。与此同时,你的妻子也每天挺着可笑的肚子招摇过市,集市上的人大都认识你们两口子,所以每次她买菜回家,俨然是挎着一篮子的祝福。今天你没有让女人出门,你说要去后山看看那位老石匠公孙先生,毕竟有些日子没见了,想陪老人吃茶。妻子也想和你一起去,这几年风不调雨不顺,乡下人穷得叮当响,她早就听说后山那一带有做买卖娃营生的,想先去探探路,问问行情。你说这事不急,日子还早着呢。女人却执意要去,说只要找到肚子和她一般大的孕妇,价格合适,就提前号上。你脸一沉,厉声警告女人,这事不得泄露一点风声,也没有提前的必要。妻子无奈地点点头,又进机房专心织布去了。

如你一样,关于这位公孙杵臼,史书上基本没有什么记载,即使有,也都是不着边际的演义。意外的是,你们的形象却扎根在演义里,开出了奇异的花,在后来的各类作品里显得十分饱满,虽然说法各有不同。为了维护那场义举,我只能保留这个人物。我深知,推翻一个传说比摧毁一支劲旅还要艰难。我必须做出让步,尽可能延续你们这场珠联璧合的演出,这个历史悠久却又疑点重重的故事一出笼,便具有浓烈的传奇色彩,经过不断的加工和润色,距离神话仅一步之遥。这样的传奇往往具有顽强的生命力,虚构显得比史实还有分量,实在是不可思议。不过,有一点先得说清楚。你已经知道,在本人笔下,这位公孙先生已经消除了显赫的身份,他就是个石匠,而且还是光棍儿,年近古稀,稀疏的白发和须髯让他看上去仙风道骨,显得德高望重,使人敬畏几分。你们算得上忘年交。有人说,那年晋灵公借桃园打鸟欺辱百姓,遂与相国赵盾闹掰,公孙杵臼便决计离开都城来后山隐居,他前去赵府向赵盾辞行,据说告别之际两人还抱头大哭了一场。

所谓的后山属于太行山的余脉,山势不高,林木也不算茂盛。倒是山脚下的那条河一年四季尽显秀色。这条河至今没有名字,发源于哪里又流向哪里,都没有人说得清楚。这又是一条不冻的河,无论什么季节都是奔流湍急。很长时间过去后,你突然明白过来,这原来是一条生命之河。

公孙老汉的房子是石头垒起的,屹立在半坡上。那间逼仄的屋子里堆积着不同成色的竹简,院子里也放满了颜色各异的石头。老石匠如今手脚不大灵便了,只有在不读书的时候,才会想起摆弄这些石头。你牵着马走进院子,我的镜头会一直追随着你,顺着你的视线向前方看过去,那棵粗大的老榆树下,老人坐在一截树桩上,在专注地凿着一块青石——那是一尊刚显出轮廓的石像,从去年冬天到现在,你没有看出有多大的进展。

未来的电影里将有如下的一段对话,看似可有可无,但我以为很有必要——

程婴抚摸着那尊尚未完工的石像,思忖着,这尊仿佛永远也不会完工的雕像主人是谁,于是便问,一直没好意思问你,这石像的主人……是谁啊?

老人说,重耳。

晋文公?程婴有点意外,怎么想起来给他雕像?

老人一时没有回答,神色却变得有些凝重了。

程婴继续问道,还是有人雇了你?

公孙杵臼不禁一声叹息,顺手给程婴倒上茶,就当我喜欢这个人吧。

程婴还是有些纳闷,端起茶盏喝了一口。少顷,放下茶盏，问道，是因为从前的老丞相赵衰吗？坊间都知道他们是发小。

老人说，不全是。

程婴再问，这么说，还有别的理由？

老人躺在一张竹靠椅上，捋着胡须，感叹道，我就觉得，那会儿是晋国最好的时光……

哦，原来这老人在缅怀从前呢！

公孙杵臼这番话让你想起了一些往事。对于晋国，晋文公姬重耳的大名如雷贯耳。他的励精图治、文治武功至今还在民间广泛流传，仿佛已经不是晋国的历史了，俨然一部辉煌的神话。那算得上晋国历史上最为强盛的时期吗？这位晋文公当权时已年过花甲，前后不过九年。那会儿你还是个孩子，听父亲说，至少从公子重耳那时起，君家与赵家就结下了不解之缘。骊姬之乱发生后，公子重耳担心自己会遭到暗算，便开始了流亡生涯。他身边有五个铁杆哥们儿陪伴，居功至伟的就是赵衰。

赵衰，嬴姓，赵氏，字子余，史称赵成子。当年他跟随公子流亡到了翟国，这对发小分别迎娶了翟君家的一对姊妹花叔隗和季隗，由此成为连襟。十九年后重返晋地，公子摇身一变为国君，一时间晋国大地气象万千。实际上，重耳返国主政，依靠的还是秦穆公，只是君家和赵家都向民间掩盖了这个事实,从而也夸大了重耳的功勋。这种默契令晋文公非常满意,竟做出了一个荒唐的决定——把刚满十六岁的女儿嫁给了赵衰,于是连襟又成了翁婿……多奇葩!他和原配叔隗生下赵盾,又与二夫人生下了赵同、赵括和那个赵婴齐。现如今,赵盾之子赵朔迎娶了公主,这种复杂的联姻看上去是那么混乱不堪!这混乱是一代代积累起来的,说是传承也毫不过分。这一点你与公孙杵臼或许很不一致——程婴先生,你以为呢?

外面都在传,赵府的少夫人有喜了,有这回事吗?

我替公主,不,少夫人把过脉,确是喜脉。

赵朔可回来了吗?

我很长时间没有踏过赵府的门槛了。我想,赵将军得知这样的喜讯,是不会怠慢的……

万一,那后生不肯回来呢?

这个,不至于吧……

说话间有几片落叶飘过窗前。逆光下,叶子看着透明,有一种很不真实的感觉。起风了。山里的天气总是变幻莫测,这难得的外景我自然不会轻易放过,我也许会用不小的篇幅来拍摄风过时的落叶,虽然每一片叶子都是青的。

你放下茶盏,偷偷擦去了额头上的细汗。老人倒是躺在竹靠椅上,悠悠捋着胡须,似笑非笑,从他那半睁半闭的眼睛里,你无法猜出他这一刻的心思。但你早就觉得这老人的表情有些诡异,顿时心下就虚了,两耳发热。你回想起那一次在汾水边和这老人的交谈,当时他漫不经心地说了句:"她男人没在家吗?"现在看来,那就是一次试探……

你沉默了,专心吃茶,你在以这种方式等待公孙杵臼的进一步追问。果然,老人从竹靠椅上直起了身体,看着你的眼睛,突兀地问道,赵朔有一个叔叔叫赵婴齐,你不会不知道吧?

你手里的茶盏晃了晃,茶水溅到了身上。放下茶盏,避开了老人的眼光,你点点头,回答道,是老相国赵盾同父异母的兄弟。他有三个这样的弟弟,都是晋国的大臣。

知道就好……

这是一次仓促的谈话,前后还不到一个时辰。老人的闪烁其词让你越发感到不安。于是你起身告辞,说,妻子这些日子身子略有不适,你得回去照看。公孙杵臼却哈哈大笑起来,老夫差点忘了给你道喜了!

八

在得知怀孕后,赵府的少夫人霎时就流泪了,都以为是喜极而泣,却没有人知道这一瞬女人复杂的心思。才入夏季,女人却觉得已身处秋天,心里纳满了苍凉。怀孕已是既成的事实,却脱离了她的计划。她原以为这辈子是不大可能做母亲的,所以意外的受孕让她一时手足无措——孩子的父亲是谁,她本人没有把握。如果这个孩子顺利产下,赵家人会怎么看待?正是在这样的烦躁中,丫鬟传话来了,程先生求见。

女人顿时眼睛一亮。

如往常一样,每次只要走进这个中庭小园,程婴都显得格外小心,他提着衣襟,生怕弄出不该有的声响,惊扰了少夫人。

小园里的那片栀子花凋谢了。这本是意料中的,却还是让他有些惋惜。

茶已经预先放好,女人也端坐在椅子上,微微隆起的腹部一望便知。

程婴走进门,上前躬身拱手,少夫人……

少夫人还是一笑,你总算改口了。

程婴就有些慌张,一时不知该怎么说话了。

少夫人做出手势,先生请坐,请用茶。

程婴忐忑不安地坐下,却不敢看女人,在下不请自来,多有冒昧……

我知道你会来的。我也一直在等。

不知道少夫人近来口味如何?

倒不挑食,也不大呕吐,有时想吃点酸辣。

程婴这才抬头看着女人,有劳公主把手递给我……
　　还是叫我少夫人吧,听着顺耳一些。
　　说着,就把手伸过去,放到了垫枕上。
　　程婴开始把脉,显得十分专注。少顷,他对女人笑了笑,恭喜少夫人,怀的是个男孩!
　　少夫人也笑了,这你也号得出?
　　当然,也不是万无一失……
　　少夫人话里有话,依先生的能耐,肯定百发百中啊!

　　女人开心地笑着,两颗小虎牙是那么明显。丫鬟说,自从夫人有喜以来,还没有过像今天这样开心呢。那会儿窗外的阳光正透过窗纱照进了屋子,只有你依旧落在阴影里。你在推算着女人受孕的日子,其实是在猜测女人腹中孩子的父亲——显然不是赵朔,他离家的时间太久了。那么,赵婴齐呢?似乎也不是。如此看来,就只剩下了一种可能……
　　丫鬟在侧,少夫人便提起了一个话头,说丈夫离家时曾留下一句话,如果日后生下的是女婴,取名叫"文",男婴则叫"武"。说着,她还回头看了那丫鬟一眼,是这样吗?
　　丫鬟说是,那天她在边上为少爷整理行装,听得真真的。
　　女人这番表演,无非是想通过丫鬟作为见证人把消息发散出去,让都城所有的人都知道赵家这个孩子来路分明。可见这女人的心思多么缜密。

忽然少夫人想起了什么,说她得马上回宫,有事情和哥哥商量,就不好多留你了。这会儿女人显露出了罕见的慌乱,你颇感意外,便就汤下面起身告辞。很快你就来到了大门,突然发现看门的家丁换了,来时还是那个一脸胡子的汉子,现在却是一个陌生的面孔,表情平淡,倚着门对你嘟囔了一句,先生慢走。

这一路上你都在想少夫人刚才的表现,觉得一定是因为要紧的事,女人才显得如此惊慌——会与怀孕有关吗?不至于啊!女人不说进宫而说回宫,感觉她还没有嫁到赵家,一直住在宫里似的。女人不称景公而叫哥哥,似乎暗示着自己公主的身份不可动摇。这真是一个不简单的女人啊!现在看来,自己是孩子的父亲,已经是不可更改的事实!倘若真相大白,君家会是怎样的态度?赵家又将如何?是治你的罪还是要你的命?按日子推算,瓜熟蒂落应该是在冬季,其实并不遥远……

你越发感到不安了。

揣着这份忐忑,你到家了。进门就看见妻子正忙着把一块布捆在肚子上,盖上衣服,倒是显得无比真实,和少夫人的肚子一般大。你不禁叹了口气,这场"诈孕"的戏码也将在同一时刻收场。等到晋地漫天飞雪的时候,你将是两个孩子的父亲了。程婴先生,我都为你捏把汗呢!

这时,妻子又说起想尽早去一趟后山,看看那一带可有卖娃的,这事总让她放心不下,女人说你就不能上点心吗?要是迟了……

你有点急躁地打断,这事不急!

妻子顿时就不再说了,默默流着泪。你坐到女人身边,给她倒了碗茶水,算是道歉。女人抽泣着,说那天看着你给少夫人号出喜脉,她是又羡慕又嫉恨,折腾得一宿未眠。她感叹自己命苦,这辈子也无望了,如果这次计划再有闪失……

你安慰着妻子,说不能怪你,无用的或许是我呢。

后来你知道,那天少夫人急着赶回宫里,险些与晋景公闹翻了。至于兄妹俩为何事争吵,女人却始终没有解释,你当然也不便问。从这时起,你发现女人的神情和态度都发生了很大的改变,几乎再没有见过她的笑容,显然她有很重的心事。对你有意无意的身体触碰,她也表现出厌烦和拒绝。这或许是女人妊娠期正常的反应吧。等到这年天空飘下第一场雪时,你才猛然意识到自己的理解是多么肤浅!当然,那种幽暗的深奥也并非一个行医人所能理解。

未来的影片到此,会有一个暗场的处理,以表现时间又过去了一段。等几秒钟后银幕再度亮起,观众会发现已置身于一个朔风呼啸、雪花飘舞的世界。剧本是这样写的——

雪落无声,这场没有预兆的雪于昨夜最黑暗的时候悄然落下,都城的早晨已是白皑皑一片。

那时候程婴还在睡梦中,忽然,传来了一阵急促的叩门声。

程婴给闹醒了,不禁欠起身。

黑暗中妻子迷糊地问了一句,谁呀?这一大早的……

程婴披衣下床,这才看到窗外正在飘雪,院子里已被雪覆盖,立即就有了一种预感,赶紧打开门——

赵府那个看门的家丁一身是雪地站在面前,不等程婴开口,那人就说话了,程先生,公主临盆在即,想请先生尽快过去一趟!

程婴连忙问,稳婆可在身边?

家丁说,在忙。

程婴哦了一声,赶紧收拾好自己,提起了那只藤匣子。他听见身后的妻子在问,谁家病了?

程婴没有回答,牵出马,随那家丁而去。

两匹马在疾驰,很快就消失在视野中……

雪地上,留下了清晰的马蹄印……

那丫鬟早在赵府大门口等候了,缩着脑袋,不停地搓着手,跳着脚。见你下马,她便跑上前带着哭腔说,先生你可来了！少夫人一直在叫你的名字呢！

你来不及多问什么，就撩起棉袍掖在腰间，提着藤匣子跟随丫鬟往里跑去，很快就来到了中庭小园，正想喘口气，忽然檀木屏风后面就传出一声婴儿清脆的啼哭。你眼前一黑，跌坐到雪地上，天啊，心里的一块石头总算落地了……

你没有跟随丫鬟跑进屋子，慢慢地从地上爬起来，坐到回廊的美人靠上，大口喘息着，满脸是汗。不一会儿，你听见了开门声，接着就看见一个微胖的、嘴角有一颗绿豆大黑痣的稳婆，端着一只硕大的铜盆自少夫人屋里走出，摇摇晃晃的像只快乐的鸭子。那半盆的血水和一把闪亮的剪刀让你很不舒服。正准备询问，稳婆却笑嘻嘻地先开了口。

先生，你脉象号准了，夫人生了个大胖小子！

恭喜恭喜……

这会儿你多想进去看看啊，但是又担心与礼仪不合，尽管你也有过替人助产的经历。母子平安就好，过些日子再来探望也不迟。

于是，你抓起一把雪擦了擦脸，悄然离开。走了两步，又回头看一眼，总感觉身后有一双泪汪汪的眼睛在注视着你。

九

这场雪虽然来势凶猛，骨子却相当脆弱，不到三天就融化得差不多了,是暖雪。天放晴了,大地的寒气被阳光吸收,陡然间就觉得冷了起来。但是今天你还有进山的安排,一来你要把少夫人得子的事情告诉老石匠,二来也想顺路打听那一带可有人家有娃可卖,当然是月子里的娃。这两天妻子一直在偷着哭泣,埋怨你不做准备,都说十月怀胎一朝分娩,再不行动那就露馅了。其实女人是被少夫人得子给激的。为此昨夜你也是辗转反侧,没有睡好。

就这样西风瘦马地一路走着,过了城南郊外的那座小石桥,忽然,一个乡下媳妇模样的女人从稀疏的槐树林中走出来,怀里抱了一个看上去尚未满月的婴儿,眼巴巴地看着你,于是你翻身下马。

先生,求你买下这娃吧,是个男娃啊!

你男人呢?

男人上个月死了,实在是养不活了,家里还有两个娃呢……

你看了那襁褓里的婴儿一眼,小脸冻得发紫,印堂也有些暗,鼻孔显大。这样的娃不好养啊!不急,明天再来这一带仔细寻寻,一定能找到。于是,你从口袋里摸出几枚铜钱给了那女人,外面冷,赶紧回家吧。

那乡下媳妇倒也没多纠缠,对你欠了欠身,就抱着孩子过桥了。那分明是进城的路,显然女人并不打算回家,看来她今天非得进城去,把娃再卖上一回。你不禁摇了摇头,感叹道,这狗年月,城里都不安生,何况乡下?

你抽了一鞭,马奔了起来。

　　当程婴向公孙杵臼通报了赵府少夫人得子的消息时,老人的眼睛就现出了疑惑,似乎还不敢相信,你说啥,少夫人生了?

程婴点点头,生了个小子,取名赵武。

谁给取的名?

赵朔将军……

公孙杵臼仿佛松了口气,他总算回来了!

程婴摇头,是他临行前吩咐下来的,生女叫"文",生男叫"武"。

太简单了!

程婴自己倒上茶,无非就是个名字吧,倒也好记。再说了,也含有子承父志的意思……

公孙杵臼鼻子哼了哼,但愿如此吧!

程婴摸不着头脑,老人这是何意呢?

这时,从老人凝重的表情里,程婴也感受到了一份压力。果然,老人又往下说了。

这样的喜事,赵府的少爷却没有回来,合乎情理吗?

这个,我不便说的……

公孙杵臼踱了几步,仿佛自语,是少夫人没有给出信报,还是赵家少爷……已经不在人世了?

程婴霍地站了起来。

接着,公孙杵臼就说到了那次在汾水边上遇见屠岸贾的马队,这事过去很久了,经老人再次提起,就觉得是刚刚发生,一切都看得真切。如此看来,晋景公委任屠岸贾做大司寇,且又调回到都城,应该不是例行的安排,而是在精心布一个局。在这晋国,君家和赵、韩、魏三大家族之间的关系历来微妙,也相当复杂,但这回针对的可能就是赵家。根子还是晋灵公和赵盾那时埋下的,君臣失和,反目成仇……

但你却不这么认为。你说这都是过去的事了,如今这两个人都已作古,否则君家怎么还会把公主嫁给赵家呢?

事情的诡异也就在这里啊!

此话怎讲?

赵家世代良相,一门不乏重臣,景公怎么可能轻易放心?又怎么可能让其坐大? 如此看来,两年前的那场婚礼,也是一碗迷魂汤了,为了迷惑赵家……

公孙先生,如果事情真如你所说,我是不是该向公主提个醒啊?

她早已不是公主了,你得记着改口。

实在是叫习惯了。

习惯有时候会闯祸的。

多谢先生指点。

从后山回来的路上,天更嫌冷了。十几里的山路,马倒不累,你倒是一脸的疲惫,直到黄昏时分才临近自己的家门,却意外发现一个熟悉的身影——微胖,嘴角边有颗绿豆大的黑痣,走起路来摇摇摆摆像只鸭子,一路笑嘻嘻地数着铜钱。你大为惊讶——那件不堪的事终于还是发生了!于是你立即避开了稳婆,绕到了后院。屋里已经掌灯了,你凑近窗户往里看,妻子的额头上竟也包着一块头巾,正抱着一个婴儿在喂着米汤。那孩子,小脸发紫,印堂发暗,鼻孔显大……天哪!

你硬着头皮走进了家门,妻子立即就对你做了一个十分得意的鬼脸,你看,我总算是坐上月子了……

你没好气地,学会自己拿主意了!

别怪我,这不是着急嘛……快来看看娃吧!

我已经见过了……

你见过了?几时见过的?

白天刚出城就见过……

瞬间妻子的表情有些诧异。你背着身,还是轻轻叹了口气。不能怨女人,这场"诈孕"的游戏本是自己的计策,无非为个颜面。但是有一件事女人是做错了,不该让稳婆上门。妻子说这街坊四邻但凡女人临盆都离不开稳婆,她心虚,就想出一份钱好让稳婆日后当个见证。你不禁抬高了声音,你难道就不知道这等于不打自招吗?多了双眼睛,指不定日后会惹出什么麻烦……

这下,妻子真的给吓住了,泪眼汪汪的,哽咽着,早知这样,你还不如把娃直接买下,我还省了一笔钱……

从程婴进家,就没听见那娃哭过一声,就这么静静地躺在摇篮里。这也是妻子早就备好的,自从"怀孕",她就开始为娃张罗。

程婴从摇篮里抱起婴儿,轻轻放到了大床上,看着那张发皱的小脸,然后就卷起衣袖,小心触摸着婴儿的脉搏……

突然,程婴的手像被烫了一样猛地往上一提。

妻子吓了一跳,咋了?

这娃的脉象好弱啊!

啊?

心跳也乱……

妻子慌张地,那……那咋办呢?要不你开个方子,我现在就去街上抓药?

程婴横了妻子一眼,吃奶的娃你让他喝药?

妻子六神无主,那……那咋办啊?

程婴叹息,这娃,没几天好活的……

妻子立即就跪倒在丈夫面前,求求你!救救我这娃吧!

程婴扶起了妻子,叹息,是人,就都有个命数。

窗外,一时间狂风大作,呼啸而过,屋里的油灯在摇曳着,四壁都是影子。夜黑风高,这是杀人的气氛,也是灭门的前兆。

下篇：捉影

十

历史上那场著名的赵氏灭门惨案就发生在这个冬天。奇怪的是，对这桩惊天血案，典籍里一律语焉不详，寥寥数笔，野史却是浓墨重彩，民间至今喋喋不休。自然找不到任何证据来证明春秋晋国的历史上是否真的发生过这个案子，毕竟时间过于悠久，三千年比海还深，一切看上去是那样虚无缥缈。在这部作品里，我也不愿意多费笔墨来展开这场屠杀，本人一向憎恨暴力和血腥。在笔者看来，所谓捕风捉影，即是在扑朔迷离的历史缝隙中去寻求另一种解读的可能，或者依靠想象来重构这个支离破碎的故事。我只希望推理层面能够达到逻辑自洽,叙事层面也可以自圆其说。至于真实,那只能存在于我的内心。

如此,程婴先生,我们继续?

你原打算等少夫人出了月子再登门拜访,但是今天刚吃过午饭,赵府的丫鬟便捎来了主子的口信,还是得有劳你过去一趟,少夫人近日睡眠很不好,请先生把把脉,再配点催眠的药随身带去。这回丫鬟还送来了两条大鲤鱼,少夫人听说程家夫人也在月子里,便差人专门去黄河里打的,不仅可以补身子,还可以催奶水。你妻子一脸的感激,只有你看出了尴尬。这厚道的女人一个劲地催你赶快动身,你捡好催眠的药物,挂着常人难以察觉的一丝苦笑,登上了赵府的马车。马夫兴奋地挥起鞭子凌空打了个响哨,马便撒开了四蹄。你忽然觉得天空特别蓝,白云像羊群一样涌动。很长时间,你没有见过如此晴朗的天气了。

柔和的阳光里,少夫人额头扎着紫色的丝带,披着一件绛红色带着狐皮领子的丝绵大氅,轻轻推着摇床,看上去就像是一幅画。

襁褓里的婴儿戴着红黄相间的虎头帽,半闭着眼睛。

门帘让那丫鬟撩开了,程婴轻轻走进来,躬身拱手,少夫人……

月子里的女人似乎沉静了一些,但这副打扮则更有妇人样了。

丫鬟送上茶,然后就离开了,落下了门帘。

少夫人这才开口,过来,离我近点……你不想看看孩子吗?

程婴就向前走了几步,他发现婴儿的小脸蛋很饱满,一点皱褶都没有,皮肤也好得出奇,像剥了壳的鸡蛋,他情不自禁地摸了一下那张小脸。

少夫人压低声音,你看像谁?

程婴看看女人,儿子像娘……

这时,少夫人就把婴儿的虎头帽摘下,露出一头的黑发,带着明显的卷曲。

你再看,看仔细了。

程婴心下一紧,眼睛也随即睁大了,竟下意识地也摸了一下自己的头发,那分明也是带着卷曲。

少夫人接着说,这是我们的儿子……

程婴抑制着激动,却控制不了眼泪,抽泣着背过身去。

少夫人在这一刻却显得异常冷静,你坐下,我有话说。

你慢慢坐下,一抬头竟有些惊讶,女人的神色和语气在这一瞬都大变了,仿佛跟刚才那个温婉恬静的她不是同一个人。然后,女人对你说起了一个梦。就在两天前的晚上,大约三更时分,她梦见自己的男人,那位年轻的晋国将军赵朔,居然从窗户外爬进了卧室,来探望这个婴儿。女人连忙起身,但男人的影子刹那间就不见了。女人追了出去,却看见天空中一匹白马在云中奔驰,骑者正是赵朔。女人呼喊着、奔跑着,突然看见男人一头从马上栽了下来,跌落在了她的面前,七窍流血,眼睛却大睁着,脸上挂着一丝不甘……

这是不祥之兆啊,女人感叹道,赵家恐怕是要大祸临头了!

何出此言?就凭一个梦吗?

当然不是!还记得上次我急着赶回宫里面见君王吗?

记得——

你知道君王为什么突然调屠岸贾回都城做大司寇吗?

为什么?

就是为了对付赵家!

你大为震惊,简直无法相信自己的耳朵。一时间,你有些惊魂不定了。事情为什么会是这个样子?你们君臣两家不是姻亲吗?然后你就联想起与公孙杵臼的几次交谈,老人的预感和少夫人的判断竟是惊人地一致!

在那个遥远的冬日,汾水早已凝结成冰,然而天空则显得疑云重重,周边的景物被尚未散尽的雾气所笼罩,看上去是那样不真实。这个下午你从少夫人这里大致知道了事情的原委——

有人向晋景公告密,揭发赵氏一直在暗中准备谋反。这是赵盾生前就谋划好了的,赵家已经在晋国各地整合了队伍,厉兵秣马,将在明年春天进攻都城。这种说法听起来一点都不新鲜,但是这回,长着一副马脸的晋景公却记在了心里。但告密者是谁,少夫人却没有说,她只是提起,年初,她的丈夫赵朔离家之后,她回宫小住了几日,作为国君的哥哥曾私下里问过她,是否在赵家察看到什么蛛丝马迹。那正是少夫人最为沮丧的时节,面对夫妻失和,丈夫离家,她又不想继续与那个叔叔暗通款曲,于是一冲动就火上浇油了,女人想借此发泄自己心中郁积已久的怨恨。她信口说道,倒是经常看见赵家的两辈人聚集在一起喝酒,交头接耳,至于说了什么,她也不清楚,因为那样的聚会是不许外人在场的。在赵家人眼里,她历来就是个外人。女人的口气本是轻描淡写的,但这番话景公却听得真切,遂急召驻守边关的屠岸贾回都,出任大司寇。如此一来,少夫人倒是真有点害怕了,她提醒哥哥,虽然自己不喜欢赵家人,但赵氏毕竟出过几朝的元老,是可以依傍的重臣,劝兄长千万不要轻举妄动。景公却以沉默回答了妹妹。

如果不是为了孩子,我恐怕至今也不会原谅赵家人的。赵婴齐的薄情,赵朔的寡义,那是两辈人带给我的耻辱和痛,都让我咬牙切齿、痛不欲生……少夫人说到这里,也不禁落泪了。

停顿片刻,少夫人接着说,我深知我这个哥哥心胸狭隘、心狠手辣,他一定会借屠岸贾这把快刀,对赵氏斩草除根,包括……这个孩子!在他的眼中,这还是赵氏的骨血啊!为了这个孩子,我必须紧急回宫去面求君王——我的哥哥!

于是,那个下午她就跪在了君王的面前,恳求哥哥放弃诛灭的计划,不要对赵氏动手!对此,晋景公开始有点不解,你不也总是唠叨赵家人对你不好吗?怎么口气突然变了?谁给你灌迷魂汤了?

少夫人哭泣着喊,我怀孕了!

女人原以为,看在同胞骨肉的情分上,哥哥一定会网开一面,放过腹中的这个孩子。但是后者还是以沉默做了回应,尽管一副马脸上挂着微笑。这笑容让女人感到害怕,仿佛第一次意识到什么叫笑里藏刀。带着这种担忧,女人回到了家中,从此闭门不出,也不想见任何人,包括你。从夏到秋,似乎一切看上去都很安逸,如夏日的荷塘月色。这期间晋景公还登门探视了一回,却对赵氏的事只字不提,只是安慰妹妹不要胡思乱想,安心养胎,他早就预备好了给孩子的礼物,那是一匹刚出生的白马驹,神气活现。日后他会亲自把这个外甥或外甥女抱到马背上。但是这匹白马却意外闯进了女人的梦境,成为她夫君的坐骑……这场噩梦让她惊醒,思路也随之变得异常清晰。她觉得,该来的迟早会来,无法躲避,只能面对,就当是未雨绸缪吧。

现在你完全明白了,少夫人今天唤你来,不仅是为了让你看儿一眼,更是合计着救儿一命。风云突变,你却没有一点主张。你甚至都不敢相信,蓝天白云下的赵府看上去一片祥和,谁能看出其中暗藏的杀机?

突然,那个丫鬟跑了进来,急促地禀告,夫人,大门出不去了!

十一

暗藏的杀机往往难以觉察,很多时候血雨腥风也只是一种修辞。也许,赵府的门前屋后早就埋伏下了刀斧手。现在大门已经关闭,回想起来,那个后来的看门家丁八成是屠岸贾的手下,暗中监视着这宅子里的一举一动,显然就是为了对付这个襁褓中的婴儿。《史记》对这一事件的表述近乎离奇,却又流传很广,说屠岸贾带人搜捕婴儿那天,急中生智的庄姬公主把婴儿藏到了裆下,用裙子遮挡,竟然就蒙混过关了。另一种说法大都出现在戏台上或者影视作品里,这似乎是专门为你程婴先生设计的,公主把婴儿藏进了你的药箱,你战战兢兢地从宫里背出来,突然迎面遇见了一位叫韩厥的将军,于是秘密揭开,天机泄露,你吓得魂飞魄散。戏到这里就转到了那位韩厥身上,既然忠义难以两全,韩将军索性挥剑自刎了。这个壮烈的情节至今还忽悠着大众,以至于后来的《秦香莲》干脆移花接木——《杀庙》一折中出现的那名校尉也姓韩,他在郊外破庙里堵住了香莲母子三人,本想把他们杀了,可是手里的那把利剑却迟迟不忍落下,于是就把自己杀了,这无疑就是对韩厥的一次公开模仿。不过,历史上确有韩厥其人,有专门的记载——韩厥,姬姓,韩氏,名厥,亦称韩献子。这个人也是打小由赵家一手养大的,先为家臣,后做将军。写到这里,也就轮到这位韩将军正式出场了。

突然的变化让程婴顿时惊慌失措,少夫人也显得有些焦急,两人就这么看着摇床里的婴儿,那娃正睡得香,还舍不得把含在嘴里的小指头拿开。

程婴说,事到如今,也只能去求国君了……毕竟,你们是同胞兄妹……

少夫人摇摇头,上个月他就出门巡游了。他是有意这么做的。

听说你这宅子里有暗道……

少夫人又摇头,早被堵死了!但是,今天必须想个法子把孩子抱出去!

两人正商议着，忽然，丫鬟又慌张地跑来了。

少夫人，韩将军来了！

少夫人睁大了眼睛，韩将军？快，快快有请……

丫鬟离开后，少夫人便在程婴耳边嘀咕了几句，后者频频点头。很快女人就一个人出门了，刚走过那面檀木屏风，远远就看见一位气宇轩昂的将军带着几名全副武装的侍卫，正顺着回廊向这边走来。此人就是韩厥，年近半百。

少夫人立即迎上前，欠身致意，韩将军驾到，有失远迎，得罪了……

韩厥抱拳还礼，少夫人客气，末将今天是奉命前来赵府察看……

少夫人接过话头，奉命？奉大司寇之命？

我是奉君王之命。景公巡游前就吩咐下来，让我常来这里看看，最近不大太平，都说山里的土匪流窜到了都城。

那我陪将军四下走动走动，如何？

有劳少夫人。

两人便沿着回廊往里走去。这时，少夫人又说了句，对这个环境，想必韩将军不会陌生吧？

韩厥不禁感叹了一声，那是当然。韩某就是在这宅子里长大的。那时还没有这个小园，就几棵枣树，我小时候,赵老丞相就经常带着我在这儿捉迷藏……

少夫人很快接上一句,故地重游,难免就会触景生情……

韩厥点点头,少夫人所言极是。

按照少夫人的安排,你暂时还藏在屋子里。凑近窗户,你只能看见那两个人就这么一边走着一边说话,隔得远了,听不清他们在说些什么,想必是一些令人伤感的事情,因为你终于看见了,少夫人拿出一方丝帕在慢慢擦拭着眼泪——这是你们事先约定的信号!

于是,你轻轻喘了口气,小心背上药箱,走出了这间屋子,突然感到两腿发沉,像注满了铅。但你还是沉着地走向了那边,面对韩厥将军躬身抱拳,在下程婴给韩将军请安。韩厥便笑了,说,你我并非君臣,就不必这么讲究礼数了。其实你与这位韩将军也是熟人,他在赵府供职时,每回赵盾有所不适,都是这个韩厥快马赶到你家。这时候,少夫人的情绪也有所好转了,说自己这些日子没少给程先生你添麻烦,实在有些过意不去。你说哪里哪里,职责所在,都是在下分内的事。这个话头一经提起,韩厥便又开口了,程先生,内人近日胃口不大好,有些厌食,想有劳先生上门把把脉,不知意下如何?

你连忙回答,举手之劳,将军何必客气!

临行前你又回头看了少夫人一眼,还故意抬高嗓门,说催眠的药物要记着用,这草药的效果极好,每晚睡前只要多闻上一会儿,就能做一个好梦。

少夫人说不会忘,放心。

就这样,你和韩将军大摇大摆地走向了赵府的大门,一路都在谈笑。那几名侍卫跟在后面,依旧保持着一段距离。到了门口,你们分别跨上马,将军勒住缰绳,对手下挥了一下手,我有点家事,你们继续搜寻吧,切莫张扬!

说着响亮地抽了一鞭,两匹马便撒开了蹄子,朝同一个方向奔去……

雪霁之后的都城郊外,林木的叶子尽落,显得异常萧疏。远山还披着雪,结冰的河流看起来就如一条死水。

这里是三岔路口,旁边立着一座草棚,早已破败不堪了。不时传来几声寒鸦的啼鸣,显得四野分外静寂。

很快,一阵急促的马蹄声打破了这份宁静,接着两匹马由城区方向跑来,在草棚前缓缓停下。

来者正是韩厥和程婴。

神色严肃的将军勒住缰绳,四下打量着,在确定这里没有人迹之后,才对程婴使了个眼色,两人随即翻身下马。

韩厥说，我只能送到这了，剩下的路你得一个人走。

程婴连忙拱手，韩将军，大恩不言谢，在下有礼……

韩厥摆摆手，感叹道，不必了……你我都受过赵家的恩惠，也是赵家的朋友，尽的是本分。赵家，就只有这条根了……

程婴感动得热泪盈眶，竟说不出话来。

韩厥扶住程婴的肩膀，盯着他的双眼，程婴，从今日起开始戒酒……

程婴有些迷惑，戒酒？

韩厥点点头，对。把嘴咬紧了，要是不留神吐露出半个字，掉下的就不止你一颗脑袋。

程婴立即就回答，在下牢记在心。

少顷，韩厥的手放在了程婴那只藤匣子上，表情在这一刻也变得有些凝重。

程婴正欲打开药箱，却被韩厥一把按住了。

韩厥说，不用看了……就当我不知道这件事，保重！

言毕抱拳别过，翻身上马，绝尘而去……

——程婴先生，这便是我对"救孤"的另类解读，也可以说是一次改造。对这样的改造，想必阁下也是不满意的。或许很多人都不满意，他们觉得"救孤"无疑是这出戏的"戏核"，应该剑拔弩张惊心动魄血溅五步，不死几个人怎么也说不过去。像韩厥这样的人理应成为义士,怎么能如此云淡风轻呢?他们会质问,这样的戏好看吗?这也恰是我的反问——那样的戏好看吗?

历史上的韩厥活到了古稀之年,算是那时代相当长的寿命了。当然,我不虚构他的牺牲,抛开史实的原因,还在于这个人的故事远没有结束。你很快就知道了,那天赵府发生的事,都是少夫人一手安排的。她深知韩厥此人对赵家的感恩与忠诚,所以才敢大胆地走出这步险棋。而你要做的,就是小心地让婴儿嗅到一味催眠的草药,让他安睡,然后再小心地放进了那只藤匣子,丝毫不会影响婴儿的呼吸。现在你打开了它,果然婴儿还在安睡中,鼻息有力,小嘴也噘着。你不禁长嘘了一口气,趁着刚刚升起的暮色,策马向家的方向奔去……

那会儿妻子正在油灯下给娃喂米汤,连日来女人整天就是围着这个娃转悠,视如己出。如你所料,这娃生下来就体质虚弱,且不能进食,妻子本想去街坊四邻为孩子讨奶,又担心露出破绽,只能每天熬米汤将就。女人为此总是暗暗落泪,现在见你从藤匣子里又抱出了一个孩子,便很是意外。

咋又买了一个啊?

我担心那个活不长……

不会的……男娃还是女娃?

男的……

也好,大了可以做伴。

妻子说着就把怀里的娃放到摇篮里,再从你手里接过了另一个娃,放到了大床上。可是一看这娃的穿戴,女人顿时就起了疑心,再一看那顶虎头帽衬里又用红丝线绣了一个"赵"字,顿时就明白了。

这娃……

是少夫人的……

你……你咋给抱回来了?

有人想夺娃的命!

十二

一场危机总算暂时得到了化解。按照少夫人的主意,接下来你得先护送婴儿到山里藏一阵子,等晋景公巡游回都,她再去面见君王讨回公道。至少,要讨得一份特赦的手谕,作为儿子终身的护身符。这计划看起来一点也不复杂,今天的第一步就走得有惊无险,然而你内心的担忧一分也没有减少。你在想,如果晋景公不给少夫人这个情面,事态将如何发展?你难以揣测,也想不出任何应对的办法,顿时就有了一种坐以待毙的懊恼与沮丧。

这个晚上你和妻子相对而坐,中间隔着两个婴儿。你抱回来的这个醒了两回,哭了两回,吃了两回米汤,也撒了两回尿；另一个却安静得像一件道具。二更头上，你有些熬不住了，便在妻子身边躺下，妻子吹灭了灯。黑暗中你听见女人深深叹了一口气，然后你便沉沉睡去了。

翌日一早，街上就传来了官署的鸣锣声，一个比破锣还破的嗓门在高喊着，好像在说官署出告示了，让大家赶快去集市上观看。蒙眬中的你听得迷迷糊糊，当锣声经过家门前时，你便在这嘶喊声中清晰地听见了两个字——孩子！

你猛然惊醒过来，顾不得吃点东西，裹着棉袍急匆匆去了集市。那儿已经聚集了不少市民，都在盯着一块门板上用猪血写下的几行字看，识字的在低声念着，不识字的议论纷纷，那正是官署的告示，写得清楚明了——

赵氏一门早有谋反之心，今奉大司寇之命予以诛灭，令赵氏家族所有宗室成员即日起投案自首，接受惩罚，凡窝藏赵氏家族宗室成员者严惩不贷，此其一；

经查验，将军赵朔遗有一子，尚未满月，已被不明者藏匿民间，广大市民应踊跃举报，赏格一千大钱，此其二；

截至月底，也就是三天之内，倘若还搜不出遗孤，官署将处死本月内都城出生的所有男婴，绝不手软，此其三。

字字透着杀气！

你又一次来到了汾水的边上，连续数日的严寒天气，让河面的冰凝结得更加坚硬，惨淡的阳光下，像一面污秽的镜子,能照出你扭曲的身影,看上去有几分怪异。你第一次发现,原来自己的身姿并不修长,也算不得高大,但,这就是你。今天你打算从这冰河上走过,这儿现在成了一条捷径,对岸不远的地方即是你的家。站在这广阔的冰面上,你心事重重地茫然四顾,这个寒气逼人的早晨居然看不见一个人影……

也许人都拥到集市上去了。那面官署的告示已经闹得鸡犬不宁,人们在议论着赵家,说万万没有想到啊,这样的大户人家,过着钟鸣鼎食的日子,却暗地里准备谋反,真是岂有此理!有人说那赵氏孤儿也有一半是君家血脉,也许君王会留个情面,放他一马……但立即就遭到了驳斥,对于这种忤逆之举,君王岂能手软?必须斩草除根!却没有一个人提到那一千大钱的赏格,似乎羞于启齿,可是,倘若真有这样的机会,他们会轻易放过吗?

突然脚下一滑,你险些摔倒,摇晃了几下才稳住身体,这才发现原来自己踩到了一只死鸟。这是一只寒鸦,尸体已经变形,大概是遭到了强烈的风击,折断了翅膀……很长时间过去之后,你回忆起这天的经历,就觉得,此生那个艰难而揪心的抉择,或许就在这个瞬间有了最后的定局。

就这样跌跌撞撞地回到了自己的家。那会儿妻子还在睡梦中,发出轻微的鼾声。昨晚这女人为两个娃辛苦了一宿,你不忍心惊动她。没有了犹豫,你从妻子身边悄悄偷走了那个印堂发暗、鼻孔显大的娃,再把那顶虎头帽戴到了这娃的头上,慢慢放进了那只藤匣子……

顶着扑面的寒风,你策马直奔后山去了。你必须立即面见公孙杵臼,共同商定这个秘密计划。已是生死关头,容不得半点迟疑。

程婴打开藤匣子,轻轻抱起还在昏睡的娃,递到了公孙杵臼手里。刚才,他已经把自己的调包计划对老人说了,尽管老人暂时还没有态度。

公孙杵臼仔细打量着这娃,又慢慢放到了床上,这才一声叹息,这也是一条命啊!印堂确实有些暗了……还有救吗?

程婴说,从脉象上看,娃活不过三日……

当真?

程婴就激动了,现在就是有救也不能救了!

那你还算一个先生吗?

程婴难过地,我……我现在就是个屠夫……

公孙杵臼又问,你想以这娃来换赵家的孤儿,你觉得,这能瞒过屠岸贾的那双贼眼吗?

程婴叹息道,死马当作活马医吧。眼下,也只有这条路了……

公孙杵臼沉默片刻,接着说,既然让这娃去死,那就必须保证能让另一个娃生……否则,这代价就白付了。

老夫倒是有一个主意……

说说看！

你现在就去官署面见屠岸贾，就说老夫私藏了赵家孤儿……

程婴很是不解，你让我举报？

对，不仅举报，还要领赏……

然后呢？

然后你就把屠岸贾带到我这里……

你要和他拼了？

公孙杵臼微笑道，老夫自有办法！

突然，这娃睁开了眼睛，虚弱的目光像在打量着面前的两个大人。

程婴竟吓得后退了一步……

很快你就明了了公孙杵臼的用意，老人这回是抱着必死的决心来执行这个计划的。他抱起婴儿，轻轻地摇晃着，那娃很快便被哄睡。老人回头看了你，然后感叹道，生与死，哪个容易？不是死，是生。眼下这一生一死是两件事，你我只能各做一件。老夫已是古稀之年，离死也就一步之遥，就让我去做这容易的事吧，如何？

你跪倒在这一老一少面前，泣不成声。

当天午后,你就走进了屠岸贾的府邸。面对大司寇满脸的威严,你双膝下跪,浑身哆嗦,假装难以启齿,再结结巴巴地说出事先编好的台词。你说少夫人临盆的那天,你应召去了赵府,知道她产下了一个男婴……

听到这里,一直闭目养神的屠岸贾睁开了眼睛,问道,老夫知道那一天你在场……可是我又听说,少夫人那娃绕脐,生下来不到两个时辰就咽气了……

娃没死,是被人抱走了……

谁?

公孙杵臼……

老石匠?

对,就是他……

可能做证?

在下从命……

公孙杵臼这个名字,屠岸贾可是太熟悉了。当年赵衰当国,此人就是赵府的座上宾。后来赵盾为相,几度召其入幕谋事,却不知何故,都被这老头拒绝了。再后来,仅仅因为晋灵公在桃园打鸟,伤了几个百姓,赵盾不依不饶,这个公孙杵臼也突然间像一阵风似的消失了,据说是隐居于后山,成天摆弄石头……想到此,屠岸贾挪了一下肥硕的屁股,又问道,程婴,咱们也算是老熟人了,不如把话说敞亮些吧。据老夫所知,赵家向来对你不薄,你今天前来举报,图个啥啊?你真的缺这一千大钱吗?

在下不贪财,只是为了救儿一命……

哦,老夫是听说你刚添了个男娃!

官署的告示写得清楚明白,在下岂能熟视无睹?大人执法如山,历来说一不二,在下又岂敢怠慢?

如此,倒说得过去了……赏金嘛,你也大可不必客气。程婴啊,你是个好爹,老夫给你道喜了……

多谢大司寇!为了儿子,我是什么都做得出来的……

十三

太阳仿佛失踪了,浓重的雾气弥漫开来,漫山遍野一片苍凉。此刻,一队人马正奔向半坡上那座石头垒成的屋子,远远就看见公孙杵臼坐在一截粗大的树桩上,依旧在雕琢着那尊永远也不会完工的石像。老人在等待着你们,对策划好的戏码早已烂熟于心,就等着屠岸贾开口了。

公孙先生,好久不见啊!

大司寇可是稀客,怎么,这些日子在城里成天忙着杀人,腻味了,到山里来找份清静?

对付赵家嘛,卑职只是奉国君之命行事,没有什么好说的。无非手上沾点血,那就洗洗吧……

你洗得干净吗?

屠岸贾倒也不觉得难堪,一直在公孙杵臼边上转悠着,一边说,不扯闲篇了。听程婴说,是你私下里抱走了赵家少夫人的婴儿,那可是赵朔的种啊!

公孙杵臼这才放下手里的家伙,瞥了你一眼,程婴,你是穷疯了,还是别有用心啊?

你缩着脖子,赶紧躲开老人直逼的眼光,惊吓得藏到了一个侍卫的身后,大气不敢出。

这工夫,几个随从已经闯进了屋子,很快就抱出了一个襁褓里的婴儿。屠岸贾便走了过去,先扒开娃的裤裆看了,又顺手摘下娃头上戴的虎头帽——果然衬里有一个红丝线绣的"赵"字!屠岸贾两眼一亮,又仔细看了看,感叹道,想不到,这金枝玉叶还有这样的好手艺……绣得真好!

说着,又把虎头帽给娃戴上了。

突然,公孙杵臼大吼了起来,屠岸贾!赵家世代为相,一门不乏重臣,你今天竟然为了争宠残害忠良,老天是不会放过你的,你一定会遭报应!

老人这一声吼仿佛震动了苍天,话音刚落,就听见空中响起了一声惊雷,晴天霹雳让大司寇惊吓不已,身体摇晃着,两名侍卫立即将他稳稳扶住。趁着这阵慌乱,公孙杵臼一把抢过婴儿,纵身一跃,跳下了山崖……

这感天动地的一跃让你魂飞魄散,你最后看见的,是那顶虎头帽在空中飘舞,飘舞,直到飘出你的潮湿的视线……

——在未来的影片里,这个镜头想必会用升格处理,也就是习惯所说的"慢动作"。至于这雷声的设计显然有点主观,但我依然予以保留。因为,我相信因果报应,对屠岸贾这样的恶人,苍天绝不会熟视无睹!

第二天你独自去了山崖下,却没有寻找到这一老一少的尸骨。看着那条湍急的河流,你非常惊讶——如此凛冽的天气,这条河居然没有结冰,反倒河水汹涌,奔腾不息!那一瞬你豁然开朗,想那一老一少已经随这神奇的河水去了天堂。于是你双膝跪下,对着这河面三叩九拜。然后,你就在一棵老松树的枝丫上,找到了那顶虎头帽,放进了怀里。

那尊尚未完工的石像,当天就被你带回了。点上蜡烛,你端详着,很快你就发现了,这雕刻的石像分明不像重耳,更像是公孙杵臼。

从后山回来,已是子夜时分。屋里的灯还亮着,程婴蹑手蹑脚地走进门,突然一个身影横在了面前,吓得他一哆嗦。

——妻子正抱着娃从里屋走出。

程婴摸摸额头上的冷汗,你吓着我了。

妻子沉着脸问,我的娃呢?

程婴松了口气,不在你怀里吗?

妻子抬高了嗓门,这不是我的娃!

程婴没有吱声。

妻子便有了哭腔,你……是不是……拿我的娃……

程婴打断道,那是你的娃吗?

妻子也毫不示弱,可也是一条命!

程婴顺手就抽了女人一耳光,然后瞪大眼睛,声音却压低了,几乎是咬牙切齿地,记住了,从今往后,这,就是,咱的娃!

妻子顿时就不敢哭了。嫁到程家十来年,她还从来没有见过丈夫这样凶狠的眼神和严厉的语气,更谈不上动粗了。

程婴从女人怀里抱过婴儿,小心地放到了摇篮里。然后,回头把妻子紧紧搂在了怀里,流着泪感叹道,我欠你的……这辈子都欠你的……

烛光摇曳……

三更时分,外面的风似乎停歇了,月亮挣扎着从云中现出了身影,那云走得迟缓,月光也看着发毛,院子里像落了一地的霜。这无比煎熬的一晚,悲痛欲绝的你一宿未眠,独自坐在书房里,借着微弱的烛光,你一直在凝视着那尊看似粗糙的石像。公孙杵臼最后那大义凛然的纵身一跃,一直就在你的眼前浮现着,挥之不去——这个具有视觉冲击力的镜头,在这部影片后期剪辑阶段,我将反复使用。很多时候,这种以命搏命的英雄气概会强烈地感动着我,尽管看起来无疑是一次虚构,经不起推敲,历史上也难寻任何踪迹,我依然还是要做充满激情的表达。仅此一点,在你与老人之间,已是高下立判。

远方又传来了几声鸡鸣,外面的天却还是漆黑一片。就着蜡烛,你点上了三炷香——

一炷敬公孙杵臼,一炷给那乡下小娃,一炷留给了自己。

翌日上午,你拎着篮子去菜市,想买条鱼,好给娃熬点汤。刚走到街面就发现不时有人瞟你一眼,不等你看定,对方的眼睛就迅速躲开了。你觉得有点蹊跷,开始还以为出门时脸没有洗干净,便又用衣袖擦了擦面颊。等走到鱼摊前,你挑好鱼,正欲往篮子里放,那卖鱼的汉子突然伸手一把将鱼夺了回来,重新扔到了水桶里。这鱼不卖,那汉子横着眼说。你笑了笑,说既然不卖,何必要摆到菜市呢?那汉子猛地抬高嗓门,是不卖给你,听懂了吗?

周围的人一下就哄笑起来,接着,不知从哪里飞来一枚鸡蛋,实实地砸在了你额头上,破碎的蛋黄立即就糊上了你的一只眼。人群中又炸出一阵哄笑。你这才明白,在都城的市民中,你程婴这么快就成了一个不义之人,贪图钱财,卖友求荣,甚至陷害忠良,从此以后你再也不能做一个清白的人了。就这样,在一片哄笑和谩骂中,你匆忙逃开了。身后一个声音还在追着,姓程的,不做亏心事,不怕鬼敲门,你跑啥啊?

你就这样狼狈不堪地跑回到了家,先去了厨房,从水缸里舀了瓢水,想尽快洗掉脸上的污秽,不想让妻子看见。可是女人很快就知道了刚才在菜市发生的那一幕。出门晾衣服的时候,她听到街坊邻居聚在一起叽叽咕咕,说西头的程先生在菜市出丑了,连一条鱼也没买成,却买回了一个破鸡蛋。这个上午你们夫妻就这么相对无言地坐着,轻轻推着隔在中间的摇篮。娃还是睡得很香,小脸蛋上竟还现出了一丝笑意。妻子流着眼泪,叹息着。

这日子没法过了……

熬吧……

什么时候才能熬出头啊?

天知道……

十四

关于赵氏谋反的消息无疑是那个冬天最大的新闻,但市面上又几乎嗅不到一点血腥气味,官署把这件脏活做得干净利索,一切都是秘密进行的。没过几天,这个话题又被另一桩奇闻所掩盖,坊间流传,晋景公如厕险些掉进粪坑淹死,这立刻就引起了市民们极大的兴趣,大家私下里津津乐道,说得有鼻子有眼,仿佛亲眼看到。至于赵家那档子事,不知不觉中便置之脑后了。

实际上,血案发生不久,在外巡游的晋景公便回到了都城。他做出的第一个决定是将妹妹接回宫里,并明令,从此不许她再入赵府大门一步。从以后的事实看,这其实就是软禁。至于赵家的这场骇人听闻的遭遇,景公只字未提,好像从来就没有出现过。在晋国的历史上也没有发生过。

冬去春来,都城又见花开,与去年的春天比较,看不出一点差别。倒是你把家从城北搬到了城南,在这里开了一个药铺,打算今后以卖药为生,不再走街串巷出诊行医。市面上那些流言蜚语如影随形地跟随着你,也许这辈子都不会消散,宅在家里,至少会得到一份暂时的平静。你每天最大的乐趣是抱着儿子去院子里看花,可是你再也闻不到栀子花那奇异浓郁的香气了。这样的时候,你的眼睛便情不自禁地湿润了,好想跑到汾水边上号啕大哭一场。然而很快发生的一件事,让你断然放弃了这个可悲的念头——屠岸贾来了。

大司寇是在一个阴霾四伏的下午找到你家的。那时候你正在院子里准备宰杀一只黑公鸡。这鸡足有十斤的分量,长相凶狠,而且从上个月起就不再司晨了。每次妻子从外面回来,这畜生就竖起鲜红的冠子向她扑去,形同一条恶犬。你早就想宰了这畜生,为此你头天晚上就磨好了菜刀。吃过早饭,你便到院子里去给鸡喂食,不等那几只母鸡上前,黑公鸡便一爪踏翻了食盆,引得惊叫四起。好个霸道的畜生!趁其不备,你拿起一只竹篓将黑公鸡罩住。可是你没有料到一只公鸡的力量会险些把你掀翻,你死死按住竹篓,这畜生的厉声尖叫吵醒了午睡的婴儿,娃的啼哭又惹急了妻子。你气恼地扔下菜刀,突然就听见身后传来了两声响亮的咳嗽——屠岸贾的马车已经停在了门前。大司寇走下来,身后跟着四名侍卫。

手无缚鸡之力,哈哈,老夫今天算是长见识了!

屠岸贾一边说着一边拔出腰间的长剑,看都不看,就伸进竹篓将鸡一下戳倒。那畜生被钉在地上,翅膀还扑腾着,尖叫声却渐渐弱了下去,死了。

大司寇驾到,在下有失远迎,得罪得罪!

屠岸贾一笑,歪了一下脑袋,跟班的就把几件礼物送进了屋。

程婴没有料到,屠岸贾今天是专门来看孩子的。他带来的礼物都是清一色的婴儿用品——四季的衣服和鞋帽,各种糕点和蜂蜜,还有一只拨浪鼓。程婴内心顿时就有些不安,他拿不准这个恶人接下来会怎么做。

一直啼哭的孩子见家里来了生人,便不敢再哭,怯怯地看着。

程婴从妻子手里接过娃,抱到了屠岸贾的面前。后者拿起那只拨浪鼓对娃摇晃了几下,鼓声一响,娃突然就咯咯笑开了。

屠岸贾也开心地笑了起来,程婴啊,你这娃跟我有缘啊!

说完,就凑近孩子的脸蛋,着实地亲了一下。

程婴连忙说,多谢大司寇抬举……

这时,妻子端上了茶,从丈夫手里接过孩子,欠身离开。

屠岸贾喝了口茶,接着说,你程婴算是有福之人啊!你瞧,这娃居然和你一样,也是一头的鬈发……老夫喜欢!

程婴拱手,屠岸大人赏脸!

屠岸贾又问,给娃取了个啥名啊?

程婴回道,文,程文。

说到这里,屠岸贾仿佛想起了什么,就说,半年前,赵家那娃,我记得好像叫武……

程婴下意识低下了头,对,那孩子叫赵武……

屠岸贾点点头,文韬武略,程文,这名字好!我今天来,是想跟你说,我想认你的儿子为义子,如何啊?

程婴有些意外,但很快就答道,那……犬子的福气……

屠岸贾很是郑重,我可不是说着玩的,程婴!

程婴连忙跪倒,程婴代犬子叩谢义父大人!

言毕,叩首三拜……

当夜月光如水,四野的蛙鸣一阵接着一阵,此起彼伏,让这个晚上有了几分温馨。安顿好娃儿,你和妻子坐到了院子里,又开始低声谈论白天的事。月光下的女人看上去有些憔悴,心事也挂在脸上。这些年来为了得到一个娃,女人已经操碎了心,还不时一个人在厨房里发愣,神情恍惚,就像现在这样。此刻,女人一定又在想着那个印堂发暗、鼻孔显大的乡下娃吧?或者,是在担心屠岸贾又在打着什么坏的盘算。

你倒是冷静下来了,虽然你一时还弄不清屠岸贾此举的真正用意,但毕竟为儿子带来富裕的生活保障,更是保证了一份安全——有了大司寇做靠山,都城乃至整个晋国,今后就没有人敢欺辱他。屠岸贾岂能料到,他一心要斩杀的那个婴儿将会由他亲手抚养,这真是天大的讽刺,尽管在血缘上这孩子与赵家没有一点关系。想到此,你竟有了几分得意……

突然妻子问道,这算是认贼作父吗?

这一问,你倒是有些尴尬了。你干咳了两声,说所谓的义父不过是个名分,用不着这么担忧。屠岸贾没有子嗣,也没有任何附加的条件,还承诺不会将儿子从这个家带走,连姓都不用改。这事对儿子,对这个家,都是一个极好的机会……

妻子又问,那他凭什么这么做?就为了图个名分?

这回你竟被女人问住了,也不再看她的眼睛。过了片刻,你才含糊其词地说,或许是那天在后山屠岸贾让那声炸雷给吓住了,双手沾满了血,怕遭报应,于是就想着积点德吧……

对这样无力的解释,妻子显然是不满意的,也不想看你的尴尬,便起身回屋,走了两步,又停住,背着身问道,那赵家的仇还打算报吗?

不等你回答,女人就进屋了。

院子变得空了,蛙鸣声也似乎弱了下去,地上的月光还是跟霜一样灰白,仿佛透着几分寒气。你突然感到了孤寂,低头徘徊着。过了好大一会儿,才停在院子中央,慢慢仰起脸对着月亮,内心深处发出一声感叹,血海深仇,焉能不报?有道是君子报仇,十年不晚——我程婴至少可以等上十五年!

十五

程婴先生,故事到这里本可以继续展开,但我决定一跳而过,故事将随着你那句内心独白来到十五年后——我无意去写一部"赵氏孤儿成长史"。我已表明,我的职责只是寻找这个故事的另一种可能。当然对于你而言,这十五年里发生了太多的事情,最难忘的,莫过于生命中的两个女人在一个月之内的相继谢世——

去年冬天的某个夜晚,久违的韩厥将军意外地来到了药铺,你顿时就预感到少夫人会有不好的消息。果然就是。从韩将军这里你知道了,少夫人被锁入深宫十五年,终日郁郁寡欢,思儿心切。后来得知屠岸贾做了孩子的义父,女人开始有点诧异,但很快就明白了你的良苦用心。十五年里,她也曾在宫里远远见过那孩子几回,但近在咫尺却不敢相认,这种折磨令她神情恍惚,寝食难安。抚琴成了她唯一的寄托,那床琴,对于她已经不再是"悦己"了,而是最后的挽歌——在一场伤寒之后女人便一病不起,带着一腔的怨恨撒手人寰。临终前,她托贴身的丫鬟偷偷带出来了一件东西,秘密送到了韩将军那里,并叮嘱后者日后一定要亲手转交给你收藏——那是一只精致的首饰盒,里面是一方淡绿色的丝帕包裹的一只玉镯。显然,今夜将军就是为此而来,说公主的用意很清楚——有朝一日,等到冰雪消融水落石出,再由你程婴郑重交给她的儿子赵武。最后,韩厥按着你的肩头感叹道,这一天或许不远了!

将军何出此言啊?

韩厥停顿片刻,又往下说了,也许是少夫人的死让景公有所触动吧,否则,是不会这么快给赵朔将军颁发谥号的,也不会称已故的妹妹为赵庄姬——"庄"这个字,显然是表庄重、庄严之意,至少是向外人说明了,在国君的心目中,赵朔将军是一个正派的男人,而非屠岸贾所言的"乱党",不是吗?这应该是个暗示……

说完这些,韩将军便匆忙离开了。

你慢慢走到书房,悄悄打开那方折叠的丝帕,这才发现那上面绣着一束盛开的栀子花,霎时你就明白了——这是女人留给你的信物与念想,顷刻间你老泪纵横……

辛酸的命运往往是祸不单行。那段时间你独自在家守着药铺,在少夫人去世的前几天,你的妻子突然离家出走,不知去向。女人这回是不辞而别,却一去再也没有回头。那些日子你带着儿子找遍了都城的大街小巷,查看了每一处驿站馆所,却还是找不到女人的一点踪迹。直到差不多半个月后,也就是公孙杵臼的忌日那一天,你去了后山,在山崖下那条无名河流的岸边,不经意间发现了泥淖里埋着妻子的一只绣花鞋。你震惊不已,那苦命的女人终究还是去找她的那个印堂发暗、鼻孔显大的乡下娃了。

当晚你就病倒了。翌日爬起床,你到水缸里想舀口水喝,却照见了自己的憔悴不堪的面容——陡然间就老了很多,两鬓斑白,牙齿也落了几颗,连胡须也变得稀疏。其实这一年你才是刚过半百的年纪,却显得异常苍老了。你对着水缸里的面容凝视着,突然一阵咳嗽,竟咳出了一大口鲜血。你喘息着,第一次意识到了黄泉路近,自己余下的时间已经不多了,你已经等了十五年,不能再等了。

从这一天起,你每天居家不出,在等待着儿子回来。这段时间,儿子正跟着他的义父学习骑射,已经有些日子没有回这个家了。不知为什么,每回一想到这个孩子,你心里都堵得慌,欲哭无泪。就这样,你等来了生命中最后的春天。我未来的这部电影也由此进入尾声阶段——

那阵子,儿子正跟着他的义父屠岸贾在远方狩猎。这个颇有气势的场面,我将会采用无人机进行跟踪拍摄,高空俯视的角度,一队骏马在松树林中疾驰,尘土飞扬,不同的机位和多变的景别反复切换,使得这个场面显得丰富而壮观,这显然是这个春天的另一种色彩,更是另一种情绪,但它们都一样在衬托着你的悲伤。

狩猎的马队在追逐着几只野兔,一路狂奔……
突然,一支箭射中了领头的灰兔,当场毙命。
射中野兔的是骑在白马上的那位英俊少年,他就是程婴的儿子,也是屠岸贾的义子程文,刚过十五岁。
程文兴奋地,义父,我射中了!
我儿好箭法!
马队停下。很快,一个随从拎着那只野兔兴冲冲地跑来,一路喊着,少爷好箭法啊!一箭穿喉!

说着,就把还在滴血的野兔递到了大家面前。

屠岸贾赞赏道,我儿今朝能射兔,明日就能射鹿,日后必将是晋国的栋梁之材!

但是,这一刻少年却显得有些难过。

屠岸贾注意到了,便问,文儿怎么了?

程文这才定了定神,孩儿觉得,这兔子好惨……

屠岸贾却说,惨?这本就是它的命啊!这世上,无论人还是畜,都无非两种命——要么吃掉对手,要么被对手吃掉……

屠岸贾说完,便哈哈大笑起来。

边上人也跟着笑了,唯独程文除外。

少顷,屠岸贾又说,离家也有些日子了,这只兔子你带回去,晚上陪你父亲喝两盅。毕竟你娘刚走,你多陪陪他……

程文回答,孩儿遵命!

那晚程文回家的时候,你正在书房里对着那尊石像敬香,依旧是三炷。这十五年来,让你最不好受的,还不是两个女人的相继离世,而是欺骗了公孙杵臼这位可敬的朋友。当初你没有勇气对老人说出事情的真相,你卑鄙地利用了他的忠诚,用他的壮烈牺牲换取了你的苟且偷生。公孙杵臼最后那纵身一跃,如同一面巨大的影子死死纠缠着你,将你此生笼罩,让你不得安宁,这便是上天对你的惩罚。还有那个印堂发暗、鼻孔显大的乡下娃,不要以为他没几天活的了,你就得到了解脱!你果然就是一个"为了儿子,什么都做得出来"的小人……

可是,这样的谴责和忏悔又能改变什么呢?

外面传来了脚步声,那么有力,儿子这么快就长大了,身高也超过了自己,有个男人样了。屠岸贾那边给他安排了一份不错的差事,也给他留着很好的寓所,你曾去看过,有书房,有琴室。相比之下,你这个家显得太寒酸了。那年你所得的官署赏金,全都用于给公孙杵臼老先生修衣冠冢了。那冢就建在后山老石匠的院子里,每年的忌日,你都会过去祭扫。看来,这件事以后也得由儿子去做了。自儿子懂事时起,他就不止一次地问起过你,这石像是谁?你说是一位朋友。儿子又问,他死了吗?你点点头,说人都会死,但有的人死了还活在别人的心里。儿子便听不懂了,踮起脚,用小手去摸着石像。啊!这情形浮现在眼前还是这么清晰,一点也不模糊……

儿子没有把那只野兔带回家,而是找了一个僻静的地方悄悄埋了。但他还是把这件事告诉了你,口气带着炫耀,说隔了两丈远一箭就射中了目标。

义父说,我今天能射兔,明日就能射鹿。

你鼻子哼了哼,一只鹿的个头远大过一只兔子,跑得也没有兔子快,应该更容易些吧?

义父不是这个意思……

他又是怎么个意思?

爹,你咋了?

坐下,我有话对你说。

程婴看着那尊石像,就着蜡烛点上了一炷香,这回却递到了儿子手里,后者竟有些不知所措。

你不是经常问我,这石像刻的是谁吗?今天我就告诉你,他是我最尊敬的一位朋友,叫公孙杵臼……

我好像听过这个名字……

公孙先生是我们父子的大恩人,所以这第一炷香,你要敬他……

程文有些茫然,但还是恭敬地把香插进了香炉。

程婴又拿出一枚淡绿色的玉镯,放到石像边上,接着又点上了一炷香,递到了儿子手里。

程文觉得奇怪,爹,这玉镯我怎么从来没有见过啊?

我也是不久前才见到的。但它的主人,我早就认识……

谁?

庄姬公主……

哦,我在宫里见过她几回,隔得有些远,看不大清,但能看出她是一个优雅的夫人……很不幸,去年冬天她离世了,还不到四十岁的年纪……

程婴点点头,是啊,她小我十四岁……

程文困惑地,这么贵重的物件,怎么会在你这里啊?

程婴没有回答,又点上第三炷香,照样递到了儿子手上,这第三炷香你也敬上,给一个山里的孩子……

程文更加莫名其妙了,山里的孩子?

要是他还活着,跟你一般大。

可他跟我有啥关系啊?

程婴停顿了片刻,叹息道,他本来可以叫程文,后来,这名字让给了你……

程文有些不耐烦了,爹,你是不是喝高了?

我早就戒酒了。十五年前就戒了!

那为什么跟我扯这些云里雾里的事啊?就算他把名字让给我,我就得为他上香,为什么啊?

程婴冷冷地回答,因为,是他的死,才换来了你的生!

程文顿时就愣住了。

十六

在那个月色迷蒙的夜晚,形容憔悴的你把深埋于心的那桩惊天的秘密,终于对儿子揭开,虽然暂时还没有和盘托出。压抑太久的悲愤之情正待释放,可是面对儿子的不知所措,你又觉得有些突兀了,晴天霹雳难免会引起惊恐不安。可是你自觉已经没有多少时间了,此时不说或许就没有了机会。这一刻你又想起了韩厥老将军的话——这一天不远了,也就是说沉冤昭雪的日子近了,于是你竭力控制着情绪,语气也转为和缓,你得让儿子知道,从他出生的那一刻起,就一直伴随着血雨腥风和刀光剑影,可是,这些久远的事搁在今天,儿子还能听得进去吗?能信吗?

从少年茫然的面部表情看,适才你充满悲情但又语无伦次的叙述,仿佛是在说一个逻辑混乱的故事,更好像是在说别人的故事,与他没有一点儿关系,因此也不可能轻易受到感染,相反,这个严肃的时刻,少年心里泛起的是一连串的质疑。虽然你依然在遮掩着,但他已经明显地感觉到,他不是你程婴的儿子,自己就是当初晋国将军赵朔和庄姬公主所生的那个赵氏孤儿!赵家得罪了君家,于是就引发了一场血腥。为了搭救这个孤儿,你用从山里买来的那个娃进行了巧妙的调包,偷梁换柱,又与那位叫公孙杵臼的老人当着大司寇的面合演了一出戏,付出了两条命的代价,蒙混过关,这才让孤儿活到了现在——既然这样,你为什么又要和大司寇攀亲呢?哦,你拿屠岸贾当仇人,却又让儿子认他作义父,这又算什么?你难道不觉得混乱不堪吗?

因此儿子一直沉默着,虽然眼睛有点发红。这让你感到了沮丧,甚至是失望,事情不该是这个样子啊!

过了一会儿,儿子终于开口了,语气却显得平静,照爹的意思,我应该就是赵家的那个孤儿了?

程婴叹息道,你本名不叫程文,而叫赵武——这是你娘,就是庄姬公主给取的……

说着,就从那只破旧的藤匣子里拿出了那顶虎头帽,让儿子看里面用红丝线绣下的"赵"字:这也是你娘亲手绣上的,我保存了十五年……

程文接过虎头帽,端详着,眼睛也有些湿润了,语气却还是将信将疑,当初,你就是用这只药箱,把我背出赵家的?

程婴点点头,你若不信,现在就去拜望韩厥老将军,他是见证人。

过了片刻,程文又问,当年屠岸贾灭了赵家,是奉了谁的命?

你舅舅,当今的国君!

他们不是兄妹吗？那可是亲骨肉啊！

骨肉相残的事还见得少吗？

这时候程文也在抑制着内心的激动，走到了那尊石像的面前，背着身，低声问道，如果那个娃不是买来的，而是你亲生的，你还舍得交出去吗？

程婴一时没有说话。

程文又接着问，如果说屠岸贾是首恶，那你又是什么？算胁从吗？

程婴气得身体微微颤抖着，跌坐在椅子上。

程文转过身来，蹲到程婴面前，就算你说的这些都是真的，那么，你得回答我最后一个问题——你为什么要这么做？

程婴嘴唇颤抖着，还是张不开口……

仅仅就是为赵家鸣不平——这说得通吗？会有人信吗？

程婴不禁落泪，我……我才是你爹啊……

程文很是惊讶，你是我爹？

程婴泣不成声，点着头，我是你……亲爹啊……

程文一下就炸了，不，不是这样！我不信！

程婴感到一阵眩晕，身体摇晃着，儿子便紧紧扶住了他。

那只藤匣子像你一样老了。十五年前,你让婴儿藏身于此再偷带出赵府的情形,仿佛就发生在昨天。这个仇今生一定要报,血债血偿,这是亘古不变的天理!你这一口气之所以还没有咽下,就是想活着见证这个大快人心的结局,否则,你将无颜去见黄泉之下的那些死者,你也将死不瞑目。

你慢慢推开儿子,哆嗦着双手,又点上了一炷香。这会儿,你感觉紧绷的神经开始松弛下来,疲惫的身体也有了轻微的缓解,十五年啊,度日如年的十五年,今天总算是熬出头了,得到了些许解脱,尽管这样的局面未必让你满意。但你已经拿定了主意,开弓没有回头箭,趁着大司寇还没有消除狩猎的疲惫,你得果断地走出最后一步——这炷香不是为了祭奠,而是用来计时。你清了清嗓子,然后明确地告诉儿子,在这炷香燃尽之前,你去把那件事办了——带回屠岸贾的人头!

但是,儿子再次陷入沉默。从他那副疑惑而惊讶的眼神里,你看到了自己这一生的绝望,你走到儿子面前,直视他的双眼,终于还是愤怒了——

面对仇人,你竟然无动于衷?你,你果然算不得赵家的后代……

我本来就不是老赵家的人……

你也不是我的儿子!

就算你生了我,可屠岸贾也养了我,也是十五年啊……

如今你们都老了,就不能罢手吗?

不能!

既然不能,那……那为何非得把这种难堪的事交到我手上呢?

因为,这是你的命!

可我不想要这样的命!你们上辈子欠下的债,却要我来还,这不公平!

这不是债,是仇!有仇不报,天理难容!

那我就不要这个天理,行吗?

你这个……逆子!

爹!

住口,我没有你这个儿子!

那个晚上程文还是去了屠岸贾那里。后者刚刚沐浴,裹着丝绸锦袍,端坐在书房里。他的面前也燃着一炷香,即将燃尽。听到迟疑的脚步声,大司寇知道是义子来了,但他暂时没有回头,似乎在等待着什么,屋子里一时变得很安静。

那炷香终于燃尽,香灰倒下,最后一缕青烟妖娆地凌空摆动了几下,便消失在了晚风中。

屠岸贾轻轻咳嗽了几声,说,我知道今晚你会来……正好,这炷香也点完了。

程文没有说话。

是你爹让你来的吧?

程文这才低声问道,谁是我爹?

当然是程婴。

程文追问,那我娘又是谁?我的亲娘……

屠岸贾这才回过头,发现义子的情绪有点不对,忽然就明白过来,你爹都对你说啥了?

程文流泪了……

屠岸贾喝了口茶,叹息道,如此看来,你不叫程文,而叫赵武……你果真是赵朔的儿子?

程文抽泣着,我从来就没有见过什么赵朔……

那至少你也算得上赵朔的遗腹子。

程文激动起来,难道这些都是真的?

屠岸贾走近义子,扶着他的肩膀,娃儿,真假早就不要紧了。啥要紧?活着。你今年才十五,你还有很长的日子,很好的前程。

但我要活得明白!

屠岸贾一摆手,别说了,你就做你该做的吧。要是手软,就回去陪陪老程婴,顺便帮老夫捎个口信,等他身子骨利索点,我请他吃茶……

屠岸贾说完,又不断咳嗽起来,夹杂着气喘吁吁。

十七

几天后的一个上午,应大司寇屠岸贾之约,你由儿子陪同来到了后山——原来吃茶的地点竟选在公孙杵臼的那个院子里,这让你有些意外,似乎也是某种暗示。很显然,儿子已经对这个义父通报了一切,今天双方都是有备而来。这里现在已经变得像一个小型的墓园,苍松翠柏,公孙杵臼的墓冢就隐在绿荫之中。这边上还建了一个八角亭子,内置一张石头圆桌和几只石鼓,倒是吃茶观景的好场所——那年用官署赏的一千大钱做这件事,相当值得。

屠岸贾已经先到了一步,此刻,他身披一件黑色的大氅,挂着一根枣木的拐杖,正在亭子里对你这边张望着。一驾马车停在不远处的山坡上,几个侍卫像木桩一样站得笔直,倒是那几匹马自由散漫,埋头在坡上吃草。院子里,两名侍女正在用铸铁壶煮茶,清香四溢,这轻松惬意的气氛脱离了你的想象,很快也调整了你的情绪。这时你不禁想起了刚才路上儿子说的一句话——能消除心头之恨的未必只有一把刀。这话现在听起来意味深长……

见你下马,屠岸贾便站起身往前迎了几步,皮笑肉不笑。照例是彼此拱手作揖几句客套,然后你们便相对而坐,侍女上好茶,屠岸贾就挥了一下手,让边上人全都撤下。周围很快就安静下来,一阵风拂过,果然让人觉得几分惬意。

亭子里就只剩下两个老者,但互相不看对方,各自看着别处。

屠岸贾的表情变得有些伤感,清清嗓子说,一转眼,咱俩都老了啊,没几天好活的了……

程婴轻叹道,只要还剩一口气,我都会找你。

屠岸贾感叹道,只可惜啊,儿子不像你,虽然长得与你有几分相像。

儿子像娘……

不,不像。这娃心慈手软,那天射了只野兔都不敢拿回去下酒,偷偷埋了,还以为我不知道。来,吃茶……

程婴没有拿起茶盏。

屠岸贾便又补了一句,这茶干净,大可放心用。

说完,自己先喝了一口。

程婴端起茶盏冷笑道,我今天敢来,就不怕它不干净。

于是,你也喝了一口。

屠岸贾环顾了一下周围景色,感叹道,今天约你来,就当是故地重游吧。当年可是你把老夫领到这里的……

程婴起了悲愤,你欠下的血债还少吗?

屠岸贾倒也平静,当年对付赵家,老夫也是奉君命行事。没错,老夫手上是沾了血……可是,你的手就那么干净吗?

你什么意思?

屠岸贾冷冷看了程婴一眼,站在这里,你应该触景生情吧?那乡下小娃难道就没有给你托过梦?

程婴眼前再次闪过了那个惨烈的画面,顿时就有些慌乱,竟然无言以对。

屠岸贾话锋一转,赵家遭遇横祸,你知道是谁挑起的吗?

谁?

赵庄姬。

程婴有点震惊,但是没有感到意外。

联想起当年与少夫人的交谈,你觉得屠岸贾的话不能看作无中生有。现在,你也大致清楚了来龙去脉。庄姬公主出家之前就与赵婴齐对上了眼,甚至有人私下里认为,这女人就是因为这个才愿意嫁到赵家的,但她一点也不喜欢自己的丈夫赵朔。在她眼里,那就是一个无用的男人,是假男人,加上新婚之夜以鸽子血冒充见红又不慎露出了破绽,于是蜜月顷刻间就被阴影笼罩。很快,将军负气离家,女人心慌意乱,便暗地里和赵婴齐商量对策,后者却担心事情闹开,会辱没他赵家的颜面,便借口要去边关巡视也溜之大吉,从此不知去向。于是,这个悔恨交加的女人心生恶意,回到宫里向哥哥晋景公密报,谎称赵家库房里私藏了不少刀枪剑戟,几个兄弟也时常半夜里聚在一起交头接耳,极有谋反的可能。君王一听就动了杀机……

但这些绝不是事情的真相,程婴先生!

引发血案的真正原因来自君王幽暗的内心。生性多疑的晋景公早就想收拾赵氏,当初晋灵公就死于赵家人之手,他害怕重蹈覆辙。这个人不满赵氏世代为相,一门人才辈出,更担心其坐大成势尾大不掉。这种病态的焦虑让他视赵氏为心腹之患,虽然表面上一向装作若无其事。少夫人任性的几句发泄,本是想给赵家一点颜色看看,但在晋景公眼里,无疑是诛灭赵氏一门的又一口实。然而很遗憾,在这一立场上,后来的典籍,无论是《史记》还是《左传》,一律采取了回避,或者干脆拿屠岸贾当替罪羊——仅此一点,我就不能苟同。毋庸置疑,大司寇是奉君命行事,绝非擅作主张,这个人历来霸道,但在君王面前却不敢妄为,即使他有这份恶,也绝没有这个胆。

也就在这个时候,一位眉清目秀且又和气体贴的男人来到了赵府,其实这个人早就走进了赵家少夫人的视线,只是他本人还蒙在鼓里。此人不是别人,就是你,程婴先生。于你,可以说是一见倾心;于她,或许是一见钟情——无论是寂寞难耐还是孤枕难眠,都是她这个女人不能接受的。

  原以为只是一场风花雪月,却没有想到会是海誓山盟。于是,逢场作戏演变成假戏真做,当怀孕成为事实时,怨恨便成为往事,女人竭力想挽回这一切,但是为时已晚,覆水难收……

  屠岸贾理了一下稀疏的胡须,不禁干笑了几声:好你个程婴,居然和老石匠合演了一出戏,瞒天过海,竟然瞒了老夫十五年!

  程婴也冷笑道:我相信总有水落石出的一天!

  屠岸贾放下茶盏,抹了一下嘴唇,凑近程婴:既然你已经把这层窗户纸捅开了,那么,老夫今天就让你看个明白——你以为,你真的能瞒得了我这双眼睛吗?

  程婴暗自一惊。

  这时,屠岸贾举起拐杖对马车的方向示意。

  那边的侍卫掀开了帘子,扶下一个矮胖的老太太,那妇人走起来摇摇晃晃的像只鸭子,近了,便看清她嘴角有一颗痣——那是稳婆!

  程婴回头看看屠岸贾,放过她。

  放心,我不会杀她的,她是证人。

  那稳婆可怜巴巴地看着程婴,后者避开了她的目光。

屠岸贾挥了挥拐杖,侍卫又把老太太送回到了车上。

程婴冷笑道,既然你早就知道了这孩子的来历,为何迟迟不下手?

这孩子跟赵家毫无干系,老夫岂能滥杀无辜?

为何还要认他作义子?

问得好!屠岸贾突然兴奋起来,不停地搓着手,老夫现在就告诉你——这孩子可是我的护身符啊!认下他,能保老夫余生无虞!

这样一说,程婴倒有些蒙了。

屠岸贾继续说道,既然你程婴可以借老夫的势力来护着孩子,我当然也可以借着这孩子的名分为自己留条后路——万一哪天国君反悔了,又想借助赵氏理政,老夫就随时将这张牌打出去。这不,景公为赵朔颁了谥号,啥意思?明眼人一望便知……

程婴明白了,不屑地,到了这个年岁,你居然还惦记着后路?

屠岸贾得意一笑,所以说,咱俩一样,各有所图。不过你记住了,眼下这孩子还叫程文。至于他有没有叫赵武的那一天,得看他的造化了。

程婴坚定地说,他永远也不会姓赵了。

第二天,侍卫发现大司寇死在了自己的床上,而且死相十分难看——一丝不挂且四肢弯曲地趴着,活像一只老王八。有人说,他是暴病而终;也有人说,他是被毒死的;有人说他是被噩梦惊吓而死,因为作恶太多;还有人说,晋景公下了秘密手谕赐其自裁,因为君王即将为赵家翻案了。总之,这个恶人终于遭到了报应,不得善终。

那晚,都城的鞭炮声响了一个通宵,焰火把半边的天都烧红了。

程婴先生,请原谅我以这种捕风捉影的方式来叙述你的故事。阁下如有不满,请容我自辩几句可以吗?我的出发点并非在诋毁先生高大的形象,相反,我是在努力维护着先生,尽管只是虚构。当我与文本中的程文抑或赵武的年纪一般大的时候,我第一次听懂了这个故事,但是很遗憾,这回我竟然没有被你的大义之举所感动。相反,我感到了害怕。我觉得你是一个可怕的父亲,朗朗乾坤,天底下怎么可以有你这样的父亲?为了保护所谓的忠臣之后,竟献出自己的亲生骨肉!这多么恐怖、多么不可理喻!这是反人类的,我拒绝相信!或许就是从那个遥远的晚上开始,我萌发了重塑你形象的念头。我愿意你的形象在我的笔下极其朴素,我宁肯看到你和心仪的公主鸳鸯戏水,也不屑那种匪夷所思的大义凛然。在义人和情人之间,我选择后者;在侠士和父亲之间,我依然选择后者——如此这些,应该是我重构这个故事的初心。

赵家的故事当然还有后续。

公元前583年,即晋景公十七年,年迈的韩厥前来向景公告老致仕。其时君王正卧病在床,对老将的解甲归田很有些不舍。两人便伤感地谈起了往事,自然免不了要牵扯到赵家。韩厥似乎是无意中说起,眼下又到了祭祀的时节,却看不到一个赵家人的身影。景公的表情也显得凝重起来,后悔当初听信了屠岸贾那王八蛋的谗言(他当然不会承认这是自己的安排),然后就说起了昨晚刚做的一个梦——他走进了一片林子,总听见狐狸在叫,却怎么也看不见它的踪影。他很想逮住这只狐狸,但每回捉住的都是影子,两手空空,还潮潮的发黏,跟沾了血一样,怎么洗都不舒服。醒来,一身冷汗的他便想起妹妹赵庄姬的那个婴儿,那孩子倘若还在,也该有十六岁了。言罢,他竟有些凄然。于是韩厥就说,那孩子或许还在这世上。景公说,帮我找找吧。

这年秋天,韩厥领着一个看上去有点腼腆的少年进宫,恭敬地走到了晋景公面前。景公觉得这孩子有点面熟,却一时想不起在哪里见过。

景公问,孩子,咱俩见过吗?

少年说,好像没有……

景公问,你是谁啊?

少年说,我叫赵武,名字是我娘取的。

说着,少年恭敬地递上了那顶红黄相间的虎头帽,已经洗得干干净净,像新的一样。那个红丝线绣下的"赵"字格外醒目。景公端详着,很快便认出了这是他妹妹的活计,频频点头,但神志在这个瞬间又犯起了迷糊,于是再次问道,孩子,你姓啥?

少年响亮地回答,赵!

影片最后的镜头却是这样的——

漫天的飞雪,迎来了晋国又一个冬天。朔风呼啸,四野苍茫,大地仿佛被冻裂了。

这个凛冽的早晨,雪花飘舞中,一个老人拄着拐杖在雪地里吃力地走着,一路都在对着旷野呼喊——

我有一个儿子——

他姓程——

他不姓赵——

……

山林也发出一阵阵回响,听起来令人伤心欲绝。老人渐渐走远,呼喊声也越来越弱,清晰的只有雪地里留下的那一串深浅不一的脚印……

镜头慢慢升高,形成俯瞰,片尾音乐渐起……

演职员表自下而上地出现……

赵氏孤儿

回想起来,"赵氏孤儿"这个题材最初进入我的写作计划中,是在2008年。当时国内一位知名导演打算拍这个电影,约我去他的工作室叙谈,问我可有兴趣合作。我说,兴趣是有的,但我的理解恐怕跟你不一样,跟这个故事就更不一样。于是就很随意地说了一嘴,我不会去表现一个父亲拿亲生骨肉去换取所谓忠臣之后,这是反人类的,很残忍。如果世上真有这样的父亲,那就是最坏的父亲,我怎么能歌颂这样的父亲呢?这话一出,好像就没有什么可以往下谈的了。自然这次合作还没有开始就无疾而终。

熟悉我的人都知道，我不是一个专心致志的写作者，我的写作总是显得三心二意，往往是想写就写、想停就停，或者写写停停、停停写写。这几十年里我除了写小说和剧本，还作为导演身体力行地执导过不少电视剧，近些年又把精力放在绘画上。我喜欢这种自得其乐的生活方式。我也从不参加任何专业协会，没有理由，只是觉得所做的这些纯粹是私人的事情，从心所欲就好。我更喜欢"一意孤行"这个成语，仿佛是为我这种人量身定制。我写小说，从来都是按照自己的理解，寻找自以为合适的表达。或许正是这样的我行我素、不拘一格，文学史让我忝列于先锋作家阵营，殊不知它对我而言毫无意义。庄子有言，举世誉之而不加劝，举世非之而不加沮。这话倒是很对我的胃口。

丁酉年是我的本命年，我做出了一个决定——离开居住二十年的京城，回到了故乡安庆。民国时期的安庆是安徽省的省会，如今落寞了，算是一个四线城市，但正合我意，这种不被打扰的安逸我向往很久了。以前说过，六十岁对于我是一条分界线，之前舞文，之后弄墨。

舞文弄墨是我的人生设计，简单明了。原计划今后心思都放在作画上。我已经十年不写小说。过六十六岁生日那天，我填了一首七律自况，其中颔联是"六十六年路中路，三十三载坛外坛"——此生游于各种坛之外，岂不快哉乐哉？

但是来自四面八方的小说约稿还是纷至沓来。其中就有《天涯》。2023年《天涯》的封二都是我的人物画，从鲁迅到张爱玲。所以，当他们向我约小说稿时，我自然会重视，于是又一次想到了计划中未了的"赵氏孤儿"。尽管这个题材早已被影视作品反复演绎过，但我还是有了颠覆的冲动。这一回，我将知难而上了。

查看日记，我仅用了十天的时间便写出了小说的初稿，竟有四万多字！这让我意外。我没有料到像我这样三心二意的写作，在这样的年纪还能拥有一份文字的激情和愉悦，我深知这种快乐源自形式的发现。

第二人称的叙述拉近了我和程婴先生的距离。况且，这回我是以一个表现赵氏孤儿电影的编剧和导演的身份给他作书，与其隔空对话，我甚至有意把所谓的电影剧本融进这个小说文本，与剧中人程婴先生讨论正在发生的剧情并不时对他进行"导演阐述"。这个支点一旦形成，叙事便身轻若燕。回头再翻《史记》和《左传》，断断续续地想着这个故事的构成，很快也就找到了另一种解读的方式。譬如，在《左传》中，发生在赵家的灭门横祸被称作"下宫之难"，赵庄姬与丈夫赵朔的叔叔赵婴齐私通，成为这桩血案的导火索。但是，围绕这桩血案的正反两面的人物却都没有登场，没有一点踪迹。而到了司马迁的笔下，这个故事的主角才变成程婴和屠岸贾，才有了程婴与公孙杵臼"谋取他人婴儿"秘密换取赵氏遗孤的举动，继之扶持其在十五年之后完成复仇大业。显然，"调包"这一情节已经成为故事的焦点。再以后，元代的纪君祥以杂剧的形式加以渲染，把"谋取他人婴儿"换成了程婴自己的孩子，并让他"认贼作父"，投到奸臣屠岸贾的门下。程婴忍辱偷生，公孙杵臼慷慨赴死，为了保住所谓忠良之后，他们泯灭了人性之光。

可见，当历史演变成传说时，将是多么不可思议！而后人以传说来诠释历史，则更是不可理喻!我没有矫枉过正的条件和能力,我要做的,只是对这个故事做一次一厢情愿的颠覆与书写,但绝非凭空捏造。借用小说文本里的一段话——

> 在笔者看来,所谓捕风捉影,即是在扑朔迷离的历史缝隙中去寻求另一种解读的可能,或者依靠想象来重构这个支离破碎的故事。我只希望推理层面能够达到逻辑自洽,叙事层面也可以自圆其说。至于真实,那只能存在于我的内心。

有一件令我意外的事,《与程婴书》写毕,本该喘一口气歇歇,但叙事的惯性与冲动并没有因此停止,反倒越发强烈起来,一个声音仿佛在耳边不断地向我提示:还有一部呢!这正是我期盼已久的写作状态,让我兴奋。于是,在这年秋天即将逝去的那个黄昏,一名来自战国时代的青年剑客,风度翩翩地、清晰地走进了我的视线,他叫荆轲。

——作者手记

第二部 刺秦考

春秋乱
CHUNQIU LUAN

第一章：一念

一

发生在公元前 227 年的那场影响中国历史进程的刺秦事件，显然出自一次充分而又草率的预谋。但很少有人知道这其中依然暗藏着玄机。比如，从一份年代久远且又无法证明出处的资料看，当年燕太子丹逃出秦都咸阳的那一天，卫国人荆轲也由榆次来到了燕都。这种机缘巧合，让后来发生的事情从一开始就涂上了某种神秘色彩。仿佛是一次事先约定的彩排，这两个人在同一时间到达了同一地点，几年后又凑在一起，就此拉开了一场大戏的序幕。他们分别担任着导演和主演。故事的纲领是谋划如何杀掉一个人——秦王嬴政。在侠义之风盛行并能引起大众敬重的战国时代,这一惊天动地的事件无疑具有了英雄气质。但是,现存的典籍无论怎么记叙,都让这件事看起来更像一个浪漫而充满悲情的传说,而普遍的疑义又让它溢出了历史的边界,成为文学或者影视作品的素材流传至今。

那一年燕都的春天似乎比以往来得迟。早春二月,春寒料峭,冻裂的大地上已经开出了奇异的花儿,易水河边的柳树也开始发芽。这种乍暖还寒的天气让燕太子丹的内心更加焦虑,实际上连日来这个人也是寝食难安。那段时间他几乎每天都要问太傅鞠武,秦国方面可有什么文移公牍,因为质子逃脱毕竟是违约行为,他担心会因此引发连锁反应,让日益弱小的燕国雪上加霜。太傅摇摇头说没有,在秦王眼里,好像根本就没有发生燕太子逃离这件事。丹一听就十分恼怒,他最不能忍受的就是秦王嬴政对自己的如此无视。这种卑贱的心理可能源自少年时期就开始作为质子的经历,那无疑是此生巨大的也是耻辱的阴影。

算起来,燕太子姬丹和秦王嬴政应该是发小,也许还是同庚,当初二人同为质子拘押在赵国,回想起来,那还真是一段欢乐时光呢。这两个少年,每天站在赵都邯郸破败的城墙上比赛撒尿,看谁尿得高尿得远。嬴政好像从来都不是姬丹的对手,也几乎没有人能从他那张腼腆的脸上看到未来的王者之气。然而老天爷却还是对这位燕太子开了一个深刻的玩笑——没过几年，嬴政就回秦国登上了大位，丹则可笑地又成为秦国的质子。那个时候燕太子丹还是一派天真，以为新的秦王会给他这样的人带来一些宽松和欢乐，至少会带来一些生活上的便利，毕竟是曾经的哥们儿嘛。后来的事实和丹的期许倒是也有接近的方面，比如他的伙食有所改善，每个月可以吃上一顿羊肉泡馍。除此之外，就看不出有任何的改变，反倒增加了不少繁文缛节——但凡秦王那豪华的一乘座驾经过，目之所及，丹就必须跪送宝马香车远去。在这位燕太子看来，秦王无疑是在用这种方式对他进行羞辱，于是思乡之情溢于言表。终于有一天，燕太子丹当街拦住了秦王的座驾，更是当众提出，自己必须回燕都省亲！秦王探出脑袋故作思忖，慢悠悠地说，回去嘛，也不是不可以，但一定要等到一只白色的乌鸦飞来，或者一匹长了犄角的马跑过。说完秦王便哈哈大笑，落下了车帘。边上的随从和侍卫也被秦王这种天生的幽默感逗得乐不可支，只有丹默默流下了悲愤而心酸的眼泪。或许就从那个时期起，燕太子丹就有了一种复仇的欲望（其实也不过是想出一口恶气）。正是被这种恶劣的一念所怂恿，丹踏上了逃亡之路。

据说燕太子丹化装成一个腿部严重残疾的乞丐，穿着破烂的衣服，脸上涂抹了污泥，于一个黎明从窗户爬出了囚禁他的房间。丹就这样拄着拐杖在路上走了三天三夜，一路皆是风餐露宿。等第四个黎明到来，一脚踏上燕国的土地，这位燕太子竟情不自禁地号啕大哭起来。丹动情的哭声惊起了河边的水鸟,它们围绕着这个可怜的逃亡人飞翔,同时也发出了揪心的悲鸣。那个瞬间,埋藏在丹心里的那一念,仿佛一星半点的野火受够了凛冽的寒风,哗啦一下完全被点燃。太子仰望苍天起誓,燕秦势不两立,他与秦王嬴政的仇恨也是不共戴天。这种浮现在脑海中的一念,挥之不去,终于在几年之后成为一场阴谋的雏形,尽管看上去显得轻佻而不可思议。如今,这两个人都已迈过了而立之年,也都是一国之君(太子丹实际上执掌国政),眼看着秦国一天天坐大,先是兼并了韩国,接下来将荡平赵国,秦军在大将王翦的率领下已经逼近易水,须臾间即可兵临城下,燕都也危在旦夕。太子丹觉得,这个在心里酝酿多年的刺秦计划不能继续纸上谈兵了,得以实操已是刻不容缓。

对时下的局势,太傅鞠武一向有着自己的见解,他深知燕国面临的困境,主张加强与楚国、齐国、魏国的联络协作,呈合纵抗秦之势。太傅感叹道,由此看来,长城以南,易水以北就没有安稳的地方了。既然如此,殿下何必要去触动秦王的逆鳞呢?但这个建议还没有得到充分的阐释,就遭到了太子殿下的断然否决。太子说时间不讲情面,不等你和这几国把酒喝完,秦军的马蹄就踏破了燕都的城阙。太子说必须走出一条捷径,才能救国家于危难之中,同时也能解除他的心头之恨。太傅自然听出了弦外之音,但感到很不理解,甚至有些诧异,殿下难道仅是因为这个才仇恨秦王的吗?太傅的表情似乎在说,你这简直就是在耍小孩子的脾气!显然,太傅鞠武自以为是了解自己这个学生的。丹虽然贵为太子,也是三十出头的年纪,但心智似乎还停留在少年时代。不过从后来发生的事实看,这位厚道的太傅其实是被太子殿下那种反复无常的情绪所蒙蔽了,他根本就没有窥测出这个年轻人貌似不够沉稳的表情下,却深藏着一颗黑暗之心。

对来自太傅的疑问,太子丹一律沉默以对。每回谈论国是,丹的眼前就浮现出秦王嬴政不可一世的嘴脸,看上去似乎总是一副病恹恹的样子,其实骨子里霸道而歹毒,且野心勃勃。但是,丹毕竟还是燕国的太子,如今又受父王之托执掌国政,朝堂上不便公开流露自己的心思,也不能让群臣看出他的狭隘,认为他是一个小肚鸡肠且十分情绪化的人。此刻,太子殿下很想这份蓄谋已久的计划能得到鞠武的认可,于是就站起了身,走到太傅跟前,郑重地说道,眼下,能够拯救燕国危亡的,就只剩下一条路了——刺秦。

鞠武一下就给惊吓住了,不等他开口,太子殿下便往下说了,太傅勿用这般眼神看寡人。寡人承认这或许是小人之举,非大丈夫能为。但是,面对国家的生死存亡,寡人也只能不择手段、铤而走险,容不得多想了。

这位叫鞠武的老先生,平时满嘴的文韬武略,可是一旦事情真的来了,他就没有了一点主张。他说如此重大的举措——就当是举措吧,切不可草率鲁莽,更不能意气用事。太傅的意思是必须禀报燕王陛下,才能再作考量。谈话显然无法继续下去,太傅从太子丹的眼神中明显看到了对父亲燕王喜的不屑和沮丧。这会儿,太子殿下伸开双臂,打了一个有力的哈欠,说,每回只要提出来见父王一面,得到的回复总是龙体欠安,而后宫里又不断出现新的面孔。你觉得寡人还有禀报的必要吗?太傅,代寡人去请田光先生吧,这就去。

　　这位田先生如今算是一位隐士,在燕都一带有着很好的名声,都说此人满腹经纶,而且年轻时也有着不凡的身手,但市面上从未听说过此人有过见义勇为的壮举。他和燕太子丹称得上是要好的朋友,过去也曾指导过太子丹几路拳脚,但自从丹成为秦国的质子,就难以相见了。他倒是也听人说过,太子几年前就逃回来了,但一直就没往心里去。

　　当天下午,鞠武就领着一位看上去比他还老的老人,来到了太子殿下的一个秘密据点。这是燕都郊外一处隐藏在桃树林中的楼舍,站在楼台上可以看见蜿蜒流动的易水。当年太子丹从秦都逃回燕都,为避人耳目,就选择在此落脚。现在他再次住到了这里,除了上朝理政,平时就隐居于此,继续琢磨他关于刺秦的计划,轻易不见客。然而这个下午太子殿下却早早在门前迎候了,见马车抵达,他便上前亲自打开车门,扶着田老先生下车。老人鹤发童颜,身体已显佝偻,太子躬身作揖,脸面一直笑盈盈地对着老人,一边后退着从大门来到了客厅,还顺手用衣袖拂去了垫席上的灰尘。这种不寻常的殷勤礼遇倒引起了老人的警觉,也显得拘谨起来。田光说,老朽何德何能,岂敢如此有劳太子殿下?

太子殿下便说,田老先生光临,寡人焉能怠慢?

侍女已经将清茶与点心摆好,太傅鞠武便抽身离开,将门带上。室内就只剩下了太子殿下和田老先生。等喝了口茶,太子丹这才问道,太傅在路上可对先生说明了?

田光说,太傅只是说殿下有要事相商。

太子丹点点头,说,的确如此。然后就说了眼下严峻的形势和自己酝酿的计划。他一边说着一边观察着田光的表情,发现老人的眼睛始终是半睁半闭,脸上也是似笑非笑。不过,太子丹相信,自己说的每一个字老先生都听进去了,却又不禁有些疑惑,因为急于想知道这位田老先生的态度,于是便转了话锋,寡人或许不知天高地厚,才想出这样的旁门左道,不知先生意下如何,想当面讨教。

田光倒也不遮掩,对太子的计谋也不做评价,只说毕竟很久不见了,殿下脑子里留下的还是老夫从前的样子啊。当年田某也算得上一匹良骥,日行千里而不知疲倦,如今呢?行走摇摆,如风中的一秆芦苇,力不从心啊!

这显然带有推辞的意味,太子丹有些意外,便有些激动地说,冰火难相容,燕秦不两立。在这国难当头之际,还望先生能为国贡献一片赤诚之心。从前先生是千里马,眼下先生是伯乐,门下必定不乏具有胆魄的高足,定可担此大任。

田光这才睁开了眼睛,说,人倒是有那么一位,老夫可以介绍你们认识。

太子丹说,如此甚好!

二

田光所说的这位就是卫国人荆轲。

至今没有任何资料可以说明荆轲是怎样的一个人,对他的介绍,典籍上往往都是闪烁其词或一笔带过。在笔者看来,这位年轻的剑客原本就是一个虚构人物。他不是历史人物,而是文学形象。因此我们也无法弄清几年前他来燕都的真实目的,这就为后来的故事提供了更大的伸缩空间。我们姑且认为他就是一个江湖游侠,看似茫无目的,却是一意孤行。但是在这一年的春天,这个"一意"却逐渐清晰起来。

几年前荆轲来到燕国,起先只是想顺路拜望自己的老师田光。实际上他也算不上田光的学生,倒可以称作忘年之交。少年时期,荆轲在卫国就得知田光先生的大名,在他看来,江湖上不乏好汉侠士,但书剑逍遥者甚少。他认为燕国的田光就是这种人,说是他少年时代的偶像也不为过。为此,他曾多次来到燕都拜访田光,甚至希望投到先生门下。但不知因为什么,老人拒绝了他的要求。荆轲至今还记得,当时田先生说了一句看似随意又仿佛带有玄机的话,一意者孤行。后来的情况也大致印证了田先生的判断。这些年东游西荡,荆轲结交了不少酒肉朋友,但鲜见可以交心的知己。他也有过不少女人,却从未想过娶妻生子。这年他二十八岁,面对自己的一事无成,难免感到沮丧。这样的时刻,他习惯于借酒浇愁。读书、习剑这两件事仿佛成了一种个人存在的象征,没有实际的用处。这种独行侠的闲散生活看似自由,有时候也会给他带来无边的寂寞。也许因为这个,他才想起再次来燕都拜见田光先生。一个漂泊不定的剑客,四顾茫然,渴望得到高人指点迷津,这也是那个时代流行的风气。然而,在燕都一住就是几年却不在计划之中。

　　荆轲在燕都蛰居,应该还与另一个人有关。此人是个酒徒,更是一名擅于击筑的乐师,叫高渐离。据说二人多年前相识于秦都咸阳的一家酒馆,其时高渐离醉心击筑,酒客充耳不闻,唯独荆轲暗自落泪,于是二人就这样高山流水似的一见如故。因此这回的再见便显得格外亲切,荆轲来燕都这几年,除了偶尔向田光先生讨教,就是与这位乐师一起饮酒,顺便听他击筑。筑这种乐器,虽然只有五弦,用竹尺敲击起来却能发出动人心魄的悲怆之声。那个晴朗无风的下午,荆轲正在栖身的驿馆与高渐离对饮,酒过三巡,乐师便放下了酒盏,再度击筑助兴,其声却蕴含着悲悯与忧伤,仿佛一位远方游子的吟唱。荆轲听着不禁双眼湿润,内心却在感叹,想这天下如此混乱，一个人形影相吊，就无须再谈什么高远的志向了。那应该是年轻的剑客一生中最为潦倒的时期，却不知命运安排的辉煌已经近在咫尺。

尊敬的田光先生来了。从老人殷切的目光里，荆轲感觉他应该是有要事相商，于是就让乐师先行离开了。关上门，荆轲请田先生落座，后者却说，太子殿下想见你。这让荆轲有些意外，来燕都几年，他不曾与官家打过交道，突然间太子殿下却要召见。在荆轲的印象中，这位燕太子丹一直在秦国做质子，几年前突然逃回来了，不知何故。但他不想打听，只对老师说并不认识此人。田光说，见了也就认识了，是太子殿下特地让老夫来接你的。这么一说，荆轲便不敢怠慢，匆忙换上一件干净的衣服，跟随老师上了停在驿馆门前的君家马车。一路上田光没有说话，荆轲也不便多问，就这样颠簸了半个时辰，来到了易水岸边的一片桃树林中。这时节桃花远没有盛开，枝头上仅有一点粉红。这里渺无人烟，静谧而荒凉。远远看过去，燕太子丹的秘密寓所就隐藏在其中。马车很快就到了门口，荆轲看见一个矮墩墩的、留着两撇胡须的胖男人微笑着站在门口，衣着体面，心想这应该就是那位燕太子丹了。但是如此隆重的迎接，却让年轻的剑客突然有了一时的不适和不安。

第一眼看上去，太子丹觉得此人与想象中的那个人很不一样，浑身上下看不到一点江湖侠士的气味，倒更像一位郎中。此人眉清目秀,身材修长,也带有几分异乡人的拘谨,而且沉默寡言。尽管之前田光老人已经说过,此人看似随和但有脾气,年轻难免固执之类,太子还是难掩失望之色,虽然脸上一直挂着笑意。不过太子丹又想,此人毕竟是德高望重的田光先生举荐的,当有过人之处,想必也是真人不露相吧?几句寒暄后,太子丹一听几年前荆轲进入燕地的那一天,正是自己逃离咸阳的日子,忽然觉得这仿佛是一种天意,然后就兴奋了起来。荆卿!太子丹说,寡人与你虽是初会,却大有一见如故之感,你觉得呢?

又是一见如故,荆轲只是谦卑地一笑。

太子却无法收敛这份激动,寡人估算了日子,几年前你来到燕地的时候,寡人正逃出秦都。几年后,老天爷又特意安排了这样的一次会见。你说,这算不算是一种缘分呢?

荆轲说,当初来燕都,就是一心想拜会田老先生,多得到一些教诲。今日与太子殿下的相见却是始料未及的。

正谈得高兴,太傅鞠武板着脸匆匆从外面进来了,蹲在太子身旁耳语了几句,后者的神色顿时就凝重了起来。接着,太子丹站起身,对田光和荆轲解释,自己有点急事需要及时处理一下,只能改天再叙了,十分抱歉。于是便请太傅代为送客,自己也踱到了书房。这个突然的变化引起了荆轲的注意,心想应该是什么要紧的事情发生了。他看看老师,田光的面部却是毫无波澜,荆轲便有些局促,不知老师的这种漠不关心意味着什么。经过庭院,荆轲看见一位身材魁梧的中年男子焦躁地在廊道上走来走去。此人看上去像一名武将,一脸的络腮胡子。见他们一行从里面出来,那人便拍拍身上的灰尘,跟在太傅鞫武后面进屋去了。从太傅不悦的表情看,他对这位不速之客明显带有一种冷淡和不耐烦。出了馆舍大门,荆轲扶田光先生上了马车,然后自己再坐上去,放下了车帘。车夫凌空甩了一个响鞭,两匹壮马就撒开了蹄子。跑过一段路,田光这才随口说了句,知道刚才那人是谁吗?

谁?

樊於期。

他不是秦将吗?

但他现在也来到了燕都。

一路上荆轲都在回味老师随口说出的这个"也"字,如同刚才太子殿下说的那个时间上的巧合,二者都是一种强调,也都一样意味深长。马车从桃林中穿过,很快上了城郊的一条弯曲的小道,马便跑得快了。这年的春天有些特别,树上的叶子尚未全绿,地上竟有了枯叶。田光不禁感叹,又仿佛在自语,地上散落的几片叶子,忽然间被一阵风无意中吹到了一起,彼此纠缠着,怎么看都有点奇怪啊!

第二章：一意

三

樊於期这个名字，荆轲并不陌生。还是少年的时候，坊间就有了一种近乎离奇的传闻，说秦王嬴政并非秦庄襄王的骨血，而是吕不韦和赵姬的私生子。秦庄襄王真正的骨血是嬴政的弟弟长安君成蟜。于是就有了后来的那场屯留兵变，其主要的策动者就是这个樊於期。这个人利用成蟜挂帅伐赵的机会，私下里告诉长安君，秦王非先王骨肉，唯君乃嫡子，并希望成蟜利用这次手握五万重兵的机会，昭告天下，传檄文以宣淫人之罪，明宫闱之诈，来一个天翻地覆、正本清源。但是很遗憾，兵变没有得逞。奇怪的是，事败之后秦王并没有追究这位樊将军,而是兴兵讨伐了弟弟成蟜,最后逼其自刎于屯留。

但是这个人后来却叛逃到了燕国,听太傅鞠武说,是因为他在赵国连吃了两场败仗,深知得罪了秦王,于是就星夜逃到了燕都,投到了燕太子丹的门下。那时候太子丹刚刚由秦归燕,或许是这种同病相怜让他起了恻隐之心。太子丹决定收留这位樊将军,第二天就让人腾出了一处宽敞而体面的馆舍,并表示尽快想办法把将军的父母妻儿一并接到燕都。樊於期一听,当场就哭着跪下了,千恩万谢。但是,作为太傅的鞠武对此却是十分不满。樊将军一离开,他就罕见地对太子发了一通脾气——《史记·刺客列传》中专门有一段富有文学性的描述,说鞠武先生抱怨太子殿下收留秦国叛将樊於期,如同"委肉当饿虎之蹊",必将是引狼入室、惹火烧身,不如尽早将其打发到匈奴,免得日后再生是非。面对太傅无可辩驳的质问,太子丹却是付之一笑。太傅还是竭力反对,认为这势必会火上浇油,激怒秦王。太子丹顿时脸就阴沉了,寡人已经激怒他了,还能咋的?从后来的事实看,燕太子丹确实就是在借樊於期的叛逃以期进一步激怒秦王。但那个时候没有人能猜到太子殿下的心事。

那天樊於期急于求见太子殿下,是因为刚刚发生了一件十万火急的大事——他在咸阳的线人送来信报,秦王刚刚签署了一份秘密缉拿令,出重金、封万户悬赏叛将樊於期的首级。这项密令目前尚未对外公布,但是一切已经在暗中进行。樊将军心下即刻大乱,再次恳求太子殿下伸出援手,搭救困在咸阳城的父母妻儿。太傅后来对荆轲说,那天你们离开之后,樊将军跟太子谈的就是这件事,两个人都很动情,也都泪流满面。

几天后的一个下午,荆轲又被请到了太子丹的秘密据点,还是由田光先生陪同。和上次略有不同的是,这次谈话的地点没有放在宽敞的客厅里,而是移到了朝北的书房。那地方看上去有点陈旧,室内的设施也显老化,倒是很敞亮,因为窗户上的竹帘已被拆除,从室内就能看见担任警戒的侍卫在不远处四下游动。三个人围着一张正方形的大茶几盘腿而坐,米酒也换成了新茶,给人一种策划于密室的感觉。太子殿下也省去了客套,一杯茶还没有喝完,他就开始侃侃而谈,先是对眼下国家总体形势的描述,接着表白自己抗秦的决心,最后才把自己决定行刺秦王的计划和盘托出。太子丹越来越激动,语速也在不断加快,吐沫星子在逆光下飞溅四射。在整个叙述中,荆轲始终没有插话,只是在倾听。等太子丹说完,荆轲才放下茶杯,平静地问道,为何是在下呢?

这话一说,室内顿时就安静下来了。这时,一件意想不到的事情发生了——窗外不知从哪里突然飞进了一只褐色的大鸟,翅膀扑腾几下便碰断了茶几上方悬挂铸铁烛台的绳索,眼看着沉重的烛台正朝田老先生头顶落下,荆轲眼疾手快,扬起右臂就将烛台挡过,同时飞起一脚踢死了那只大鸟,用身体护住了倒卧的田光。这一套动作行云流水,太子丹看得目瞪口呆。他当然也受到了惊吓,茶水泼了一身,站起来气急败坏地吼道,哪来的刺客?

太傅鞠武和两个侍卫很快就从外面跑进来了。太傅语无伦次地说,殿下不必惊慌,只是一只鸟碰断了……悬吊烛台的绳索……毕竟这地方很久没人住了……

太子丹不改愠色,若不是荆卿身手敏捷,险些伤了田老先生!

说着,他又走到荆轲面前,拉过他的右臂,看看伤了没有,荆卿,没事吧?

荆轲一笑,只是衣服破了。

太子丹说,寡人赔你两件!

太子丹这才满意地笑了,同时让人把那只刚被踢死的大鸟送到厨房,好晚上下酒。侍女收拾好屋子,重新上茶,室内很快就散发出新茶的清香。荆轲这才继续往下说了,开口就问,太子殿下希望在下来做这件事,是因为我无牵无挂,还是因为田先生对弟子的抬举和垂爱?太子丹说,虽然寡人尚不知荆卿对这件事的态度如何,但寡人历来对书剑一体的侠士高看一眼。荆轲就说,在下哪里算得上什么侠士,不过四处游荡惯了,这些年也是一事无成。太子殿下心怀雄图,在下却无力相助,这是实话。

这种恭敬又不失体面的表述让太子丹有些尴尬,于是就以喝茶加以掩饰。他还是很愿意听这位年轻的剑客继续说下去,至少,他觉得此人心思缜密,身手也不凡,适才那一幕他已经见识过了,内心很是钦佩。

燕太子丹第一次脱口而出"刺秦"二字,最初的一瞬,荆轲并没有往心里去,以为不过是负气之言。可是,当这两个字很快就成了这次密谈的主题时,荆轲的心里竟逐渐产生了一种莫名的激动。这实在是一种奇妙而罕见的感觉,因为他暂时还不知道为何激动,而且情绪也随之被这份激动挑逗起来。荆轲明白,按照燕太子丹的计划,将来的某一天,他将以燕国使臣的身份去咸阳觐见秦王,由此拉开刺秦的大幕。尽管这只是燕太子的一念,根本就谈不上什么计划,但是荆轲还是接过了话头,他说,秦王宫是一个戒备森严的地方,现在燕秦两国关系闹僵,一个来自燕国的使者,居高临下的秦王未必会接见。荆轲一边说着,一边用手指蘸着茶水在茶几上画了一个示意图——从大门开始,到秦王的朝堂大殿上,共有四道关卡。而且,一般这样的场合,大殿的两侧会有早朝的文武官员。尽管他们皆是净身入朝上殿,手无寸铁,但毕竟人多势众,况且门外侍卫林立,一般是很难接近秦王的,至少会距离一丈远。荆轲说,能不能见到秦王,是第一个问题。即使见到了,能否近身,是第二个问题。第三个问题刚才他已经提及——如此重大的使命,太子殿下凭什么敢交给一个初次见面的陌生人呢？所以，这个计划看上去是那么经不起推敲，结果无疑是以卵击石，失败是可以预见的。在荆轲看来，这种纸上谈兵没有任何意义。话说到这份上，意思已经明了，荆轲实际上表示了拒绝。

谈话到此好像就该结束了。太子殿下显然不甘心，说秦王宫虽然壁垒森严，但也不会是无孔可入，他觉得应该有办法接近秦王，但他却没有说明是怎样的办法，表情倒是一向的自负。在他看来，这些都不是问题，挑选谁去执行这个看似不可能完成的使命，才是计划的关键。太子殿下说，寡人把这件事当作使命，就是要志在必得。

说完，太子丹便看了看对座的田光先生，希望这时候老人应该说点什么，至少，先得帮着稳住这位荆卿，眼下没有更合适的人选了。

田光自然心领神会，喝了口茶，放下杯子说，太子殿下日夜为国操劳，我们这些做臣子的却爱莫能助，想想也是很愧疚的。抛开秦王和太子殿下的个人恩怨，不可否认，当下秦国就是咱燕国最大的威胁。一个人身边睡着一只饿虎，这个觉怎么能睡得安稳呢？

荆轲也喝了口茶，心里却还在想着这份莫名的激动。当然，他也听懂了老师的意思，明面上看似鼓励，实则暗中为他架上了一把梯子，好让他从高处下来。

见荆轲不语，田光又语重心长地感叹道，兹事体大，还望荆卿三思。

这时,荆轲放下了杯子,似乎是随口说了句,我倒是可以杀他。

田光欲言又止,看着荆轲。

太子丹似乎愣了愣,接着眼睛就发亮了,荆卿不是戏言?

荆轲点点头,我能杀他。

说着,就把面前的半杯茶喝干了。

四

田光断然没有想到,这个年轻的剑客会当着自己的面把这件事应承下来,殊不知,这本不是他想看到的啊!这回他举荐荆轲,不过是一幕做做样子的过场戏,无非就是体面地把太子殿下搪塞过去,也想以这种方式趁早打消这个人的"一念"——堂堂一国太子,岂能做这种苟且之事?而且,他认定荆轲也会一口拒绝,他是出色的剑客,不是嗜血的刺客,这一词之差却是天壤之别!没错,荆轲开始也确实表示了拒绝,后来却迟疑了,所以他才郑重地说"兹事体大,还望荆卿三思",明显是一次暗示——他不希望自己看重的剑客来做这样一件有失颜面的脏活,况且这事本身就有着极大的风险,即使侥幸成功,那也将是玉石俱焚!荆轲不可能没有听出这弦外之音,然而他最后却出人意料地表态答应,这让田光感到了极大的困惑,自然也会觉得蹊跷——以他对荆轲的了解,这个年轻的剑客少年老成,遇事历来就沉静,轻易不会冲动。这个晚上田光不打算回到城南的家里,而是随荆轲住到了驿馆,他说自己今天有点疲惫了,想在这儿泡个热水澡。荆轲说,我来伺候先生。

于是荆轲就差人烧了热水,扶着田先生坐到了一只沐浴的大木桶里,自己端起一只小凳子坐在边上,一边帮老人按摩搓背,一边不时添加热水。他知道今晚老师想单独和自己叙谈,毕竟"兹事体大"。

田光捋了捋霜白的胡须,微笑着说,白天那只奇怪的大鸟,你可知道它的名字?

荆轲说,有点像红隼,当时只顾着护住先生,没看太清。

田光说,是游隼,红隼的个头大。这鸟嘛,应该是太子殿下豢养的,那烛台上也预先爬上了虫子,这是饵。更有趣的是,太傅分明不在场,却知道是那鸟碰断了绳索……

荆轲一笑,太子殿下在试我的身手呢。

田光摇摇头,不是身手,他是在试你的决心。

荆轲说,先生莫怪,学生觉得太子殿下度量不大,心思却又太重了。

田光点点头,叹息道,老夫可能真有点老糊涂了,何必要拖你来蹚这摊浑水呢?但是,今天你竟然当面应承下来,老夫就觉得事情不会这么简单。老夫想听听你的高见。

荆轲笑了笑,说,先生言重了,弟子哪来什么高见呢?白天这一出,更让我相信,这位太子殿下从头到尾都是在表演,口齿伶俐,表情丰富,眼泪说来就来,根本不顾及这只是我们的初会。作为质子,这本是两国的外交契约,确保的是一份信任,也是各国普遍接受的举措,谈何屈辱?又何以如此悲愤?他背信弃义逃回来了,竟然把对秦王的个人恩怨化作了国家的仇恨,甚至制订了这样一份不可理喻的行刺计划,怎么看都显得荒唐可笑。但是这个人并不幼稚,从他的那些极不连贯的话语中,你能感觉到此人报仇心切,用他本人的话来说,就是想出一口恶气,而打的旗号却是为了国家,其实是置国家安危于不顾。

田光说,莫与老夫谈论国是,你就告诉我,你凭什么要应承下来?老夫不信你是一时冲动,也不信你是看在我这张老脸的分上。

荆轲沉默了片刻,有点腼腆地看着老人说,实不相瞒,弟子觉得,这是一次机会。

机会?什么机会?

弟子暂时还没有想好。

没想好就应承了?

等想通透了,再向先生禀报。

其实那一刻荆轲已经大致想清楚了。这个从少年时代就开始读书习剑的人,在江湖上闯荡了多年,始终在等待着一次命运的安排。从前孟夫子说,天将降大任于斯人也,眼下的刺秦,对于他无疑就是"大任",此刻的他就是"斯人"。秦王嬴政可谓一代枭雄,气吞万里如虎,一心想雄霸天下。殊不知,伴随着秦王的宏图大业,天下的百姓苦不堪言,赤地千里,民不聊生。在荆轲心里,秦王无疑就是一个十恶不赦的暴君!除掉这样的暴君,当是天下所愿、民心所向。对于一个真正的剑客,这样的机会又岂能轻易放过呢?

但是此刻,荆轲还没有勇气把这心思对先生吐露。他也在反省,自己的识见是否有所偏颇,应承这件事是否显得草率?他还是心旌摇曳,踌躇不定。

这时候,田光老人的表情变得凝重一些,说嬴政此人生性多疑,自执掌秦国以来也不知遇到了多少回暗杀,但他至今还活着,就说明他善于防范,或是天不灭他,又能奈何?这样鲁莽行事,逞匹夫之勇,结果可想而知。不过,田光看着面前的荆轲说,人嘛,心中都怀有"一意",知道有所为有所不为,自己该为什么付出,甚至搭上性命也在所不惜。至于值与不值,不计得失,唯求心安。

然后老人就在木桶里慢慢睡着了。其实,从太傅鞠武上门请他来见太子殿下那时起,田光就大致猜出了太子丹的心思。对这个看似迫不得已的谋杀计划,他也能够理解。弱国之于强国,图的是生存,手段倒也不讲究。春秋时著名的刺客曹沫以挟持的方式对付齐桓公就奏效了,索回了被吞并的土地,至今传为佳话。但是,太子殿下或许忽视了一点,那毕竟是从前的事了,秦国不是齐国,嬴政也不是齐桓公,荆轲也不同于曹沫。田光回想起荆轲当年欲投自己门下,而他却婉言相拒,那时他就知道,这个来自卫国的年轻人不同于一般的剑客,这是一个用心击剑的人,遇事会有自己的主张,不会轻率行事。可是,现在这个人果真应承下了这件事,问其理由却闪烁其词。然而,老夫还是懂得的。眼下太子的计划可谓一步险棋,荆轲的迟疑是在考虑对策。在他看来,只身赴秦,无疑是羊入虎口,以卵击石,失败将大于成功。那么,他会退却吗?老夫觉得不会。荆轲此人,虽然出身贫寒,但从小就志向高远。他或许还真的不打算放弃这样的机会呢!大丈夫都想着扬名立万,名垂青史也就万死不辞,这是英雄心。

无论是西汉司马迁的《史记》,还是北宋司马光的《资治通鉴》,对历史上荆轲的咸阳之行都是语焉不详,几乎没有人会去推敲这一行为的真正动机,或者以一种大而化之的空泛语气加以掩饰,于是这个逻辑混乱的故事便具有斑驳陆离的传奇色彩,事实上它早就脱离了历史,俨然一部神话,如同古希腊历史中的"特洛伊木马"。那可能是一个侠义之风盛行的久远年代,谈论逻辑或许显得可笑,所以最终还是由文学填补了历史遗留的空白。想象与推理如同双翼,会让这个不朽的传奇继续飞翔,但姿态却是千变万化的。对于即将发生的"刺秦"这一暴力行为,以上那些伟大的著述,对它的评价也往往是针锋相对,形同冰炭,以至于作为这幕大戏主演的荆轲,两千多年来,也一直在英雄豪杰与流氓无赖之间尴尬地徘徊不定。值得注意的是,司马迁作《史记》,正处于一生的至暗时刻;而司马光编《资治通鉴》,则正在个人的高光时刻。这种云泥之别的境遇,某种意义上,也决定着作品气质的高下。

第三章：棋子

五

然而一连几天过去,荆轲好像忘记了对燕太子丹的承诺,将所谓刺秦的计划完全置于脑后。这期间太傅鞠武来过驿馆一回,他是奉太子殿下之命来请荆卿搬家的。太子殿下专门为荆卿安排了一处单独的楼舍,环境优美,同时也决定让这个卫国人享有燕国上卿的待遇。这些,荆轲还是婉言谢绝了,他说自己愿意住在嘈杂的市面上,这样能感受到一些人气。他甚至强调,粗糙的生活方式能让头脑保持一个常人的清醒。至于什么上卿的待遇,容易让人产生歧义,以为他与太子之间达成了某种交易,不体面,断不可接受。太傅也就不再多劝,心下却对这年轻的卫国人高看了一眼。那几天,荆轲还是整天和高渐离在一起喝酒,有时候还会随着乐师击筑的弦声即兴哼唱几句,都是些信口胡诌的词儿,却也透出了几分悲凉。这天,他突然问起高渐离对秦王嬴政的看法,他知道乐师过去在秦都咸阳,被召进宫去为秦王演奏过。

高渐离说,我不喜欢那个人,虽然每回给我的赏钱都不低。

荆轲说,如今秦国这么强盛,为何不考虑去投靠秦王呢?

高渐离一副不屑的样子看着荆轲,说,老子才不过那种仰人鼻息的日子呢!再说,眼下去哪里都是乱世,咸阳的繁华也只是假象。我们这些做艺人的,还是专心伺候自己的玩意为好,至少自得其乐。

说着就用竹尺拨了一个和弦,如高山流水。

这时,荆轲试探地问了句,如果有人雇我去做掉这个人,你觉得如何啊?

高渐离以为是在说笑话,就敷衍了一句,果真有那么一天,在下一定击筑送你出征。荆卿不妨对小民说说,打算怎么下手啊?

突然荆轲又不说了,这倒勾起了乐师的好奇心,便放下手里的竹尺,凑近问道,谁雇你了?市面上人都知道,这段日子你和太子殿下走得近,莫非是……

荆轲一笑,打断,老子自己雇了自己。

说着,他张开双臂伸了一个舒展的懒腰。

两人哈哈大笑,一副放浪形骸忘乎所以的样子。高渐离还想问下去,这时楼下的街面上传来了一阵马蹄声,荆轲靠近窗户看了,太子殿下的座驾及马队又浩浩荡荡地来到了驿馆的大门前。于是荆轲便打发乐师从后门离开,匆忙整理好衣服,带着一身的酒气下楼,出门迎接。不等开口,太子殿下就说话了,田老先生没在这里吗?

荆轲说田先生不在,那天从殿下那里回来,先生倒是在这里泡了个热水澡。

太子丹便笑道,这不过年不过节的,怎么想起来泡澡啊?想不到这老先生还如此洁净,倒让寡人刮目了。太傅就凑上前问,要不要现在过去把田先生接过来,晚上一起喝酒?太子说不必了,今天他只和荆卿单独叙谈,让太傅一行在楼下等候。说完,太子殿下便随荆轲去了楼上,让随从的侍卫把楼上的散客全部轰到了楼下。这种惊扰让荆轲有些不舒服,但也不便多言。

走进房间,掩上门,太子丹对扑面而来的酒气挥了几下袖子,做了一个夸张的驱赶动作,显然是有意做给荆轲看的。后者也略显尴尬,却照样询问太子殿下是否想喝点。太子摇摇头,说今天没有喝酒的兴致,然后就问,那件事,荆卿考虑得如何啊?

荆轲说,在下每天都在琢磨,只是越想越不踏实。

太子问,荆卿不会这么快就打退堂鼓吧?

荆轲苦笑了一下,实不相瞒,在下也觉得那天的话说过头了。

说完,他看了太子一眼,后者的脸色霎时就有些不悦了。

对双方而言,这都是一次不尽如人意的叙谈。太子丹的语气也变得有些抱怨,说自己逃回来几年了,头脑里一直在考虑这件事。可是荆卿每天却和那些社会闲杂人员混在一起喝酒听曲,一副无所事事的样子,让他放心不下。而且,他也不理解荆卿为何不打算搬迁,还拒绝了上卿的身份与官方待遇?这也让他觉得蹊跷,好像荆卿一开始就为自己留有余地。这样一说,荆轲的神情也变得有些局促了,第一次提到了榆次那边一位叫盖聂的剑客。他声称此人是自己信得过的朋友,这次咸阳的行动,他需要盖聂的同心协力。这些天他一直在等对方最后的回话。太子丹对这个盖聂可以说是一无所知,更担心这是荆卿的一种托词。从后来的事实看,燕太子的这种担忧不无道理,所谓等待盖聂,实际上就是荆轲拖延行动甚至放弃行动的一个冠冕堂皇的借口,否则他不会谎称盖聂是自己信得过的朋友。

《史记·刺客列传》中有一段匪夷所思的记叙,说当初荆轲经过榆次,曾和这位叫盖聂的剑客讨论剑术,但两人话不投机,不欢而散。在太史公笔下,这位盖聂看上去如同猛兽,荆轲不免有些惧怕,几乎没有说上几句话,就避开了那人锐利的目光溜走了。现在回想起来，太史公这个看似不经意的闲笔，实际上是在说荆轲与盖聂，本质上就不是一类人，当然更不是一类的剑客。这一点，在笔者这个文本里显得尤为重要，当然，这是后话。

从最初被一种崇高的英雄梦想所激动，到即将面对险境的生死未卜，荆轲摇摆不定，于是谈话到此也出现了僵局。

沉默片刻，太子丹又问道，荆卿，倘若你那位姓盖的朋友不能前来，又该如何呢？荆轲这回没有正面回答，而是以另一种方式表明了态度。他说，如此惊天动地的大事，自然不会轻而易举。这种暧昧的语气让太子丹陡然感受到了压力，他听出了这个卫国人的优柔寡断，这种消极的情绪让他十分失望。但是他又不能予以指责，毕竟荆卿是他的客人，他说的也确实有几分道理，何况他们之间从来就不构成雇佣关系，没有契约，更无交易可言。彼此尚有信任，但同时又都暗自保持着警惕。在太子丹看来，行动的契机迟早会来（这一点他坚信不疑），但决心不可动摇。他相信田光先生的眼力——这个瞬间，他的双眼忽闪着，突然有了一个完美的计策，顿时心里就亮堂了，仿佛于乌云中见到了一线阳光，表情也随之舒展开来，人也变得豁然开朗。于是他说，荆卿如此慎重也是理所当然，寡人就不打扰了。

说完，他就匆忙离开了。

荆轲忽视了这一刻太子殿下表情的微妙变化，还一味沉浸在忧烦与沮丧之中。太子离开后,他原想晚上再约高渐离出来喝酒,解解闷,突然间觉得胃口败了,就躺到了床上,晚饭也不打算吃了,只想沉沉地睡上一觉。对于尚未确定的咸阳之行,他还是显得没有把握。

六

燕太子丹离开驿馆时,天色开始转暗了,这与他的心情比较一致。太傅鞠武一看太子阴沉的脸色,就知道这个下午两个人在驿馆谈得并不投机。话不投机却又谈了这么久,差不多一个时辰,这多少有点奇怪。其实太傅也担心荆卿出尔反尔,让太子殿下刚刚兴奋起来的心情又陡然黯淡下去。不过,他又想,倘若真的如此,倒也不是坏事。至少会让太子殿下暂时消停下来,那么所谓的刺秦计划也就付诸东流了。这其实是太傅最愿意看到的,从这个阴暗的计划曝光时起,他就觉得不靠谱,形同儿戏,会让整个国家遭遇横祸,眼看着这个计划有了终结的可能,想到此,鞠武先生的脸上竟有了些许的笑意。

忽然,太子殿下叫停了座驾。他不打算回到自己的秘密据点,命令马队掉头,打算绕道去城南田光老先生那里看看。太子让太傅先回去,安排人备一些上等的酒菜,直接送到了田光的住处,今晚他要和田老先生好好喝上几杯。太傅问,要不要增派一些侍卫？太子说，不用，这里又不是咸阳，没有人敢对我怎么样。其时天色将晚，街边上也亮起了灯笼，鞠武的心中突然就起了凉意，他又一次想到了太子的固执，如此看来，想让这个人放弃刺秦，显然是过于天真了。太傅不禁对着刚起的暮色长叹了一声。

自从那天晚上在荆轲的驿馆住了一宿，第二天起来，田光就觉得身体有所不适，一连几日都不思茶饭，他承认自己的确是老了，偶感风寒就力不能支。那晚荆轲虽然言语不多，但心思却表露无遗——这个年轻的剑客不会放弃这次机会，显然决心已定，不可更改。这让老迈的田光五味杂陈，他自觉已经无力欣赏这万丈豪气，但又被幻想中那份血溅五步的壮烈感动得老泪纵横。站在自家的院子里，倚着那棵百年的老松，老眼昏花地看着西沉的夕阳，他就觉得黄泉路近了。这种伤感的情绪并非对生的眷恋，相反，他觉得苟活于这样的乱世本身就显得荒谬。他不希望荆轲重蹈自己的覆辙，无所事事，临了去做一个隐士什么的。荆卿正当年，会有很好的前程，尽管所谓的诗剑逍遥，很多时候不过是梦中的一朵云霓，但作为一名坚守心中"一意"的剑客，还是要直面正在发生的历史，有所作为，不可袖手旁观。

这个黄昏，后来老人回到屋里独自摆下了一盘棋局。那年代的象棋倒也简单，对阵的双方各执六子，分别是将、车、马、炮以及两个卒子,一望便知,还是模拟战争的智力游戏。田光仿佛第一次觉得,在这咫尺的棋盘上演绎着金戈铁马,闪烁着刀光剑影,既有谋略,又见手段,倒也一样激动人心。

也就在这个时候,太子殿下的座驾来到了舍前。

老人没有料到太子殿下会亲自登门,而且还带来了很好的酒菜。这种反常之举让他心里顿时就起了疑云,显然,太子今晚还是为荆轲而来,可是,他们为何不一起来呢?说明这几日的磋商并不顺利,也许事情毫无进展,这从太子一脸沮丧的表情就不难看出。太子丹也看出了老人的病容,就问,先生的身体怕是有些不适吧,要不要请太医过来看看?田光就说不要紧,只是受了点风寒,或许是那晚在荆卿的住处泡澡所致。太子说,他刚从荆卿那边过来,泡澡的事也听说了,确实也有些担心,毕竟这个季节乍暖还寒的,上了年岁的人需要保重,清洁嘛,倒不重要。

酒菜已布置停当,侍女也已退下,太子丹却没有持杯,而是连声叹息,说下午和荆卿谈了足足一个时辰,却没有谈出一个明确的结果。太子说几天过去了,没想到荆卿还是这么平静。田光就笑了笑,说,荆卿就是这么个人,平时言语就不多,一副不务正业的样子,还时常出入酒肆勾栏厮混,实际上,这人暗地里是在下功夫的。太子丹有点不屑,果真如此吗?寡人怎么觉得他开始反悔了呢?田光也微笑作答,这些或许都是假象。倘若反悔,他早就离开燕国,去别的地方了。

毕竟你们之间也没有一张契约,纵使有,又当如何呢?

这最后的一句,让太子丹有些不自在了。田光也注意到了太子殿下这个瞬间本能的尴尬,却不想加以解释,越描越黑。既然已经毁约逃回来几年了,覆水难收,悔恨也无济于事。他之所以没有从这件事中抽身而出,对荆卿也未加劝阻,是一向反感秦王的霸道,以强凌弱,殃及百姓,同时也是对危在旦夕的燕国尽一个匹夫的责任。仅此而已。田光说,殿下也不要过于操劳,该来的一定会来。

太子丹这才喝了口酒,说,不过,荆卿倒是重复了那句话——我能杀他。

田光说,他确实能够做到。

太子丹却还是叹息,田先生,每回听到这简单的几个字,寡人都觉得豪气冲天,但是又不敢相信。请问田先生,这是为何呢?按理说,寡人应该高兴才是啊!

田光点点头,说,对于这样一件非同小可的事情,如果痛快地应承下来,总让人不敢相信。你和荆卿只是萍水相逢,仅凭老夫一句无关紧要的话就妥帖了,怎么看都觉得可疑啊!太子说,就是啊!荆卿如此痛快地答应,反倒让寡人心里不踏实了。寡人究竟是信他还是不信他呢?

信他。田光肯定地说,因为老夫了解这个荆卿。

田光本想把那天晚上和荆轲的谈话抖搂出来,让太子殿下不要质疑一个心怀英雄梦想的剑客。但是这一刻却犹豫了,换了一种说法,殿下,从来都是时势造英雄,只要你觉得占了天时地利,人和迟早会不期而至。

太子丹默默点头,好像要说什么,却欲言又止,借着一口酒把嘴边上的话又送了回去。不过在老人眼里,这还是一番表演,是特意做给他看的,于是就说,殿下还有什么想说的,但说无妨。

太子殿下这才站起身,对着田光躬身作揖道,田老先生所言极是,兹事体大,也乃国家的最高机密,务必守口如瓶。适才离开驿馆,荆卿还特意让寡人带话给先生,这个消息切切不可透露出去,否则,事情将半途而废。

田光立即就明白了今晚太子登门造访的用意。老人也并不相信荆轲会有这样的担忧,这分明是太子自己的心思,很重的心思。看来,殿下是担心老夫年迈昏聩了,放心不下,才惴惴不安。也许,还有别的意思吧……孟子曰,夫人必自侮,然后人侮之;家必自毁,而后人毁之;国必自伐,而后人伐之。这即是作茧自缚啊,而人却断然不知!于是田光也扶着椅子站起来,躬身拱手,殿下尽管放心,老夫历来就是一堵不会透风的墙。

说完,田光就送太子殿下出门了。望着渐渐远去的座驾与马队,老人不禁感叹,看来这回太子殿下是决心一条道走到黑了!这会儿也起风了,老人咳嗽了几声,裹上衣服回到了院子里,一边踱步,一边看着刚刚现出身影的月亮。今晚的月光混浊,地上灰蒙蒙的一片,仿佛落了一层薄霜。这一刻,老人的心下也有了些许寒意,但神志却显得十分清醒——太子殿下在下一盘棋呢,不是下,是赌,是在赌一盘棋,而自己无疑就是第一枚棋子。老夫不是卒子,老人思忖着,应是那匹看似不中用的老马,前有"炮"后有"车",把老夫夹在了中间——既然如此,就没有必要考虑退路了。也许,这匹老马还能为盘活这盘棋起点作用呢。但愿它能成为荆卿的坐骑,让这个年轻的剑客怀抱着他的"一意"直奔咸阳,绝尘而去,好圆他的英雄梦。

老人回到屋里,走进书房,看着那盘尚未分出胜负的残局,不禁笑了笑,然后便解下腰间的丝带,投缳自尽了。

七

包括《史记》在内的典籍,对田光的以死明志大都没有争议。人们在对这位高士称赞的同时也流露出对燕太子丹的蔑视,认为如果没有这个人的"善意提醒",田光老人就不会自尽。从后来发生的事实看,田光之死,应该是推倒的第一张骨牌。

翌日一早,尚在睡梦中的荆轲便被一阵急促的敲门声惊醒,打开门,看见太傅鞠武一脸悲伤地站在了面前,接着就获知了老师的噩耗,顿时就惊出了一身冷汗。这怎么可能呢?

仅仅几天时间,便阴阳两隔!那个晚上为老师搓澡的情形犹在眼前,荆轲不禁潸然泪下。他问太傅,田老先生究竟为何投缳自尽?太傅说,昨天晚上太子殿下从你这里出来,顺道去看望了田老先生,还和他一起饮酒,看起来是欢快的。至于两个人都说了些啥,他就不得而知了。

于是,荆轲便随太傅的马车赶赴城南田先生的寓所。其时先生的灵堂刚刚布置完毕,一口楠木棺材也放置在堂前,火烛高烧,香烟袅袅,场面隆重。这应该不是先生想要的。先生是一个从来不讲排场的人,他生前就过得平淡,死后也不想哀荣备至。这应该是太子殿下一手安排的。

此刻,田老先生躺在一块厚重的柿木门板上,已经换上了寿衣。先生没有后人,想必亲戚也不多,荆轲便披麻戴孝跪坐在先生边上,如同儿子一般。他不时看一眼先生的遗容——先生很安详,仿佛一直在睡梦之中。荆轲就想,老人昨晚那一夜是怎么度过的?他和太子殿下喝了几杯酒,表情也看不出有多大的痛苦,可是,为什么太子一离开,先生就动了赴死的念头呢?

前来吊唁的人都是一身缟素,神情也是一样的悲伤。人们感叹着田先生德高望重,说想不到这样的一个好人说走就走了。日上三竿,燕太子丹驾到,他几乎是踉跄地走到田老先生面前,竟行了三拜稽首的大礼,泣不成声,说万万想不到昨晚和先生相会竟成永诀,说自己太大意了,居然就没有丝毫的察觉,追悔莫及。这些做完,太子殿下便被侍女搀扶到了后面的书房。不一会儿,太傅就来请荆轲过去了,简陋的书房里堆放着一些老旧的竹简,书案上还置有一盘象棋残局。现在这里只有他们二人。显然,太子殿下是想借这个特殊的场合,要和荆轲再做一次恳谈。

对于昨晚和田光先生的相会,太子丹自然不会如实说来。实际上,昨天晚上与老人告别时,这个人就预见到了这个结果——那句守口如瓶的提醒无疑是给老人送达了最后的催命符。燕太子巧妙地利用了那时代盛行的侠义之风,对这个结局便有了十足的把握,所以后面的事情他也大致有了规划。不过,这会儿他依然沉浸在悲痛的即兴表演之中,并对老人的死因进行了篡改,也虚构了剧本和台词。他说荆卿的迟疑不决,当断不断,可能就是压垮田光老人的最后一根稻草,当是致命一击。昨天晚上田老先生一直在叹息,太子动情地说,万万想不到荆卿是一个优柔寡断的人,还劝寡人趁早放弃这个计划,或者另择高人。田老先生对荆卿一向青眼有加,但毕竟你们也只是师徒,不是父子,老人也就不便多劝。如此看来,田老先生实际上还是担心荆卿下不了决心,就走上了这条绝路,就当是以死相逼吧!当然,寡人这样理解也未必对头,也许是寡人有点心急了,不该去打扰田先生。

太子丹一气说了这些,仿佛是在倾诉,之后又是一阵抽泣,眼泪鼻涕弄得满脸都是,他也顾不上擦拭。

荆轲顿时就有了懊悔,他开始检讨自己,怀疑自己那天的闪烁其词可能引起了先生的误会。一方面说能杀秦王,一方面又迟迟拿不出具体的行动方案。先生是否就是因此而失望?先生怕我动摇,所以才以死相逼?可是——先生果真会这么想吗?如果不是,那又是因为什么才如此决绝呢?这凝重的时刻,年轻的剑客又一次想起了老师那晚泡澡的情形,他突然有了一种异样的感觉,莫非先生早就有了赴死的安排,才把自己收拾得如此清洁?

但是现在,他还是坚持沉默以对。

第四章：铁函

八

小说写到这里，一位重要的人物应该出场了。当然也不妨这么认为，此人实际上早已出场，这个故事从一开始就笼罩在他巨大的阴影之中。很显然，这个人就是秦王嬴政。

其实，几年前在燕太子丹擅自逃离咸阳的当天，秦王嬴政就知道了，但没有采取任何行动。之所以摆出一副不闻不问的态度，就是想以这种不刻意的冷漠对燕太子表示极大的蔑视。他知道，对于燕太子丹这种自命不凡又不知天高地厚的人，无视是最好的嘲讽，可以一举击穿其魂魄，让其终日不得安宁。这一点，燕太子丹本人也没有看错。但是接下来发生的樊於期叛逃，就让秦王无法坐视不管了。秦王不在乎樊将军的失败，但不能忍受部下的背叛。况且，那个人知道的事情太多，嘴又太碎，这一举动难免会触及了秦王心头的隐痛，联想起当年樊於期策动长安君成蟜的反叛，公然散布那些侮辱性极大的流言蜚语，秦王顷刻间便动了杀机。

其时在燕都，燕太子丹刚刚接纳了叛将，还没有来得及考虑如何从秦国秘密接出樊於期的父母妻儿，秦王嬴政便下达了秘密诛杀令，但这个人历来不会草率行事，他需要一段时间的精心准备，这样才可灭其三族，斩草除根。总之，欲动先静，不能打草惊蛇。与当初对付仲父吕不韦有点类似，暂时不管，秋后算账。于是，当一切准备完毕时，秦王这才向社会公开发布了最高的悬赏——谁能割下叛将樊於期的首级，可赏千金，封邑万户。这与前些日子樊将军秘密获取的情报一点儿不差。

噩耗很快就传到了燕都。那时候樊将军正在新居的庭院里打理着一些从南方弄回来的名花奇石，忙得不亦乐乎。见太子殿下的座驾到了门前，他便连忙洗洗手，堆起笑脸迎了出来。不过，那天太子殿下并没有走下座驾，而是委托太傅鞠武向樊将军传达了这个不幸的消息。在太傅看来，这也是意料之中的事情，因此他脸上的哀伤就显得勉强。太傅心里其实还在怨恨眼前这个没有担当的秦国将军，因为逃避一次军事失败的罪责，就搭上了整个家族的性命，而且还殃及了燕国的安全。

樊於期得知家人和族人均已遇难,顿时眼前发黑,两腿发软,一屁股坐在地上,像孩子似的哇哇大哭起来。最后,他仰天咆哮一声,此仇不报,誓不为人！边上的人也都悲痛欲绝、义愤填膺,除了陪着将军哭泣,也跟着一起呐喊,场面一时间几乎失控。太子殿下一直坐在车里,隔着车窗的薄纱,看那混乱嘈杂的场面。但他本人的脸上却看不到一点悲伤,全是愠怒的颜色,其中又仿佛暗藏着一份难以觉察的得意——秦王嬴政所做的这些,正是燕太子丹苦苦等待的,与他心中蓄谋已久的那份计划,竟配合得天衣无缝。

然而另一件事却大出燕太子丹意料:秦将王翦以迅雷不及掩耳之势攻破赵国的都城,俘虏了赵王！于是秦王当天就在咸阳昭告天下,从即日起,赵国的土地将全部纳入秦国的版图。王翦的大军并没有就此安营扎寨,而是继续向北挺进,前锋已经逼近了燕国南部边界。边境形势的骤然变化,让终日沉浸在酒色之中的燕王喜魂飞魄散。似乎这才想起,他那作为质子的儿子早已逃回来了,外交上已经全面陷入困境。但是事到如今,他也只能委托太子紧急召集一个军事会议,寻求抗秦的对策。对此,丹并没有往心里去,只是让鞠武给父王呈送了一个象征性的奏折,就不再分心了。燕太子丹深知这一天迟早会来,秦王完全可以打着缉拿叛将樊於期的旗号,随时向燕都发起进攻,秦强燕弱,抵抗将失去意义。他倒是觉得,边境形势的骤变可以让自己的谋杀计划提速。

于是,他再次来到了荆轲这里。

天气开始有了暖意,柳暗花明,往日在这样明媚的季节,荆轲必定会去山里踏青,但这个春天对他而言,却显得十分黯淡与萧疏。那些日子,荆轲还没有从田光先生离世的阴影中走出来,实际上他内心纠结的还是老师的死因。他不太相信太子丹的解释,所谓的以死相逼只是此人的一厢情愿。先生无疑是一个大义之人,但绝不会把逼人就范当作舍生取义。既然不是,又会因为什么呢?他百思不得其解,然而很快发生的一件事让他如梦初醒。

太子殿下匆忙而至,见面就说王翦的大军压境,闹得燕都的百姓惶惶不可终日。几天前,秦王在咸阳公开悬赏樊於期的首级,也就是说,王翦随时可以发兵横渡易水,进攻燕都,缉拿叛将。这些说完,太子殿下又换上了沉稳的语气,问去咸阳的事情考虑得如何。荆轲说一直在考虑中,同时在想一些细节,比如,怎么去,怎么进秦王宫,怎么才能打消秦王的顾虑。太子说,这些都很重要,都得事先想透彻,否则就会功亏一篑。不过,在荆轲看来,太子殿下今天的来访有些不同,好像不是为了磋商行动计划,而是想带上他前去探望那位还沉浸在巨大悲痛之中的樊於期。太子丹说,对樊将军而言,这无疑是不共戴天之仇,他是有理由参与这个行动计划的。荆轲就有些疑惑,樊於期是秦王悬赏的要犯,进入咸阳等于自投罗网,怎么参与?

谈话随之有了片刻停顿。少顷,太子丹说出了另一个意思——荆卿刚才不是在考虑如何进入秦王宫、怎么接近秦王吗?如果,他清了清嗓子,如果寡人委派你作为燕国的使臣,带上樊将军的首级去咸阳求见,荆卿觉得秦王还会将你拒之门外吗?

荆轲大为震惊!但是冷静一想,又觉得太子丹的这番"如果"并不显得荒唐,反倒十分务实。樊於期的首级无疑就是一张进入秦王宫的特别通行证,尽管极其昂贵!

太子丹接着说,既然秦王已经昭告天下,公开悬赏,就不敢食言。嬴政这人历来顾及自己的面子,樊於期的叛逃,闹得军心涣散,一定是让他恼羞成怒了。现在燕国竟然有人带着他的头颅前来求见,邀功请赏,势必会让这家伙喜出望外,至少,一口恶气总算吐出来了。这个人总忘不掉一口恶气。

荆轲回头看了看太子,殿下不是在说笑话吧?

太子丹的神情顿时就肃穆起来,说,寡人岂能拿樊将军的头颅打趣?寡人是无比认真的啊!可是,他又深深叹了口气,樊将军是在穷途末路之际来投奔寡人的,如今寡人却要借他的首级进入秦王宫,这样揪心的话寡人如何开得了口呢?也就跟荆卿说说而已。

荆轲当然知道,太子殿下并非"说说而已"。

九

　　这个阴晦的下午,荆轲后来便随太子殿下出门了。驿馆门前停着太子殿下的一乘座驾以及一队带刀的侍卫,这些面孔看上去大都熟悉。但是今天多了一张陌生的脸——此人二十来岁,也是一副魁梧的身材,皮肤黝黑,眼神一直游移不定。这个人没有披坚执锐,看上去像是一个随从,荆轲也就没有多想。他和太子殿下一起登上座驾,那人也跟着跨上了马,与座驾并行。

　　就这样,君家气派的车队呼啸而过,直奔城北方向。

　　樊於期住在城北一处官署派发的馆舍,这里比较偏僻,也显得幽静。自从脱离战场逃到燕都时起,将军基本上都是闭门不出。他也没打算活着回去,一心只想能把父母妻儿偷偷从咸阳接过来,背靠燕太子,从此为燕国效力。原本以为一段时间过去了,秦王会放他一马,哪知这个暴君却秘密下达了诛杀令,须臾之间就灭其三族,还出重金悬赏他的首级。在樊将军看来,当初出征赵国遭遇的两连败,罪不在他,全是秦王指挥失策所致。但这个人是永远不会认错的。倘若当时他逃回咸阳城,无疑就是一只替罪的羔羊。樊将军说,他来燕都算不上叛逃,他的用意只是让秦王出丑,让这个人不好受,既然一时杀不了他,那就只能对他进行羞辱。这些日子樊将军一心只想着报仇了,这不共戴天之仇,一日不报,一日不得安宁。

太子殿下意外的造访,给悲痛中的樊将军带来了莫大的安慰。太子丹首先介绍了荆轲,说这位荆卿是江湖上知名的剑客,武艺高强,且深明大义。荆轲沉默着,只觉得这番略显突兀的奉承话今天听起来很不寻常。太子丹接着说,荆卿已经制订好了一份缜密的行动计划。将军就问,什么计划?太子丹说,待会儿荆卿会慢慢向你介绍。说到这里,他的眉头皱了一下,手也捂住腹部,说中午不知吃了什么不该吃的东西,肚子突然就不舒服了,想去蹲蹲茅房。樊於期立即就唤来了用人,扶着太子殿下出去了。太子丹出门的时候,还不忘顺手将门带上,屋里的光线霎时就暗淡下来。现在,这里只剩下了荆轲和樊於期。将军还在对太子殿下刚才说的那个计划有所好奇,就迫不及待地说道,荆卿,跟末将说说那个计划吧!

这时,荆轲抬眼看了看樊於期,问道,樊将军遭此横祸,下一步如何打算呢?樊於期叹息道,沦落到这步田地,哪有什么下一步?现在成天想着的就是为家人族人报仇啊!荆轲这才明确地说道,在下此次咸阳之行就是企图行刺秦王,如果得逞,也算是替将军报仇雪恨了。

樊於期瞪大了眼睛,此话当真?

荆轲点点头,太子殿下今天领在下来见将军,为的就是这个。实际上,这也是太子殿下谋划了很久的行动。

樊将军就有些激动了,一时间在屋里来回走动,说一直就盼着这一天啊,并问荆轲什么时候动身,他愿意助一臂之力。

荆轲清清嗓子,站起身对樊将军说,杀了秦王能替将军报仇,那当然是在下乐见的。至于将军所言的一臂之力恐怕还嫌不够。

樊於期就有些蒙了,站住脚,直愣愣地看着荆轲,一时不知道如何作答。

荆轲避开了将军的目光,低声说,在下要的不是一臂,而是——一头。

短暂的沉默过去后,荆轲这才坦率地说出了自己的行刺计划,并强调说,所言不是戏言,此番去咸阳,唯一可以利用的机会,便是秦王对樊将军首级的悬赏。他想借用将军这颗骄傲的头颅,进入秦王宫,直接呈送到秦王的面前,这样才能打消他的顾虑,赢得瞬间的信任。

荆轲斩钉截铁地说,倘若一切顺利,在下就会抓住这个来之不易的瞬间,将秦王一举诛杀。不知将军意下如何?

樊於期听明白了,几乎没有半点的迟疑,呼啦一下拔出了腰间的佩剑,高喊一声,樊某值了!

言毕自刎,热血喷涌而出,溅到了荆轲的脸上。他惊恐地大喊了一声"樊将军",震惊万分。这时,太子丹仿佛听到暗号似的又从外面跑了进来,双手还不忘提着裤子,看着樊将军躺在血泊中,身首分离,不禁号啕大哭起来,说,将军干吗这么冲动、这么想不开啊!这本是悲怆的一幕,但是随之而来的另一个举动让荆轲倒吸了一口凉气——太子殿下的随从,那个陌生的面孔(现在他知道那人叫秦舞阳),很快就从马车上取来了一个铸铁的函盒,里面已经装填了石灰。秦舞阳从怀里掏出了一把剥狗的小刀,细心地将樊於期的头颅割下,端正地放到了函盒里,立即用石灰封上。

——原来今天他们竟是有备而来!

燕都的夜便在这血腥的气味中悄然降临了。那一夜,黑暗的天空中不时掠过闪电,却听不见雷声。很快就下雨了,气势倒不大,淅淅沥沥的,让人闻之凄凉。这天正好是田光先生的头七。晚上,荆轲独自去了城南郊外田先生的屋子(他一直保留着先生的钥匙)。打开门,点上蜡烛,再就着烛火燃起了三炷香,然后就静坐在先生的灵位前。回想来燕都的这一幕幕,他心里便是一阵阵的隐痛。白天发生的事让他感到羞愧,玷污了他一向珍惜的名声。樊将军不是死于自刎,而是死于谋杀,有人利用了将军的仇恨,而自己无疑就是帮凶。前后不到十天的时间,围绕这场阴谋就相继死了两个人,这绝不是他愿意看到的,但确实在他眼前发生了。

那个晚上伺候先生泡澡的情形犹在眼前。这十几年里和先生交往接触,从来就不曾得知他田光有过什么壮举,也没有见过他的高谈阔论和超凡的武艺,但是先生却在燕国德高望重,赢得了好口碑,一切看上去如流水那样自然。先生一生只做两件事:读书和习剑,却看不出有多大的用场。或许这些本该就没有用场吧?但是,年逾古稀的他却能一眼看出,突然飞进太子书房里的那只游隼是豢养的,还留意到那条预先爬上绳索的虫子,先生说,那是饵。先生进一步指出,这只怪异的大鸟不是用来测试一名剑客的能力的,而是检验其决心与意志的。当然他也能一眼洞穿年轻剑客深藏于心的"一意",却从不怀疑那颗坚强不屈的英雄之心……

先生真乃高人也!

这时,高渐离来了,乐师戴着斗笠,用蓑衣包裹着两样东西:筑和酒。乐师记着今天是田先生的头七,也相信荆卿会来此守夜,就冒雨径直找到了这里。高渐离摘下斗笠,甩掉上面的雨水,一见蓬头垢面、形容憔悴的荆轲,不禁吓了一跳,荆卿,你好像一下老了许多啊!

荆轲就苦笑了一下,说,其实,也没几天活的了。

高渐离问道,你还是决定要去咸阳了?

荆轲点点头,但没有说话。

高渐离也不再问,拿起酒壶倒了三盏酒,其中一盏置于田光先生的灵位前,再与荆轲对饮起来。烛光摇曳,两个人的影子在墙壁上也一起摇曳。然后,乐师就奏起了一支伤感的曲子，与窗外的雨声混杂在一起，听起来像荒野上的独狼在哀嚎。荆轲一边听着曲子，一边默默收拾着屋子，临行前，他得把先生的屋子再打扫了一遍，先生是爱清洁的。他甚至这样想，如果这回能侥幸活下来，他就回到这间屋子，陪着先生的灵位度过余生……

然后他就发现了那盘象棋残局，觉得这是一盘奇怪的棋局，一匹马已经被吃掉，搁到了棋盘外面；一匹炮面临险境，也是岌岌可危；一个卒子已经抵达了边界，早就没有了退路……

荆轲忽然觉得自己好像明白了一些。

安葬好樊於期，燕太子丹也意识到自己犯了一个错误，不该让秦舞阳过早出现，更不该随身携带着早已备好的铁函——一看就是定制的，方便放下一颗人头。既然荆轲已经开口了，樊於期也动心了，一切都在按照寡人的计划进行着，又何必操之过急呢？好愚蠢啊！作为一名出色的剑客，荆卿的目光向来敏锐，他会怎么想？

坊间里，狗屠秦舞阳的名声的确糟糕，这家伙十三岁就拿剥狗的刀捅人，两只眼睛冒着邪恶，让人避之不及，不寒而栗。但是，燕太子丹看中的恰恰就是他身上这种冷酷的杀气。太子丹已经决定了，让这个狗屠与荆轲结伴同行，必定好过孤军奋战。这件事他还没有来得及与荆卿商量，连续的两场丧事让太子心下越发不安,而王翦的大军压境,总让他有一种大难临头的心慌意乱感。事情已经刻不容缓,箭在弦上也不得不发。这样一想,太子丹就对荆轲产生了严重的怀疑,担心后者的摇摆不定会导致灭顶之灾。因此,他觉得很有必要紧急制定一份备用方案,于是,他想到了这个狗屠秦舞阳。

在厚葬了樊於期的同时,太子丹让太傅鞠武对外散布了消息,这位前来燕都避难的樊将军死于一次暗杀——一位不知名的刺客夺取了他的性命,为的就是咸阳城秦王那不菲的悬赏。太傅对此又有意见,说这无疑就是雪上加霜,秦王定会震怒。太子不以为然,反倒认为,秦王宫里的嬴政一旦亲眼看见樊将军血迹未干的头颅,一定会兴奋不已,得意忘形——这样就会出错,给荆卿带来机会。太傅说,万一荆卿爽约呢?太子丹就反问道,太傅凭什么这么认为?是否听见了什么传闻?鞠武说,那倒是没有的,只是总觉得荆卿前往咸阳刺秦没有理由。他图什么?他果真在乎那笔赏格吗?倘若秦王不信,岂不是鸡飞蛋打?

太子丹有些自鸣得意地笑了,说原来太傅也有这样的担心啊!不过,太子丹郑重地说,现在不会了,毕竟,樊於期的头颅可是荆卿当面借来的,他得对将军的首级负责。

第五章：匕首

十

翌日上午天气晴暖,蓝天白云,看起来十分祥和。没有人会想到这样好的阳光下会散发出肃然的杀气。太子丹又让太傅鞫武去驿馆把荆轲接到了秘密据点,这回见面倒是看不出焦虑了,一副胸有成竹的样子。他说,荆卿啊,眼看这天气是一天热过一天,樊将军的首级虽然用石灰封了,也不能抵挡多少时日,得尽快行动才是。荆轲依旧说,他在等待榆次那位姓聂的朋友的回话。太子丹说,无须再等了,寡人已经为你找到了一个帮手,就是那天替樊将军收殓的狗屠秦舞阳。荆轲很是意外,觉得太子操之过急了。太子丹看出荆卿脸色不对，但还是郑重地做了介绍，说这个人虽以屠狗为生，却也是燕都顶尖的剑客之一，武艺不差，狠劲也有。荆轲就问，他为何要去刺秦呢？太子丹说，还不是因为秦王那笔高昂的赏格？这小子兴许心里早就盘算开了该怎么花费这笔钱，比如说娶一个漂亮的媳妇，盖一座大宅子。说到这里，太子丹便看着荆轲，问道，寡人好像也没有正式问过荆卿，你又是因为什么前去咸阳呢？

荆轲也不回避太子的目光，说，在下以前就多次说过"我能杀他"，现在我得证明自己不是吹嘘，更没有撒谎，在下得兑现诺言。况且，在下现在身负两条性命——田先生和樊将军其实也是因在下而死。

太子丹顿时就兴奋起来，再次击掌，荆卿说得简直太好了！你看，都把寡人说哭了！

正说着，太傅鞠武带着一个陌生的小个子男子进来了，后者手里捧着一只狭长的木匣子。太傅说，赵国徐家的东西送来了。荆轲就问，是徐夫人匕首吗？太傅说，正是。荆轲说，早就得知这位徐师傅能锻造出世上最好的匕首，削铁如泥，吹发可断，今日有幸得见，算是饱了眼福。

太子丹说，打开吧，大家都瞧瞧。

那小个子男人就打开了木匣子，里面果然陈放着一把已经开过刃的匕首，在阳光下熠熠生辉，令人胆寒，但剑客一看便心生欢喜，总想伸手握上一把。太子丹正欲上手，却被那人拦住,殿下小心。太子丹的手就悬在了半空。那人接着说,这把匕首经过了六次锻造、三次淬火,又在极毒的汁水里浸泡了七七四十九天,只要刺破皮肤,毒汁顷刻便会随着血液流遍全身,让人立即毙命。

太子丹这才放下手来,脸颊却有些僵硬了,干笑着说,看不出,还这么邪乎啊!

但是荆轲还是执意拿起了匕首,对着阳光两边看了看,竟有些痴迷地赞叹道,好刀!

太子丹说,荆卿认可,寡人就放心了。

赵国人离开后,荆轲又问,如此利器,如何带进宫里?

太子丹稍作迟疑,才说,寡人自有办法。

然后就吩咐太傅从里屋书房拿来了另一样东西——绘制在半张羊皮上的燕国督亢一带的地图,都是些富饶肥美的土地和山川河流。为了保证此次刺秦行动万无一失,太子丹接受了荆卿的建议,决定把这张图暂时交到秦王手里。太子丹说,有这两样东西,秦王自然不会怠慢,肯定要见你的。

这时太傅小心地问了句,殿下,就不能采取当年曹沫对付齐桓公的做法吗?

太子丹回过头问,太傅是想把行刺改作挟持?

太傅说,目的都一样啊!

太子丹就有些不悦,说,倒也不妨试试。不过,以寡人对秦王的了解,这几乎是白日做梦。秦王看着威严霸气,骨子里却是小人,更是恶人,从来都是翻手为云覆手为雨,寡人岂能信他?

荆轲没有介入二人的争论,在一旁专心地看着那份地图,说,这张图上标的字太大了,要改小一点。

太傅有些不解,字大一点,看得清楚啊!

荆轲说,我要的是看不清。

燕太子丹突然拎出这个叫秦舞阳的狗屠,虽然出乎荆轲的意料,但也不好拒绝。可以想象得出,此人顶多就是一个莽夫鲁汉,平时对普通市民总是一副凶神恶煞的样子,无非是色厉内荏、狐假虎威,仗着有太子殿下撑腰,干些无法无天的勾当罢了。现在太子坚持让这个人与荆轲同行,名义上做个帮手,其实还是对荆轲放心不下。

这天上午,太傅就让人带来了秦舞阳,与荆轲正式见面。这些日子这个人一直待在这里,每天练习剑术,同时也在熟悉使用不同的刀子。从后来的事实看,这把徐夫人匕首,其实就是为他定制的。秦舞阳最初还以为匕首出自一位姓徐的夫人之手,太子丹就笑了,说,这个节骨眼上就不要成天想着女人了,徐夫人姓徐名夫人,是个男的。倘若此番咸阳之行大功告成,要什么样的女人,寡人都会遂你心愿。秦舞阳感激不尽,连说肝脑涂地在所不惜。太子说,你这狗屠都肝脑涂地了,还要什么女人啊?说完,自己便哈哈大笑起来。

那天在樊於期的住地，荆轲对秦舞阳就很不屑，觉得此人天生一副贱相，爱吸鼻子，眼神游移。现在他还是这个感觉，此刻秦舞阳站在他的面前，却始终不敢看他的眼睛。太子丹也觉得奇怪，这个平时飞扬跋扈的狗屠，在荆卿面前却显得手脚无措、左顾右盼。后来太子丹私下里问，为什么这么惧怕荆卿？那狗屠说，这个人眼睛里藏着刀，看着瘆得慌。太子丹就说，你懂个屁啊，哪来的刀子？那叫凛然正气。

荆轲离开之后，太子丹又带着秦舞阳走到了后院，这里比较僻静，他觉得现在应该向秦舞阳交底了。首先，太子丹会按照秦王的赏格给狗屠的父母送上同样的一笔巨款。如果一切顺利，他在秦国得到的也全都归他。其次，倘若荆卿在秦王宫不敢动手，他必须挺身而出，誓把嬴政的狗头一刀拿下。最后，也是最为要紧的，就是荆卿若胆敢反水，就当机立断将其剪除！秦舞阳吸吸鼻子，频频点头，眼神却还是游移不定。太子丹有些不悦，觉得自己刚才那番话被狗屠当作了耳旁风，但事已至此，他也没有更好的办法，也只能听天由命了。

那一天的黄昏天出异象，太阳还没有落下，月亮就已经升起。尽管挂在天空的只是月牙，但这种日月同辉的景象在燕地实属罕见。这本是奇观，但人们普遍认为这是战争的前兆，秦军随时可以横渡易水；甚至有人私下里谈论，这是亡国之象。一时间燕都的街上冷清了很多,也暗淡了很多。

明天一早将启程赴咸阳了。临行前,荆轲还想和高渐离喝上一回酒,听他击筑。那时分太阳正欲西坠,空气里散发着青草的气味。这是燕都的三月,却看不到家乡的油菜花。此一去怕是永诀,荆轲想对乐师交个底。倘若他死了,如果秦王允许收尸,那就拜托乐师把他埋在田光先生身边,今后他便可在九泉之下与先生对酒弈棋。如果尸首弄不回来也不要紧,但此后每逢田先生的忌日,也还得拜托乐师敬上一炷香。荆轲就这样在驿馆的门前溜达着,一直到夕阳收去最后一抹晚霞,然后,他就在苍茫的暮色中看见了乐师匆忙的身影,依旧带着筑和酒。两人上了楼,点上蜡烛,斟好酒,荆轲这才说,我明天去咸阳。

虽然乐师早知道这个计划,但还是有些意外,就问,非得去吗?

荆轲沉默着,点点头。

乐师就很激动,说,你和太子丹之间又没有契约,你也没拿他的一点儿好处,何必明摆着要赶去送命呢?

荆轲说,不要再劝说我了,来,喝酒,就当是为在下壮行了!说着,先举杯一饮而尽。

高渐离的眼泪就溢出了眼眶,说自己还真是眼拙,明摆着眼前立着一位壮士,竟愣是没看出来!

荆轲拍拍乐师的肩头,说,此一别恐是永诀了,再为我击一回筑吧。

乐师抹去了泪水，拿起竹尺，先是轻轻触及琴弦，仿佛山涧流泉；转瞬之间又突然变得激越，犹如瀑布直下。很多年过去了，有人动情地谈起这个晚上，说那一夜燕都的上空一直回响着丝弦的声音，人们听得分明，说那不是琵琶，也不是古琴，而是一种叫筑的乐器，其声之悲怆，好似杜鹃啼血。

十一

> 太子及宾客知其事者，皆白衣冠以送之。至易水之上，既祖，取道，高渐离击筑，荆轲和而歌，为变徵之声，士皆垂泪涕泣。又前而为歌曰："风萧萧兮易水寒，壮士一去兮不复还！"复为羽声慷慨，士皆瞋目，发尽上指冠。于是荆轲就车而去，终已不顾。

《史记·刺客列传》的这段极具穿透力的描写已成为千古绝唱，配得上"无韵之离骚"的赞誉。关于易水送别，后来的著述从来都是浓墨重彩，此处无须多言。韩昌黎所言"自古燕赵多慷慨悲歌之士"，指的就是易水河边这场气壮山河的诀别。丁酉年，笔者写作之余，在故乡曾以《燕赵悲歌》为题作过一幅水墨画，原本是一次水墨实验，却意外地在生宣纸上获得了罕见的气韵——山雨欲来，黑云压顶，满纸烟云，这是怎样的气氛！又是怎样的一个人物才配走进其中！那滔滔的易水、巍峨的山崖，以及崖上绽开的仿佛是英雄血的杜鹃花！这个瞬间，笔者仿佛看见了传说中那位书剑逍遥的豪侠荆轲，越过两千多年的历史，矜持地走到了我的面前，注视着我的笔墨丹青……正是从那庄严的一刻起，笔者决定重构这个经典的传奇故事。但笔者没有依照太史公的描述，让一身缟素的荆轲乘车而行，而是改作豪侠身披红色的斗篷，逆水行舟而上。那红色的斗篷和崖上的杜鹃形成了一种生命的呼应……

　　第三天黄昏时分，荆轲和秦舞阳抵达了秦国国都咸阳。那时分，咸阳城已经是华灯初上。官道两旁都高悬着大红的灯笼，这应该是春节遗留下来的，看上去却还崭新。他们在临近秦王宫的一处驿站下榻，然后，按预定的计划会见了秦王的宠臣中庶子蒙嘉，一个看上去没有胡子和眉毛的男人。荆轲给了蒙嘉一笔重金和几件珍贵的礼品，也转达了燕太子丹的口信，殿下对当初逃离咸阳深表歉意，同时愿意割让燕国督亢一带的土地，来换取王翦大军的撤退，燕国愿意俯首称臣，定期缴纳税赋，自此秦燕两国重修旧好。为了表示诚意，太子殿下带来了樊将军的首级。说着，他指了一下放在桌子上的那只铁函。

　　蒙嘉收了钱和礼物，却不敢打开铁函看樊於期的首级，只说太残忍了,便捂着鼻子离开,一边提醒燕国的使臣,明天一早卯时之前就去秦王宫外面等候,届时等他禀报过秦王,就唤他们上殿觐见。

送走这位蒙嘉大人,荆轲带着秦舞阳上街溜达,说咸阳的夜市一向热闹,不如出去吃点喝点,就当是喝一杯断头酒了。秦舞阳就吸吸鼻子干笑着,说,不至于啊,太子殿下都安排周全了,明天不会有事。

咸阳城的夜市确实很热闹。晚风轻拂,送来一阵阵花香。官道两旁摆满了小吃摊子,小贩们在起劲地吆喝着,青楼上的艺妓倚在窗口,用绢扇半遮着颜面。秦舞阳被这灯红酒绿、纸醉金迷的景象所吸引,一路东张西望,不时吸吸鼻子。走到一家做羊肉泡馍的摊点,荆轲停下了,要了一壶酒、两碗羊肉泡馍、几碟小菜。荆轲说,一直想吃羊肉泡馍,都说咸阳的味最地道。秦舞阳赶紧斟酒,两人相对而坐,先干了一杯,再吃小菜。这时荆轲才问,你怎么一直不敢看我的眼睛呢?

秦舞阳说,哪里啊,我这个人东张西望惯了的。

荆轲笑了笑,不对吧,你一定是有事瞒着我。

秦舞阳眼睛瞪得很大,连声说没有。

荆轲也就不想再问,说明天进宫,一切看他的眼色行事。秦舞阳便哭丧着脸,说自己无非就是个陪伴,根本就帮不上忙的,就想碰碰财运。荆轲说,放心,他们不会要你的命,或许你还会发财。

这一说,秦舞阳倒是眼睛红了,竟忘记了吸吸鼻子。

月亮升上来,咸阳城灰蒙蒙一片,像起了一层薄雾,弥漫开来。荆轲抬头看看,发现那月牙也好似一把弯刀,但还没有看得真切,月牙便隐入浮云之中。荆轲就想,明天应该是一个好天气。

翌日一早,天刚蒙蒙亮,荆轲就领着秦舞阳去了秦王宫门外,等候中庶子蒙嘉的回复。卯时已到,前来早朝的文武官员陆续抵达。

其时蒙嘉已经向秦王转达了燕国使臣觐见的意思,把昨晚荆轲对他说的话一字不落地重复了一遍。秦王一听不仅带来了燕国督亢一带的地图,还带来了叛将樊於期的首级,一时竟不敢相信,就问蒙嘉,爱卿亲眼所见?蒙嘉连连点头,说都有味了!于是秦王就显得兴奋,竟做出了一个几近荒唐的举动——跑下殿来换上一件看上去更加威武的朝服,以示郑重。然后,他回到王位上对早朝的文武官员吆喝道,众爱卿,燕太子丹服软了!燕国不仅即日俯首称臣,按期纳税,还将割让督亢一带的肥美土地、山川河流。同时,为了表示诚意,还专门让使臣给寡人送来了叛将樊於期的首级。众爱卿意下如何啊?

文武官员齐声高喊,秦王圣明!

中庶子蒙嘉便兴冲冲地跑到大殿外面,对着前面高喊,秦王有旨,宣燕国使臣进殿——

这声音立即就起了回响,且又被下一位重复喊过,惊得地上的麻雀乱飞。不一会儿,就看见荆轲和秦舞阳远远走来。荆轲抱着铁函,秦舞阳捧着木匣,两人一前一后地走着。这一刻,荆轲心情格外沉重,心里一个声音在说,今天来秦王宫的不是两人,而是三人,樊将军可知?

很快就到达了大殿外面,这时又上来了四个侍卫,对二人进行了搜身检查。中庶子蒙嘉这才走过来,对荆轲矫情地挥了一下手,跟着。

荆轲内心剧烈地颤动了几下,沉着地走上前,跟在蒙嘉的身后,一边用余光平静地观察着大殿的环境——左右两侧都是文武官员,门前站着带刀的侍卫,秦王威严地坐在宽大的椅子上,半闭着眼睛,他的边上还站着一个貌似太监的人,这个人像一只猎犬,两只眼睛眨也不眨,一直在盯着他们。此刻的秦舞阳却还是东张西望,与以往不同的是,这回他不是因为好奇,而是紧张,大气不敢出,也忘记了吸吸鼻子,他还从未见过如此庞大而肃穆的场面,脸色突然转白,额头上的汗珠大颗淌下,这让两侧的文武官员感到有些惊讶,觉得这个人一点也不像一国的使臣,议论纷纷。秦舞阳更加紧张了,脚下一个趔趄,险些摔倒,于是又引得大殿里一阵哄笑。

荆轲说,不好意思,这是我的副使秦舞阳,北方的乡巴佬没有见过大世面,让诸位见笑了。

但是,这工夫那个太监已经走上前拦住了他们,并示意侍卫将秦舞阳立即带走,只留下那只装有地图的木匣子,一并交到了荆轲手里,一时间大殿上只剩下了荆轲。

荆轲这才抬高嗓门喊道,燕国使臣荆轲觐见秦王陛下!

秦王咳嗽两声,说,寡人听说你这回带来了两样东西?

荆轲说,樊於期将军的首级和燕国督亢一带的地图。

秦王说,一一呈上。

那太监就走近荆轲,先抱走了那只铁函,恭敬地放到了秦王的面前。

秦王叹息道,让寡人再看樊将军一眼吧。

太监便打开了铁函,顿时一股恶臭散发开来,秦王赶紧捂上鼻子,但还是凑近看了——樊於期的头颅被腌在石灰里,怒目圆睁,但是黯淡无光,如同死鱼的双目。

秦王颇有感慨地说,樊将军别来无恙乎?你打了败仗,寡人并不计较,胜败乃兵家常事,寡人也曾败过。寡人容忍不了的是你的背叛。败军之将可恕,叛将不可恕。他停息片刻,又轻轻咳嗽了两声,对太监说,厚葬吧。

太监便让侍卫捧走了铁函,顺便又从荆轲手中拿走了那只木匣子,陈放在秦王面前,打开了盖子。这时,秦王拿起匣子里的那卷羊皮地图,摊在案几上,慢慢展开——没有匕首!

十二

故事到这里,显然出乎意料,因此笔者又得不合时宜地来几句饶舌。在决定重构这个文本之初,笔者曾因此踌躇不前,以至于停笔搁置,不料,这一停就是二十年!包括《史记》《资治通鉴》在内的几乎所有典籍,无一例外地都难舍这一经典情节——图穷匕见,却不论它显得多么不可思议。秦王宫如此森严壁垒,连一根针都无法逃过侍卫的眼睛,遑论一把匕首?那张燕国督亢的地图并非一件传说中的隐身衣,又岂能让天下最著名的匕首遁形?很多时候我在想,太史公在撰写《刺客列传》的时候,是否刚刚受过非人的宫刑?或者难以抹去那耻辱的阴影?身体的残缺导致心智的混乱,他虚构这个场景仿佛是一次情感的宣泄,这种脱离常识且又有悖逻辑的安排,或许能暂时抚平太史公内心的创伤,他难道想化身为一把锋利的匕首,借荆轲之身来寄托他本人复仇的理想?不过是为战败投降的李陵将军说了句公道话,就遭受残酷而屈辱的宫刑!太史公的悲愤或许就在这个瞬间渗透到了笔墨之中,尽管逻辑上已经不能自洽,情理上也未必说得通,但是却由此诞生了一个著名的成语——图穷匕见,至今仍在汉语中纵横。任凭一份天真裹挟着自己的一腔悲愤,如同这份燕国督亢的地图裹着一把徐夫人匕首,就这样不可思议地流传了两千多年。笔者忽然意识到,正如这个经不起推敲的历史故事一样,故事里也一样没有一把匕首。或者说,那是一把想象中的无形的匕首,却能穿过历史的真相,击破谎言。

那把匕首就是荆轲。

让我们把时间再拨回到前一个晚上。在送走中庶子蒙嘉之后,荆轲关上了房门,把秦舞阳叫到了跟前,说,把匕首拿出来吧。

秦舞阳一时不知所措。

荆轲说,明天你若是随身带着这件东西,只怕身子还没有进大门,人头就落地了。秦王宫是何等重要的地方,能容你如此胡来吗?

秦舞阳说,这可是太子殿下的安排啊,随意更改怕是不妥……

荆轲说,要不这样,明天你一个人进宫如何?

秦舞阳立即就吸吸鼻子说不行,然后,老实地打开木匣子,里面放着一卷羊皮地图,等这卷图慢慢展开后,这才看见那把锃亮的徐夫人匕首。秦舞阳说,这是殿下的计策,叫"图穷匕见"。

说着,他就小心地拿出那把匕首,交到了荆轲手里。后者却没有接,说,这东西你收好,明天要是能活着出来,你就带回去当个念想。

这么一说,秦舞阳的脸色都灰了。

荆轲当然知道,这把带有毒汁的匕首一直藏在秦舞阳的身上,却未必是针对秦王的——燕太子丹一直在提防着自己呢!他们之间没有契约,这个人始终都没有弄懂,年轻的剑客究竟图什么才做出这种生死抉择?荆轲来时就想好了,自己决不可能成为燕太子丹的又一枚棋子,决不。他自有他的一份计划,但这个计划不属于阴谋。

翌日凌晨,他们刚刚抵达秦王宫外,立即就被几个全副武装的侍卫带进了一间没有窗户的屋子,里面掌着灯,侍卫命令他们脱光衣服,再仔细进行检查,连嘴巴和肛门都扒开看了。正如荆轲事先所料,他们的随身物品,包括那只铁函和木匣子,也都一一验过。一旁的秦舞阳惊吓不已,陡然觉得脖子后面发凉,竟下意识地摸了一下,头还在,但额上已渗出了冷汗。那时狗屠就想退却,想逃回燕都,但为时已晚。带着这种惊恐不安,狗屠跟随荆轲走向了大殿,步履艰难,一时间脸色发白,冷汗淋漓,手脚无措——他怎能不害怕呢?

终于,荆轲等到了期待中的那个时刻——秦王拿起那卷羊皮地图,看着看着就眯起了双眼。荆轲窃喜,看来改成细小的字体起了作用,果然,很快就听见秦王喊道,这图上标的字小而模糊,寡人看不大清楚,荆卿不妨近来给寡人说说。

这个瞬间,荆轲想起了太傅鞫武的话,如果劫持了秦王,就像当初曹沫劫持齐桓公一样,这个人会放弃荡平燕国的计划吗?不会。此人不是齐桓公,自己也并非曹沫。那么,就此和秦王拼个鱼死网破、玉石俱焚呢?那无疑也成了燕太子丹的又一枚棋子,他就是那个没有退路的卒子——这绝对不可以!剩下来就只有一条路了,他要在这威严肃穆的朝堂大殿上,让秦国的文武官员亲眼看见并为他做证,来自燕国的使臣荆轲完全控制了这个不可一世的秦王,随时可以决定这个人的生死,他也兑现了诺言——我能杀他。

于是刹那间,荆轲一个箭步上前,趁势拽住了秦王的衣袖,他本可以双手掐住这个人的脖子,一把将其拧断。但是他没有这么做,而是凑近这人的耳边微笑着吐出了几个字——我就是那把匕首!

《史记·刺客列传》对这一著名的刺杀场面有着几近滑稽的描述——你见过衣袖轻易被拽断的吗?你见过佩剑拔不出鞘的吗?你见过大王遇险,文武官员惊慌失措的吗?你见过大殿门外的侍卫们听到动静还呆若木鸡的吗?你见过郎中以药包充兵器的吗?如此等等,看上去如同一台乡间的社戏,热闹非凡,却是不可理喻。可见太史公虽然遭受酷刑,骨子里还不失一份天真。那么,作为这幕大戏的高潮,接下来又将如何呢?年轻的剑客荆轲此番不远千里来到秦都,就是抱着慷慨赴死的决心。这或许就是他心中的"一意"吧?杀一个人与能杀一个人,本是两个不同的概念,高下立判。

既然丢弃了匕首,何须再做无谓的抵抗？那一刻,荆轲想要的只是一个剑客的体面与尊严,他不过是向前跨了一步,但这一步,一不留神就跨进了历史。

秦王大惊失色,一时没有反应过来,也无法挣脱荆轲的控制,惊慌失措则毋庸置疑。不等两侧的文武官员上前救驾,门外的侍卫已经冲进来一拥而上,为首的剑已出鞘,一剑就刺向了荆轲的胸膛。荆轲没有躲闪,也没有立即倒下,而是靠在了大殿的铜柱上,还是带着微笑地对秦王说,我早就说过,我能杀你……

说着,吐出一口鲜血,用最后的力气将扎进胸前的剑使劲往里攮了一下,刺透了心脏,然后就轰然倒在地上。迷蒙的目光中,荆轲仿佛又回到了三天前的易水边上,他听见了乐师悲怆的筑声,也听到了自己最后的歌唱——

风萧萧兮易水寒,壮士一去兮不复还。

这部《刺秦考》的初稿，完成时间也在十天左右，随即就传给了《作家》——我与这份期刊有着几十年的合作，感情深厚。其时编辑部正在编发新年第一期的稿件，或许已经尘埃落定了，但看过《刺秦考》，他们便做出了调整。于是我很快完成了最后的修改。定稿那天，正是我的生日，这似乎有点刻意，显然是要为自己留下一个纪念，或许还带有一些祭奠的意味吧，那一刻我的心情显得激动而沉重。正如后来《新安晚报》的专访标题——《二十四年，忽如一梦》，至此，这部盘桓于我心头太久的"春秋、战国、秦汉三部曲"宣告竣工，我如释重负，但身心疲惫。

　　《刺秦考》发表于 2024 年《作家》杂志，也是第一期。一位同行用微信对我说，一部《刺秦考》，最让人意外的是颠覆了一句成语——图穷匕见。现在读者看到的是图穷而无匕见。荆轲微笑着对秦王说，我就是那把匕首。正是因为这个细节的重构与诞生，让我怀着一腔激动的心情完成了《刺秦考》。

　　那个晚上，我又一次想到了发生在中原的梦境。在我几十年断断续续的写作生涯中，《重瞳——霸王自叙》是第一次触及所谓的历史题材，但显然又不是传统意义上的历史小说。于是后来有批评家指出，这是"新历史小说"——"用一种新的观念和新的叙述方法对历史进行重构，让历史和历史人物以一种不同于前人叙述的面貌出现于人们眼前，从而引发人们对历史和历史人物的重新思索"。还有朋友认为，《重瞳——霸王自叙》可以看作"先锋小说"的落幕之作，同时又是"新历史小说"的开山之作。正是这些真诚的鼓励与鞭策，让我恪守了对自己的承诺，最终得以完成三部曲。回顾创作历程，我的所谓"春秋、战国、秦汉"三部曲，竟是先从秦汉时期开始的,仿佛逆水行舟。

  2021年夏天,我在安徽蚌埠执导电视剧《分界线》。一个下午,利用勘景的便利,我来到了位于固镇与灵璧交界处的垓下古战场,很自然地想起了当年在中原的经历,想起了那部《重瞳——霸王自叙》。我拾到了几片残瓦,粗糙的纹理让我顿起了莫名的忧伤。那一刻我想,什么时候能在这里拍一部关于项羽的电影呢?在两千年前的古战场上,重奏一曲"霸王别姬"的悲歌?事实上,多年前我已经根据小说改编完成了电影剧本,也发表于《作家》。那也是一部构思新颖的剧本,它以一部话剧的排演过程来结构一部电影,由一位演员同时扮演舞台与银幕上的项羽,以两种风格迥异的造型呈现在观众的眼前,话剧诉说着项羽的心理,电影展现出项羽的行为,该是多么意味深长!

  电影的结尾是这样的——

    时间已是夜晚,话剧的首演获得成功,刚刚落幕。北京国家大剧院门前,散场的观众鱼贯而出,该剧的导演和女友瑞秋挽着手,走在人群之中……

灯火通明的长安街,车水马龙。

刚刚散场的观众正走向自己的汽车,或者走上公交车。导演和瑞秋也上了自己的吉普车,男人正打算上车时,忽然站住了,看着前方——

广阔的长安街上,从天安门方向,一匹黑马正奔驰在两边的车流之中……

那就是当年的那匹乌骓马,它的雄姿还是那样俊美与飘逸,仿佛穿越了时空,来到了今天……

导演深情地注视着乌骓马。当他们相会时,乌骓马还回头看了男人一眼……

导演情不自禁地转过身,但是,乌骓马的身影已经消失了!

你在看什么呢?

导演浅笑了一下,没有回答。但他的心声——这是电影里最后一句台词——在夜空中回荡:我在看一个两千年前的幽灵,但是就行走在今天的街上……

镜头渐渐升起,展现出长安街的全景……

——作者手记

燕 赵 悲 歌

第三部 霸王自叙

春秋乱
CHUNQIU LUAN

我要讲的自然是我的故事。我叫项羽。这名字怎么看都像个诗人,其实我早就觉得自己是个诗人了,但没有人相信。而民间流传的那首"力拔山兮"又不是我的作品——我不喜欢这种浮夸雕琢的文字。我的诗倒是真有不少,可我却没有把它们刻到竹简上。我觉得最好的诗还是保留在头脑里好,也比较安全。文字是个奇怪的东西,有时候它可以把人事固定下来,这大概就成了你们所说的历史吧?于是你们就根据这些文字去揣摩从前发生的那些事儿,但你们至少忽略了一个问题——写历史的人又是如何知道"从前"的?而且据我所知,这个国家一般主张后人撰前史,也就是说,对当时发生的事是不允许做记录的,就是你记下了也不算数。这很有趣,好像后人总是高明一些。有一种较为普遍的说法是,拉开一段距离才能看清楚。这让我困惑,当时看不清的,难道"拉开距离"就能看清楚了?不过,我又很理解。当时的人——我指的是那些所谓的"历史人物"——总爱把自己描绘得很漂亮,所以不那么可信。这一点,嬴政那家伙是个高手。他之所以要把那些书以及写书的人全搞掉,就是想把"从前"一笔勾销,一切从他开始。这未免也太天真了。关于历史,我说不出更多的话语,但我一直在思索着。有一天清晨,我在乌江边上吹箫,碰见一个孩童,我就随便地问他,你懂历史吗?历史是个什么东西?那孩子认真地看了看我,突然说了句让我惊讶的话,他说,当人变坏了,历史就开始了;当人变好了,历史就结束了。这孩子说完就从我身后消失了。我还愣在那里,觉得这件事很奇怪。我想这孩子分明就是个奇人,让我想起张子房曾吹嘘过的那位黄石公。我承认这大千世界确有奇人。但我不是奇人。我不是你们印象里的那个"力能扛鼎"的大力士,我的身高也没有八尺,非但不是,我自觉修长而挺拔的身材还散发着几分文气。我知道民间关于我的传闻,比较正宗的源头还是西汉那个叫司马迁的太史公。他写了我的本纪,慷慨地给我以帝王君主的地位,把我写得挺好,至少比后来真的帝王刘沛公好。我想这或许与太史公当时的境遇有关,这个人不过是为李陵说了几句好话,就无端地让武帝给废了。但他仍然是个男人,他大概把自己作为男人的种种理想一揽子寄托到了我的身上。这让我同情，也让我多少有些尊重。所以我还是要感谢他——不是因为他视我为帝王。那年我到咸阳后，要称帝比写一首诗还容易，我想这大概不是海口狂言吧？我要感谢太史公，是觉得他把我的故事大致说得不错，但那还是一鳞半爪，而且许多地方不是那么回事。这就是我今天要出来说几句的原因。我没有别的意思，反正我已死了两千多年，问题是有些事只有我自己知道，我要不说，就会越传越邪乎，以致我到现在莫名其妙地成了戏台上的一个架子花脸。这让我沮丧，我极不喜欢那个怪异的脸谱。它让我想到神魔，而我是人，是个有诗人气质的男人，是个出色的军人。我死的时候也不过三十一岁，用你们今天的话说，我完全称得上朝气蓬勃。

有一个叫周生的人曾告诉太史公，说从前的虞舜是目生重瞳，而我也是。太史公用了个"盖"字来表示对这说法谨慎地存疑，但这恰恰又是真的。我想我的故事还是从我这重瞳说起吧。

一

我也是很迟才知道自己生有重瞳的。那是公元前210年春天的一天清晨，我和叔父项梁从吴中来到这乌江边上度假。像往常一样我三更即起，然后就在院子里舞剑。我不喜欢我这把剑。我一直向往得到的是从前楚王失落在民间的那对青锋鸳鸯剑。这闻名天下的兵器出自干将莫邪之手,三年铸成。据说这剑带给人的不仅是胆略,还有灵气。我渴望它已经很多年了。然而这个早上我还不知道这剑对于后来的我具有更为深重的意味。做完这件事,我就去乌江边上吹箫了。我觉得这个时候吹箫很舒服。箫这种乐器天生就是吹给自己听的,不能让别人欣赏。我不信乐谱,吹的大概要算自度曲吧,但它又严格遵守了我们楚歌的韵律。我们楚歌的韵律是十分丰富的,从不受五音的约束。它的魅力不在于气势恢宏,而在于本质上的悲怆。我每次吹奏的感觉又都不一样。那正是我短暂一生中最早的忧郁时光,我思念着很久以前死去的祖父。关于这一点,太史公说得不对,甚至非常错误。我祖父项燕并非死于秦将王翦枪下,他是饮剑自尽的。虽说都是一个死,但对于军人,自裁无疑是光荣的。这个细节我之所以喋喋不休,是因为太重要了。它不仅仅关乎我项家的荣誉名声,更要紧的是它预示着宿命。很多年后,从某种意义上讲,我的归宿实际上也是对我祖父的一次公开模仿。那一刻我想,一个人的血液是没有办法改变的,我们项家祖祖辈辈为楚将,死不足惜,但的确要考虑怎么个死法,或者说,要选择死亡的方式。像后来我叔叔项梁那么个死法就太窝囊了,人家喊了他几天的武信君他就牛皮哄哄,整日价地喝酒,结果章邯十分轻松地就把他给砍了。这也是我后来不杀章邯的真实原因所在,据说他让我叔叔与他比画了几下,还了他个大致的军人本色。而章邯后来却当了我的俘虏。

我祖父的死对我打击很大。他是个没有野心却又不甘寂寞的人,好像不打仗就活不了。那年王翦掳了楚王,他又扶昌平君为王,接着干。最后在一个雨夜,老人让手下把他的头颅和一箱兵书交给了我这个做孙子的。这让我很为难,也很困惑,我知道祖父这个举动暗示着什么,尽管那时我不过是个孩子,但我实在对驰骋沙场马革裹尸兴趣不大。我想那时我内心还是非常虚弱的,在某种意义上,我对嬴政那家伙还很含糊。他荡平了六国,一统江山,成了中国第一个皇帝,我不可能不含糊。直到这一天,事情才起了变化。

这天早晨我忽然觉得眼睛变得特别明亮。我站在乌江边上,好像目光把江水给劈开了,一眼就能望到底。这无疑是个奇迹,我就捧了一捧水来照自己,然后便看见了我的每只眼睛里居然有两个瞳孔,而且它们正朝一块叠呢!越叠就越清晰。我有些不知所措,就好好洗了把脸,想让自己清醒一下。我一边犯嘀咕,一边沿着江岸往东走,还是觉得这事太像个梦。这时,我看见了江心的位置上沉有一把画戟,很漂亮,但是我没有下水去把那东西捞上来。或许那时我已预感到,要是得到那支画戟,接踵而至的便是无边的麻烦。这是我所不愿意的。后来我走到一个坡上,坐下来,想借吹箫来把刚才那点奇怪忘掉,我不太喜欢这种神神道道的东西,虽然发生在我身上这件事是真实的,但我还是不喜欢。我就开始吹了。当时我背靠着乌江,面向北,吹起的箫声听起来的确有几分悲凉。我不知道这算不算亡国之声,但在这浑厚凄切的箫声中,我又一次看见了我祖父项燕的背影。这样我自然就有些伤感了,想我们项家曾几何时那么风云叱咤,如今隐姓埋名地活在这吴中,与一些鸡贼狗屠打得火热,很没面子。我叔叔项梁还自我感觉良好地与那些人谈兵法,似乎随时要东山再起。但他的起与他父亲的起完全不同,他要的是那个贵族派儿,要万人拥戴的威风。这大概就是我这个侄儿最轻视他的地方了。说实话,凭我的能力,要是成心帮他,将来打出个地盘封个王侯什么的也并非难事。问题是这会送他的命的。他这种人捉起来是条虫子,放了就变成了龙,要不当年曹无咎好不容易把他从栎阳大狱里弄出来,怎么立刻就去寻仇呢?为这事我们还大吵了一顿,我说过去的事算了,别再追究了。他不听,还是把那人杀了。杀了就跑,就这副德行。所以我不愿意把刚才江底的那支画戟捞起来。我倒觉得一辈子就这么吹吹箫也挺好。

我的眼睛又出神了。怎么视野里的北方渐渐变成了绿色?而且这绿还越来越浓,像一块绿云似的朝这边汹涌而来。它当然十分遥远,我琢磨着那大约是千里之外。难道是北方的草原?难道我这两个瞳孔重叠起来就成了千里眼?这可是连我都不敢相信的呀!然而我看见的就是一望无际的绿色。我很喜欢这颜色,据说它代表着生命的久远,我倒觉得更象征着生命的质量。我虽困惑不已,但心情十分好。这种情绪真是离我很久了。于是,我就沉浸在这无限的绿色向往之中重新吹奏,我觉得我这支箫传出的声音也同样非常遥远。那时我还不知道这是个刻骨铭心的早晨,它发生的一切对于我都是意味深长的。

我刚吹完一曲,我叔叔项梁就匆匆跑来,看看四下无人便诡秘地对我说,你知道吗?今天嬴政从浙江那边过来了!

我就随口问道,你想干什么?是不是想学张子房搞出个博浪沙第二?

项梁突然变得有些害羞,说,哪里哪里,我不过是想带你去见见世面。

他这个样子让我很不舒服,远没有在栎阳杀人那阵子神气。不过我还是有兴致,也就想去看看这个秦始皇帝是何等人物。于是,我们叔侄俩连早饭也来不及吃,就骑马往会稽城赶去了。这是公元前210年的春天,吴中的天气很不错,晨风带着朝露迎面吹过来,惬意得很。我们是抄一条年久失修的旧官道赶往会稽的,一路上项梁对我数落嬴政,说那小子心狠残暴,十恶不赦。我就开玩笑说,你敢对他动手吗?项梁长叹一声,说,我已是烈士暮年,雄心不再。我还是调侃道,那你干吗还成天舞枪弄棒的?项梁不禁苦笑道,我项梁毕竟还是将门之后嘛!后来他就不再说了,神情也变得沮丧起来。

　　我对始皇帝嬴政最大的不满倒不是他的残暴，而是他的虚伪下流。这么大的疆土把它统一起来，不杀人是办不到的。但是在他完成了他的使命之后，再这么干就不可理喻了。你把那些儒生也杀了实在是毫无道理可言，而且更卑鄙的是，说他们企图谋反。他们这些手无寸铁的书生能反什么？拿什么反？倒是他大公子扶苏是个明白人，劝他父亲别这么乱来。嬴政说，你个小毛孩子懂什么？这可不是一般的事，是政治你懂吗？嬴政就是这么个货色，虽说当了始皇帝，可骨子里仍是个下流坯。从这个角度看，民间私下传的他是吕不韦的种便不太可信。吕老头还是个学富五车之人，不会弄出这么个玩意儿。还有一件事叫我愤怒，就是那年他去湘水，不去朝拜湘君祠也就算了，反倒一把火把整个湘山给烧了。那感觉就是把湘夫人削发为尼了。他倒是振振有词地说，不就是尧的闺女舜的婆姨吗？女流之辈还称什么神呢？这不是流氓是什么？可是现在，他又装模作样地来会稽城祭祀大禹庙了。

　　虽是快马加鞭，我们还是晚了一步。我们到的时候已近黄昏，去禹王庙的路全被人堵住了。这倒诱发了我的好奇心，而我叔叔则更为强烈，就埋怨这消息如何走得这么快。看来这人一当上皇帝就是不一样了，似乎连他放的屁也有人觉得是香的。我就看了看项梁，又替他惋惜了一阵，心想，你这辈子就别做这个梦了。我们站在一个坡上,项梁便说这个位置看不清楚,就想往人堆里扎。我拉住他,说,就这吧,不就是看一眼吗?我当然没说今天我眼睛发生的奇迹。这时猛听见一阵锣声,有人高叫道,皇帝出巡,天下归心,今日祭奠禹王,明朝五谷丰登。听起来不伦不类。百姓们全都跪下了,又都翘首以待,想一睹皇帝风采。项梁急不可待地搓着手,还真像个刺客,嘴里的口水都淋到了下巴。这形象让我讨厌,就用胳膊肘碰了他一下。他却说,别动,皇帝就要出来了!

正说着,我看见从大庙正门里走出一个瘦弱而略显佝偻的男人,面色苍白,额头上尽是虚汗,他的须髯也夹杂着枯黄,这就是那个独断专横、不可一世的嬴政?真难以置信!就在我踌躇中,我看见始皇帝打了个喷嚏,居然还把裤带给挣断了,内裤像肠子一样淌到了脚下。我忍不住地笑了起来,这和我十八岁那年在茅房里几乎一模一样,区别是,我一个喷嚏挣断的是牛皮带而不是黄绫带罢了。于是,我就低声对叔叔说,你信吗?我可以取而代之。其实我不过是开个玩笑,谁料却把项梁给吓坏了,他竟把我的嘴捂住,厉声说,小子,这可是要满门抄斩的呀!我推开他那只粗糙的大手,然后就扬长而去了。那时我想,这一趟跑得太冤枉,早知这样,我还不如在江边安静地吹我的箫,看天边那片奇异的绿颜色奔我而来。那才是我该期待的悬念。

二

自从在会稽见过始皇帝一面,我叔叔项梁就想教我兵法。在他看来,那次我口出狂言却是表明了我的远大志向。他当然不知道这不过是我信口开河。其实项梁要教的都是我祖父传给我那一箱兵书里的东西。那些书我早偷偷看透了,可以说是倒背如流。所以现在项梁来讲说,我就打不起精神。于是他就怪我没出息,只晓得像个食客那样成天摆弄一支箫。我呢,又不想去伤他的自尊心,反正就是心不在焉地听着吧,谁叫他是我叔叔呢!这一点,当然太史公不会知道的。在他那里,我俨然是个有勇无谋、做事缺乏恒心的人。这就错了。我这个人的确不信邪,但我崇拜真有学问的人。譬如说,我就很尊敬孙武。我觉得他的兵法是独一无二的宝贝,真能读通它的人却不多。其中就有我这个叔叔项梁。

那些日子我格外怀念我的祖父项燕,如果他老人家健在,我想我会成为他消灭秦王朝的得力助手。现在我对嬴政的畏惧随着他那个不合时宜的喷嚏完全消除了。我的直觉告诉我,此人不是我的对手。这个时候我就觉得从前楚南公的那句话显现出了强大的力量,那老人说,哪怕日后楚国只剩下两三户,但灭亡大秦的还是我们楚人。所以亡秦是我们楚人的使命。现在看来,就是我项羽的使命了。其实据我目测,嬴政这个皇帝气数已尽了。我甚至都敢断言,这个人没准在巡视的路上就会一命呜呼。他的气色已经是死亡的气色,他那个喷嚏某种意义上就是回光返照,那是他最后的一点力气。可我并不希望他就这么死掉,我希望他将来死在我的剑下。但是有一点一直困扰着我:假如我们消灭了暴秦,天下姓了楚,那又怎么样呢？这困扰总让我想到雨天里冒雨奔跑的人,他们就知道一个劲地往前跑,从来也没想过前面也一样是雨,等他跑累了,差不多也该淋成落汤鸡了。也许我这么想有些消极虚无,但事情本来面目就是如此。谁能保证楚家的天下就是太平盛世呢？我担忧的就是这个。这也是我后来主张把楚王孙子熊心寻回来的原因。我项家的使命是辅佐天下,而非坐天下。我尽了职责,却也在逃避更大的职责。所以太史公把我列入"本纪",我个人是有点看法的,觉得不妥。我有生之时连做真的帝王都放弃了,死后却来了这么一个"相当于",多无聊！

我对所谓的江山与生俱来就没有兴趣。我忘不掉的是北方的那片绿色。这绿色现在越来越浓了,在我观察它九个早晨之后,我发现有一个黑点在绿的背景中跳跃。但我还不知道是何物,相信它是个生命,我的好奇心与日俱增。第十天,也就是今天早晨,我终于看清了——那是匹马,直奔我而来。我一望就明白这是匹日行千里的好马,威风凛凛,气宇轩昂。它那漂亮的行姿竟使我忘记了吹箫！现在,它已逼近了我,它的鬃毛在阳光下熠熠生辉,像飘舞的旗帜。我就下意识地站了起来。谁知这一站却把它给惊吓了,它长嘶一声扬起前蹄,把一个白色的东西掀到了空中,就像一片白云自九霄而落。我大吼一声——虞!那马儿便像听见军中号令似的刹住了脚,与此同时我已向前大跨了一步,接住了那片白云,这时我才看清我托在手里的是个姑娘。这倒是让我始料不及。

姑娘很美,可能因为连日的长途跋涉,脸上显出疲倦,她好一会儿才睁开眼,见了我自然有些害羞,就问,这是何地?我就说楚地。她突然变得有些感伤,说,我总算是到家了。姑娘说她离开楚地已有好些年,对这块土地都觉得陌生了。那会儿为了躲避战祸,她被家人送到了辽西郡那一带去放羊。姑娘说,我问父亲什么时候才能把我接回来?父亲就一下沉默了,好长一会儿才说,等你听见楚歌的旋律那一天吧!我就等了一年又一年,直到十多天前……

姑娘的叙述让我听了很不是滋味。我想她至今大概还蒙在鼓里,以为我们楚人的奇耻已雪。我不知该怎样对她解释,可对着这样一双明眸说瞎话又不是我项羽的专长。我就说,你听见的还只是个前奏。她一下就明白了,默默点着头,然后又用宽容的眼光看着我,说,即使是前奏,那也是我们楚歌的前奏啊!楚歌若再不吹响,恐怕就失传了。这简洁的表白给我带来的鞭策却是异常巨大的,我从这姑娘眼中获取了男人最引以为自豪的东西,那就是信任。这一刻,我感觉自己像是爱上了她,可我毕竟还没有恋爱的体验与经历,还是显得有些局促。于是我就问她,你叫什么名字？姑娘说,你不是已经知道了吗？我正困惑,姑娘又说,你刚才不是喊了"虞"吗？我就叫虞。

我和这个叫虞的姑娘就这么认识了。这是我生命中的第一个女人,也是最后一个女人。反过来对她也一样。所以说我们是很幸福的。这并非我不好色,而是我从虞身上得到了女人的全部。她带给我的是一般女人所不能给予的,那就是一个男人的自信与尊严。关于虞的故事,太史公着墨吝啬,一笔匆匆带过。倒是几千年后戏台上出现了一出以她为中心的戏文,特别是经过一位叫梅兰芳的先生精彩表演,使虞的形象家喻户晓。但那个戏本身不得要领,演到最后倒像在挑拨我们夫妻关系似的。舞台上,虞趁我一不留神拔剑自刎,以此表示她对我的绝望。而真实的情况是,虞是在我的注视下从容自若地死去的,这个我后面再谈。

我和虞的相识就这么简单,但意义却非同寻常。我不是夸耀这种不可思议的传奇性,我要说的是,她这一出现便结束了我内心长达八载的矛盾。那时我就觉得对自己的使命也是别无选择,我必须振作起来,去找我的敌人嬴政。我岂能让楚歌永远"前奏"下去？当天晚上,我就潜入了乌江,把那支漂亮的画戟打捞了上来。这真是天下独一无二的好兵器！它的造型在清冷的月光下是那样漂亮,且锋利而灵便,手感舒服,它使我再次向往传说中的那对青锋鸳鸯剑了。然后,我去找了我叔叔项梁。我对他说,我们该干了!那时候项梁正在喝酒,听我这一说,那双醉眼顿时就亮了,接着又暗淡下去,就问,你说我想做张子房,那么现在你不是想当荆轲吗?我说,不,你误解了我,我不是想去当刺客,我也压根儿看不起刺客这类角色。我是想公开亮出旗号,招兵买马,向嬴政宣战!项梁突然就哈哈大笑起来,说,你这口气可比你爷爷大多了,宣战?你拿什么宣战?

然后他又说,我看你是让那个拾来的丫头搞昏脑子了吧?

我很生气,一把掀翻了他的桌子,说,你可以侮辱我,但我不许你侮辱我的女人。你记住了!说完我就走了,走到院子里,顺手一挥画戟,便把那棵海碗粗的槐树给拦腰斩断了。

因为这点不愉快,我和叔叔一个夏天都没有说话。到了这年夏天快结束的时候,我听到了一个让我既兴奋又沮丧的消息——始皇帝嬴政果然行至沙丘就暴毙了!

三

时间不经意间就过去了一年。嬴政死后本应由太子扶苏继位,结果遗诏给赵高李斯篡改了,这两个奸臣联手害死了扶苏以及良将蒙恬,把那个荒淫无耻的胡亥扶上了台。我尤其憎恶李斯,他本是嬴政最信任的重臣,明知赵高与胡亥图谋不轨,却因想保住自己的利益,置人生大义于不顾,与那两个家伙同流合污。这个貌似正人君子的李斯和赵高那老狗还有所不同,赵高坏在表面上,很容易识破;李斯却坏在骨头里。嬴政干的那些坏事,其中不少与这个李斯有关。著名的焚书坑儒就是他出的坏点子。几年后,他儿子李由落到我手里,却让我另眼相看了。那时我想,虽是父子,但骨血却不是一脉相承。李斯能有这么一个为国捐躯的儿子,也算祖上还残存了一点儿阴德了。不过他这个做爹的是真的很不让我喜欢。

秦二世一登基,我就看出秦王朝的末日将至。所以我就对我叔叔项梁说,我们要想兴邦雪耻,机不可失!可项梁还是那句话:还没到时候。我知道他的意思是期待着更好的时机,暂时不做出头的椽子。项梁就是这么个人,既不安分,却也不轻举妄动。

那些日子我的生活由于虞的出现发生了很大变化。我们可以说是朝夕相伴形影不离。每个清晨,我们还是去乌江边上,但我现在不再吹箫了,而是沿着江岸去遛她带来的那匹乌骓马。这无疑是匹千里良骥,我很喜欢。但我有一点遗憾,就是我第一次与它相见时,竟把它给惊吓住了。我想这乌骓缺乏胆量,将来拿它作战恐怕困难。虞对此也觉得奇怪,她印象里这匹马很勇敢,是不好驯服的,于是她就说,或许是它遇见真正的主人了吧。虞还说,你身上有一股子霸气冲撞了它,我想我们都是让这股子霸气征服的。很奇怪,从前我极不喜欢这个"霸"字,现在忽然觉得这个字眼很迷人。我就告诉虞,有朝一日我要称王,就叫自己霸王。虞似乎有些困惑,就问,你不是说你以后不想称王吗?我一下就沉默了,是的,这话是我项羽说的,我不想称王,我只想正正经经地做个好男人,做个优秀的军人。但是,将来天下打下来了,我不称王,又该由谁来称王呢?尽管眼下一切还都未成为现实,但对这个问题我还是深感忧虑。我希望将来能带着虞,骑着乌骓,浪迹四方,去过那种诗剑逍遥的生活。当然,这之前我必须完成苍天赋予我的使命——把暴秦给灭了。我想这件事应该不会拖得很久的。

这个早晨我又把箫吹响了。那时候我的女人正对着平静的水面梳妆,乌骓在距我们不远的地方吃草。这静谧而恬淡的画面令我感动。这大概是我有生之年短暂的美妙时光了。我情不自禁地站了起来,想从后面去拥抱虞。突然一阵风迎面刮了过来,天色也跟着阴沉了,似乎马上要下暴雨。这是个变幻莫测的夏天。与此同时,我感到自己的视野越来越开阔,以至于连脑后的风景似乎都看得分明了。我知道,在此刻我的重瞳又分开了。这已不再叫我吃惊。我吃惊的是另一件事,那是几百里外西北方的消息。我把箫交给虞,女人从我的脸上看出了不平静,欲言又止。然后我抄起画戟骑上乌骓就去找我叔叔了。

你知道吗?大泽那边起事了!

大泽?项梁显然还不知道大泽为何地,就从枕头下面找地图。

你别找了,我说,应该是在蕲县的西南。他们肯定是干起来了!

项梁这才发出疑问,你何以知道?

我看见的!

看见的?你能看见几百里之外?

他鄙视地看了我一眼,很不耐烦地走开了。我想这也不为过,我的重瞳大概也只有我自己知道,暂时还不会有人相信我。

但是第三天头上,我的预言被一个叫范增的老头证实了。这个从巢湖边上来的老者是一个看上去很沉稳的人,鹤发童颜,目光深邃。据说以前与我爷爷有过几次交往。他此番来吴中,就是通报大泽乡的情况的。那一伙戍边渔阳的人受连天大雨所困,误了规定到达的日期,于是就揭竿而起了,领头的叫陈胜,另一个叫吴广。他们动作很快,范增兴奋地介绍说,如今已占领了蕲县,号称是项老将军的队伍呢!

项梁一下就生气了,说,他们怎么能这么干呢?那口气就像是人家偷了他的宝贝。

范增说,天下百姓都知道胡亥不当立,当立的是扶苏,于是就自称是项燕的军队,势如破竹,为扶苏的冤屈鸣不平。

这时我就插了一句,这也只是暂时的幌子,我们要的结果是灭秦。

然而不管怎么说,项梁内心还是兴奋不已的。我想现在他所说的那个时机应该是到了。不多日,响应陈胜"张楚"的人多了起来。关于陈胜,我知道的情况很有限。在某种意义上,我们也算是老乡,我们祖先受封的项地,与他家乡阳城相距不远。据说他敢造反,客观上的原因是不能如期赶到渔阳,怕掉脑袋。而主观原因则是不信王侯将相会有种,对世袭分封表示拒绝。这当然很豪迈,但是也反映出他内心的虚弱与自卑。否则,他何以会把一块写有"陈胜王"的白绫塞进鱼腹,而且又唆使那个吴广夜晚装狐狸叫"大楚兴,陈胜王",玩这种鸡鸣狗盗的小手段?这么做的目岂不也是想装扮成一个龙种?至于谎称我爷爷的旗号,我就不说了。说实话,我看不起这个。这是个素质问题,所以陈胜一拿下蕲县,他就迫不及待地自称陈王了。这样的王能久吗?

几天后,我叔叔项梁接到会稽郡守殷通的传话,要他立即去城里一趟,说有要事面商。这可把项梁吓坏了,以为自己的谋反起兵之心为官方所觉察,便要我一道前往。他说,今天这事非同寻常,你得事事小心才是。然后又贴着我的耳朵说,若是情况不妙,听他的咳嗽为号。他只要一声咳嗽,我就必须把郡守杀了。后来的事也就是如此,到了衙门,项梁进去坐下不到一杯茶的工夫,就响亮地咳嗽起来。于是我就冲进去把那人的头砍了下来。可是从那死人的表情看,我觉得他不像是对我叔叔怀有什么恶意,再说室内也没有个埋伏,我就问是怎么回事。项梁支支吾吾说,我刚才给茶水呛了喉咙。我很生气,质问他,那你为何不拦我一下?我这把剑下还从来没有过冤魂呢!项梁有些尴尬,拍着我的肩说,杀了就杀了吧。言毕,这项梁就整了整衣冠,一只手提起还在滴血的郡守头,另一只手托着郡守的铜印,威风凛凛地走到外面,高声对那些兵士说,弟兄们,我就是项燕将军的儿子项梁!今秉苍天之意,决心与东南的陈王联合抗秦,是江东的子弟随我来!于是大家都对他跪下了。那时我就站在他的身边,剑上滞留的血腥气使我的心情变得异常糟糕。我知道,我被这个做叔叔的玩了一把。也就是从这一天起,我被无边无际的梦魇缠上了身,时常半夜里惊醒,我甚至感到,我这血管里流着的已不是我们项家那种高贵的血液了。我为此沮丧不已。我记得从会稽城回来的那天晚上,我和虞又一次来到江边,我想用沙子好好洗洗手,我讨厌那洗不掉的血腥气!后来,我们都沉默了,月亮慢慢地在我们身后升起。

四

所谓的"张楚"在那年秋天还没有结束的时候就结束了。陈胜本人后来闹得众叛亲离,连他老丈人也拂袖而去,在一个雨夜被一个叫庄贾的车夫所害。这一点也不出乎我的意料,陈胜一介草民,一夜间被拥戴为王,那感觉就像在马路上捡到了一大袋金子,他还能想到什么?蕲县拿下,在他看来江山就到手了大半,往后的日子里他除了享受就是多疑,动不动就大开杀戒,连一起滚稻草的弟兄都杀,能不垮吗?但是,如果没有这人的振臂一呼,天下抗秦的浪潮一时也掀不起来。

我们的队伍壮大得很快,到了秋天,已称得上兵多将广了。各路好汉之所以投奔到我们项字旗下,凭借的还是我爷爷的德高望重。用你们今天的语言表达,就是这老人的号召力。这个事实既让我欣慰又让我感到压力,我们总不能躺在老人身上吃一辈子吧?另一件让我气恼的事是范增一手策划的,他固执地认为,陈胜之所以垮得那么快,是因为没有扶楚怀王的后人当王,这不得天下人心,于是他就建议项梁找来了怀王遗失在民间的一个孙子称王。可这个孩子当时才十三岁,在乡下替人放羊,我们把他寻来,他还以为要他的命,吓得尿了裤子。我就把范老头拉到一旁,我说,这小子连男女的事都不懂,又如何担当得起兴邦灭秦的伟业?这简直就是儿戏嘛!范增说,将军,人生有时候就是一场戏呀!说完,他就对我诡秘地笑了笑,然后就去安排"楚王"的登基典礼了,忙得不亦乐乎。奇怪的是,这个十三岁的孩子也竟有了龙威,居然就获得了许多人的拥戴。对此我实在是大惑不解。我不禁想起陈胜以前搞的那些名堂,看来事情还真不是我想的那么简单呢。这个时候,我便想起另一个人来。此人就是后来与我相争天下的刘季。人们习惯叫他刘邦或者沛公。我记得那是我们到了鲁地薛城之后,一个阴晦的下午,从丰乡来了一伙人,为首的就是这个刘季。因为有张子房的引见,我叔叔项梁便热情地接待了他们。最初,我叔叔对这个从前的亭长很不以为意,简短的谈话中哈欠连天。后来张良对他私下讲了一件事,那就是民间广为流传的"斩白蛇",所谓赤帝之子斩杀了白帝之子。这完全就是无稽之谈,明摆着的瞎话。就像张良当年自我吹嘘的汜水桥头的故事那样子虚乌有。但是竟然让项梁迅速改变了看法,他不仅对他委以重任,还居然冲动地让我们兄弟相称。没有办法,我们这支队伍就是这么鱼龙混杂,鸟兽同群。和他们混在一起,我感到极不舒服。问题是对付暴秦,光凭我个人的力量是不可能的,我还必须与他们和睦相处。其实从这一天起,我就对这个刘季产生了厌恶,甚至想把他干掉。这个人纯粹是个光吹牛不干实事的混子,貌似忠厚,实则野心勃勃,总想着一步登天。但我必须以我的方式来解决。

我这点心思大概只有一个人清楚,就是谋士范增。我们只是心照不宣罢了。因为这个,我改称这老人为亚父。在那个无边征战的岁月里,我无时无刻不感到寂寞,只有两个人能给我宽慰,除了亚父,另一个就是我的女人虞了。

现存的这些所谓的典籍里,对我最大的忽视,就是把我写成了一个对江山十分贪婪而对女人很随便的男人。这非常遗憾,我无法接受。民间至今倒是传颂着过去范蠡与西施的缱绻情怀。对此我深为诧异,我不明白为了江山拿一个女人去做交易有什么可值得歌颂的!范蠡这个奸诈小人干出如此勾当不就是为了讨勾践的好吗?有趣的是,最后又是夫差的那封箭书使他彻底动摇,于是就制造了个双双投河的假现场蒙混过关,隐姓埋名,卷了一大笔钱带着那个狐仙一般的女人躲到定陶做起买卖了。范蠡骨子里也就是个商贾之徒。既然如此,何苦读那些书呢?读书人有时候也确实是自己把自己给糟蹋了,这当然不是全部,我们楚国的那位屈大夫就是好样的,他不抱美人而是抱了块石头,唱着歌跳进了汨罗江。我说过,我的确幻想着与虞将来过那种诗剑逍遥的日子。我们同骑一匹乌骓马,琴心剑胆地浪迹天涯,这才是人生。所以那时我就每天祈祷,希望早一天进攻咸阳,这个心愿一了,我的好日子就降临了。我已经很久没有吹箫了,每日战罢回到大帐,我浑身显得毫无力气,疲惫不堪,我的双手沾满了敌人的血,使我很不情愿去亲近我心爱的女人。我不能不为此感到苦恼。虞当然看出了我的心思,她说,什么时候不再流血,这天下就算是太平了。这恐怕很困难,我说,即使是我将来一统了江山,我也不能保证我从此不再杀人。于是,虞就对我谈起了草原。她说她在草原的那些年,每天和羊群在一起,天高地阔,草原无边无际,有时候就觉得这似乎就是和平的景象。但是,胡人一来骚扰,她的兴致就立刻败了。有时我很绝望,虞说,我真不敢相信这天下还有一块和平的地方供我们去安生了。我就说,会有的,我会替你打出这么一个地方来。

我们不久就打到了雍邱,前来应战的是李斯的儿子李由。立马阵前,我突然从这位和我一般年轻的将军脸上看出了一种极为复杂的阴郁,以至于我不忍心下手了。我感到这个人今天与其说是来与我交战的,倒不如说是来送死的。我很快就意识到了什么,就勒住缰绳,对他说,你最好还是投降吧,你不是我的对手。李由说,我父亲是大秦的重臣,我是大秦的将军,你这么说是不是太狂妄了?我说,李由,你不提你那个父亲我倒没什么,你一提我可真生气了。你那老子活着的确是个祸害,他不比赵高那老狗好多少。像你老子那么不知羞耻地活着,我不知道还有什么滋味。我话音刚落,李由突然在马上哭了起来,他说,项羽,我今天就是来替我父亲死的,你大可不必手软!我李由求生无望,难道求死也无望吗?

说着,他就策马朝我冲了过来。我开始躲闪了他两个回合,我还在高喊着,李由,你投降吧!他根本不听,倒是越战越勇了,眼泪却一个劲地往下掉。说实话,那一刻我还真是心软了。我想我完全能猜出这个年轻将军的心思了,今天他就是前来赴死的,他需要像军人那样很光彩地死去,他想以这种方式既成全自己又挽回他父亲的人生败笔。他的选择无疑是对的。第三个回合,我便一戟将他挑下,血顿时就在我眼前像礼花一样绽开了。我立即下马,李由大概还剩下了半口气,我就蹲下去,把这个即将要死去的人一把揽在怀里,对他说,将军,你对得起秦国,也对得起你父亲了,你走吧!李由的脸上慢慢现出了微笑,他用最后一点力气对我说道,谢谢你了,项将军。

　　李由的死对我的震动很大。他使我目击了一次男人的尊严,所以我将他的尸体清洗干净,白绫素裹送还给了秦人。但我不知道就是这个军人与军人之间的举动使老李家遭到了大祸。几日后,我听到消息,秦二世胡亥听信了赵高那老狗的谗言,认定了李氏父子叛变通敌,便把他全家满门抄斩了!这让我惊讶不已,李斯该死,但不是这么个死法,这个习惯于察言观色、见风使舵的人,丧失了做人的原则立场,干过不少坏事,如今这么个死法倒让他平添了几分光荣。据说他在咸阳的大狱里还写了不少坦明心迹的美文,希望二世能免他一死呢。看来人对生的牵挂与生俱来,人对肉体的被消灭总是显得胆战心惊,人对死的恐惧远远大于对活着的检讨。也许他们本来就觉得活着属于天赐,是不需要检讨的。这是个问题。我已经死过了两千多年,我的阳寿不过三十一岁,但我觉得有些事还是需要说上几句。这也就是我愿意通过一个叫潘军的人来发表这篇自叙的真实原因。我没有以正视听的意思,民间关于我的传说至今不衰,说明我至少还有值得一说的可能性。至于我的话是否可信,那是另一个问题。

五

雍邱一战,我们全胜告捷。本来按原定的计划应该一鼓作气地直逼咸阳。不料天降大雨,项梁的主力被困定陶,而我军也只能围着外黄不动了。这让我很是焦急,因为据说赵高已经把王离的军队从塞外调了回来,要与章邯部会合,这样一来,秦军的势力就壮大了,对我们将构成致命的威胁。于是在与亚父商量后,我派人给项梁送了封快信,建议他调整作战方案,集中兵力直取咸阳。但是,我的话没有奏效,反倒让他以为我好大喜功。他认为仅凭我们自己的人马是难以与章邯王离抗衡的,于是就派他的谋士宋义去说服齐国的田荣联合行动,同时又幼稚地认为,要等天晴之后才进攻,好像雨天不是打仗的日子而是喝酒的日子。我气坏了,也感到很苦恼,因为项梁现在不仅是我的叔叔,还是我的上司,我必须听命于他。军人讲的就是一个服从,这是军人的光荣,却也是军人的悲哀。我很难相信这个自幼教我兵法的叔叔在几个胜仗之后怎么变得如此傲慢。连那个无能的谋士宋义都看出了他的危险,他本人却毫无察觉!我们只好等待着,大雨连天不歇,士兵们的斗志在松懈,而在定陶,此刻想必已是纸醉金迷了。我的重瞳在这一刻又重叠起来,远方的定陶上空飘荡着一块阴云。一种不祥的预感正在向我逼近,这是死亡的预感。

果然就在这天夜里,章邯冒雨偷袭了定陶。三十万大军如洪水猛兽般地把楚军的大营掀了个底朝天。那时候我叔叔项梁还在梦中逍遥自在,他仿佛听到的呐喊声成为他那美梦最佳伴奏,等他睁开眼,章邯的剑已把他苍老的脑袋砍下了。落下的头颅上面仍是一双惺忪的醉眼。项梁一死,楚军的阵脚立刻就乱了。无奈之下,我们只好撤回彭城。后人把这一举动视作一次迁都。没过几天,大臣们带着那孩子——就是新的怀王——也到了。那孩子现在似乎也有些王者风范了,也开始习惯于指手画脚地发号施令。他听信了那几个谋士的高见,觉得把兵权完全交到我手上还不是时候,认为我只会狭隘地想着为叔叔复仇,而置楚国兴亡大义于不顾。可是他们又离不开我们项家的光荣旗号,还得利用它得到天下人的响应。他们也离不开我的作战才能。这又是政治了。

于是，楚怀王做出了这样的决定，让我率部去救被章邯围住的赵国，而派刘邦去攻咸阳，并说，先入关中者为王。这显然是担心我抢了刘邦的饭碗，就是说，他们这伙人本是不信任我项羽的，他们对我除了利用还是利用。我当时并没有说什么，事后，我才对亚父说：作为军人，我当以服从军令为天职；作为项家后代，我当以匡复大楚的基业为己任，但我讨厌被人利用。我不喜欢有人对我耍政治手腕。亚父范增默默点了点头，然后说，将军，天下有许多事并不遂人愿，人有时候就是让人玩的。依将军的才智势力，你可以随时废了怀王，但是这样一来，天下的百姓就会对将军另眼相看了，因为项家的天职是振兴大楚，而不是取而代之。这是项家的宿命。这话真是说到我心坎里了，我想，既然命中注定我要被人利用，再说什么就显得多余了。

正说着，赵国的使臣前来求见。这个看上去一脸晦气的男人见面就扑通跪倒，泣不成声，将军，章邯已将钜鹿围了一月，若不出兵，他们就会死于秦军的刀斧之下，您可怜可怜他们吧！

这话听了叫我难受，我想一个软弱的赵国是经不起章邯三十万兵马的，他们的灾难就悬在了头上。我劝了那使臣几句，然后就去面见怀王了。我说得很坦率，我说要是我们像张耳陈馀之流那样见了秦军就退避三舍，那么赵国的灭亡只是早迟的事。如果我们连钜鹿的问题都解决不了，灭秦岂不是一句笑话？怀王思忖片刻，说将军有这番胆识令我钦佩，但为了保险起见，还是多去几个人吧。我就说，去多少人那不是我考虑的事，你决定好了。

结果第二天，楚怀王颁布命令，突然宣布宋义为上将军，美其名卿子冠军，统领一切。这个决定的荒谬在于，他们把一个瞎猫碰死老鼠的吹牛当成了未卜先知。就算怀王是个不懂事的孩子，难道作为上柱国的陈婴也如此糊涂？居然相信宋义曾料定项梁会兵败定陶。我一听心里就直想笑，这个宋义是驰骋沙场的人吗？我知道，这不过是个借口，实际上是他们对我不放心。陈婴也许忘了，当初我们拿下薛城之后，是我叔叔项梁保荐他做了这个上柱国的，现在项梁一死，他倒不放心我了。我若想当楚王，一个陈婴又岂奈我何？这算不算以小人之心度君子之腹？人往往就是这样，你不提防我我倒没什么可顾虑的；你要是对我不放心，反倒叫我怒火中烧了。我项家可以被人世世代代地利用，但绝不能叫人又利用又不放心！我后来之所以要把宋义给杀了，就是要以此表明我的立场。

宋义这个人实在很不知趣。你既然不懂军事就不要整天端出一副上将军的架子，动辄恶语威胁，扬言谁不听他的使唤就问斩。他就是不懂在我项羽旗下的人没有几个吃这一套的。大军开到安阳，一听说章邯、王离在前面严阵以待，他就慌神了，按兵不动。这样一耗就是十多天，赵国的使者急得直哭,宋义居然还有心思喝酒。那使者又回过头来找我,希望我能说服这位卿子冠军火速救赵。我就去对宋义说了,我说我们是去救赵的,像这么耗着不是个事儿。宋义鼻子哼了哼,不屑地说,论横刀立马我不如你项羽,论运筹帷幄你不如我宋某人,所以怀王和上柱国举荐我来执掌帅印。他倒当真了!我知道这家伙打什么算盘,他是想让赵国和秦军拼得差不多时再乘虚而入,既交了差又保住了名声,这还是政治!以我的脾气,那天我就想把这小子杀了,然而亚父认为不妥,他说,时机不到,眼下正是天寒季节,又逢大雨,我们的军需很快就成了问题,到那时士兵们的情绪会于他宋义不利的,我们……

我们也乘虚而入?我打断他说,那样我们不也在玩政治吗?

亚父说,将军,打天下可是离不开这政治呀!

我承认亚父范增的话有道理,但是我感情上还是接受不了。这天晚上,我回到大帐显得异常地烦躁,虞在我身边也十分不安,她说,人这一生就是心灵磨难的一生,该忍的你还是要忍。我说我已经到了忍无可忍的地步了,再忍,我或许就不是我了!

虞说,除了动刀就没有别的办法了?

我没接话。过了会儿我听见女人轻叹道,这个世界不好,就在于总是用刀说话。

然而我还是又忍了一个月。这天,雨又来了,我一早就想去营帐里看看,刚出门,就被那位赵国的使臣拦住。那人用手指着天空说,将军,您知道这天上的雨是怎么来的吗?不等我回答,他就接着说,这是我们赵人的泪啊!望将军凭着一个军人的良知,帮帮我们赵国吧!说完,这个瘦弱的男人突然拔出我的剑从颈项横过,血溅得我几乎睁不开眼!好一个以死相谏的大义之人!我蹲下去用手抚上使臣不肯闭合的眼睑,拿起了他手中的带血的剑。闻声而出的虞此时已吓得面无人色,倚门呆立着。我看着她,对她说,看见了吗?这也是在用刀说话呢!

说完,我就直奔了宋义的大帐,那些卫士见我这来势就预感到今天会有好戏,并不拦我,反而对我投以关切的目光。我进去的时候,那卿子冠军正在一边喝酒,一边翻着一本破兵书。当他看到我手里的剑还在滴血时,便像鸟一样地惊叫道,项羽,你想造反了吗?

我说,我不想造反,只想搬掉我行军路上的一块绊脚石。说着,我就将这奸人的头砍下了。等我拿着他的这颗小脑袋出来,外面的将士们全部列队整齐地站着,对我行注目礼。那一刻,我的双眼突然迸出了眼泪。在我一生七载的戎马生涯里,这样的场面是第一次也是最后一次。我用剑挑着宋义的头颅高声说,弟兄们,我们在安阳困守了四十六天,赵国的百姓已是望眼欲穿。救赵是为了灭秦,灭秦是为了兴楚,国家兴亡在此一举。日后若有小人说我项羽居心叵测,就拜托大家为我说句公道话吧!

大家说,上将军,我们跟定了你!

这个瞬间,我体会到了什么叫作军人的幸福。

六

宋义一除,往后的路就顺了。尽管那时我们的给养很困难,但是士气空前高涨。不出两日,我们渡过了漳河。那时我们也就只剩下了三天的口粮,后面的给养跟不上。于是我下令把锅砸了,船也沉了,横下一条心与秦军决一死战。后人称这个决定叫破釜沉舟,逐渐演变为一条成语,这多少让我感到几分得意。而我更得意的是,作为军人,我现在找到了感觉。我这时才真正体会到,我爷爷项燕为什么那么迷恋去做一名职业军人,这种快慰一般人是无法获得的。我听说两千多年后外国曾经有两个人达到了这个境界,一个叫拿破仑,另一个叫巴顿。据说他们的仗打得都很漂亮,但拿破仑打仗是为了当官,巴顿当官却是为了打仗。所以这两个人还是有着本质上的不同。我倒是更喜欢那个美国佬,而我的命运又远不及他那么如意。乔治·巴顿的仗打完了,他也就退出了历史的舞台,带着他心爱的狗去他的菜园子溜达了。我却不然,我还得没完没了地为这个打下来的江山操心——这实在是我的不幸啊!你们会慢慢体会到我这种感受的,我希望你们不要说我口是心非。

漳河被我们抛到了身后,钜鹿的城郭已呈现在我的视野中。这是公元前207年的冬季,寒风凛冽,冷雨如注,我们的队伍还是一往无前。破釜沉舟的消息不胫而走,那章邯就慌了神,认定我此番之行是来找他拼命的。这个人在阵前与我见过一面,自己不敢交手却让那个王离来会。不出五个回合,王离便被我一戟挑落马下身首异处。我就将这人的首级悬挂在辕门头,以振军威。但是我没有料到,为此引发了虞同我的第一次争吵。虞说,王将军是战死沙场的,他尽了一个军人的职责,他的死值得尊重。你这样对待一个以死报国的烈士不觉得愧对你项家高贵的血液吗?

我说,我憎恨秦国!

虞说,你们不过是各为其主,你可以消灭他,但你没有权利去侮辱一个烈士!

我突然吼叫道,他是我手下的败将,我想怎么处置他都可以!

虞愣愣地看着我,然后轻声说,我替你感到羞耻。

当夜,虞就不辞而别地离开了我。女人是带着一腔失望与怨恨回到彭城的。这是我丧失理性的季节,虞的话没有引起我的重视,反倒叫我越发地疯狂了。不久,章邯来降,我虽依从亚父的主张将过去私人的恩怨一笔勾销,但是我仍然担心他带来的二十万秦军会随时谋反,于是就在一个月黑风高的晚上下令将这些无辜的生灵全部活埋了。很多次,我对我这种暴行后悔不迭。我不明白像我这样的人怎么会变得如此凶残?那是我一生中最大的败笔,也是噩梦真正的开端。我时常从噩梦中惊醒,在梦中,我看见那些冤魂在对着我放声大哭,然后又转为耻笑。他们所耻笑的是我的血液!在许多夜晚,我独自在大帐里,唯有青灯相伴。那呼啸的朔风,如哀丝豪竹般叫我心惊肉跳!我就想,我项羽何以变成这样?难道是我做了上将军的缘故?我大权在握,便为所欲为,假如日后我做了皇帝,那我和那个暴君嬴政又有什么两样?权力不是个好东西,它会使一个人的欲望无限膨胀,它会让人变得丧心病狂,它会使良知泯灭,它自然也会使一个贵族堕落成为流氓。

一天晚上,我叫来了章邯。几十天前,这个败军之将前来投降,那个时候我似乎还分得清天下国家的轻重,尽管我对一个降将内心是轻视的。我听从了亚夫范增的劝诫,觉得大敌当前理应将个人的恩怨抛于脑后。况且当初我叔叔的失败,也在于他本人的骄傲与轻敌。他其实是自己断送了自己。我记得当我走出大帐来迎接章邯时,这个人感动得热泪盈眶,对我五体投地。他说,上将军如此宽大为怀,我章邯日后将随将军赴汤蹈火,在所不惜!那个时候,我颇有几分自豪感,觉得自己像个汉子,更像是项家的子孙。然而不久,我就对他起了疑心。我担心在入关之前章邯的人马会给我带来麻烦,于是就出现了上述的那惨不忍睹的一幕。翌日当章邯得知这个消息时,他几乎是悲痛欲绝。我知道在他那泪眼昏花的目光中,我已经成了一个失信的小人。那目光毫无畏惧,大胆地透露出对我的轻蔑。现在这个人来到了我的面前,在进大帐之前,他自动摘下了佩剑。这个动作所表达的意思并非消除我对他的防备,而是前来赴死的。这让我自惭形秽,更觉得此人值得敬重。于是我请他坐到我的面前,对他说,章将军,你知道我今天把你叫来是何意吗?

章邯沉默了片刻,跪倒在地,上将军,我知道,你是要我杀了你。

我默默点了点头,但是我内心很为震动,他何以能猜透我的心思?而我却居然想错了!后面将要发生的事则更叫我惊讶,在我把剑递给了他之后,章邯突然号哭起来。

上将军,该杀的是我呀!章邯哭泣着说:将军如此坦荡,章邯不能不实言相告,我带来二十万兵马,就是预防不测的,这怪不得上将军多疑,实在是章邯居心叵测,罪不可赦!说着,他就拿起剑准备自刎,我一把将剑夺下,感激地说,将军,我知道你这是替我开罪,请受我项羽一拜!

这件事我想永远是个悬念。我们正沉痛诉说着,亚父范增急急忙忙地跑来,见状很是诧异。但他带来的却是一个令我并不惊讶的消息:

沛公已占领了咸阳。

七

两个月前,当我们还在安阳为救赵犯愁时,刘邦的队伍就已经到达了昌邑,久攻不下,这个人居然就放弃了,一路向西直奔而去。那时我就感到,此人是惦着出发前怀王的那句许诺:先入关中者为王。

刘邦这一路上与其说是打仗,倒不如说是游说,沿途的城池只要交出来,他什么条件都可以答应。不过这一手还真挺厉害,他很快就在南阳得了手,封赏那位投降的郡守为侯。后面的就如法炮制了,也就果真连连奏效。这大概可以看作中国统治的一种经典手段,即所谓攻心之术。我听说往后两千多年间效仿这手段的大有人在,不仅得了江山,还得了宽大仁义的美名。这与几年后刘某人扬言的三尺龙泉得天下不是一回事,倒应该说是凭借那三寸不烂之舌当了皇帝。

刘邦的运气不错。当他胆战心惊地向咸阳城接近时,咸阳城内已是祸起萧墙了。那老狗赵高最终还是杀了秦二世胡亥,企图以立二世的侄儿子婴为王做缓冲,不料机关算尽,反倒被先发制人的子婴所杀。那子婴原想仗着五万兵马死守峣关,与楚军做最后的一搏,却不知守军将领轻信了刘邦的许诺,不费吹灰之力就把他们全部剿灭。关于这一点,我自觉不好指责刘邦和他的军师张子房。他们以可耻的手段骗取了秦将的信任,那个人还在张罗着盟约签订宴席的规格,头已被周勃砍下了。这和我失信于章邯坑埋秦卒异曲同工。很多年过去了,每当我想起这函谷关下的这一幕,仍然感慨万千。我们这些争夺天下的人没有谁是按照游戏规则来玩的,我也不例外。这是我的耻辱。所以我们后来得来的天下总是显得岌岌可危,这是报应,苍天有眼。纵观这大千世界,每一次的江山易主政权更替,无不伴随着杀人流血失信背叛的小人之举。这不是我们中国的专利,外国也一样。倘若我没记不错,最典型的例子莫过于1939年的德国对邻国波兰的袭击。那个叫希特勒的家伙是你们这个世纪最下流的人,而另一个叫斯大林的在波兰的问题上也并不光彩,他趁德国人突袭之际,也大兵压进了波兰的东部,于是这个波兰一夜间就被他的两个毫无教养的邻居瓜分了。这当然也成了过去的一页了,但我还是要在此做一次提醒。

江山原本是可爱的,只因为这么一搞,就让人失望了。我的遗憾在于,两千多年前的那个时候还尚无一点觉悟。实话相告,范增带来的消息虽不让我意外,但还是让我内心产生了震动。我能想象得出,此刻刘季的算盘是怎样拨的。这个从前的亭长第一次亲眼看到了豪华的宫殿和如花似玉的嫔妃,对坐关中王的位子是多么馋涎欲滴。而这个人的野心还远不限于做关中王,他心里寻思的是有朝一日做嬴政第二。尽管他现在把部队驻扎到了灞上,尽管他约法三章,这些都不过是虚假的摆设,他内心贪婪的欲火一刻也未熄灭过。

我们的尖兵在函谷关受阻,守备部队声称没有刘沛公的命令不得洞开城门。这让我气愤,我是上将军,怎么连入关的资格都作废了?只好派当阳君英布去攻了。不过片刻,函谷关便被拿下了。这件事令我费解,刘季并没有站出来公开反对我,却又不许我入关,非叫我动手不可,是何居心?亚父的判断是,这是他刘邦的一次试探,想看看自己的手到底能够伸多长。我觉得此言有理,于是就叫部队于新丰鸿门停下休整。我想,现在该是解决刘季的时候了。

你们所见到的史书上,对所谓鸿门宴的段落书写都是那么精雕细刻、绘声绘色。最著名的还是太史公司马迁的这篇《项羽本纪》。作为美文,我也非常欣赏这个精彩的段落。但是你们要是把它当历史读,那就有不小的问题了。

我说过我要除掉刘季已不是一日的考虑。从我自张子房那儿听见所谓斩白蛇那一刻起,我就做出了这个决定。我倒不是害怕此人,而是直觉到此人非同一般的小人。对于男人,贪婪不算毛病,也未必可怕。可怕的是那种什么都想要的男人。而既无真才实学又什么都想得到的男人无疑就是个祸害。这种人可谓欲壑难填。这种人不除实乃后患无穷。但是如何个除法,长期以来一直困扰着我。我觉得凡事都该有个方式,杀人也不例外。而且在坑埋二十万秦卒之后,这个问题就变得越发重要了。我做了一件错事,我不能一错再错。眼下对于刘季,我的方式正在酝酿之中,也可以说是等待之中。我等待的不是时机,而是杀人的工具。

我说过我一直在渴望得到从前楚王遗失在民间的那对青锋鸳鸯剑。但是后来我才知道,刘季也怀有同样的心思。多年以来,刘季和我都在寻找这件神奇的武器。而现在我们的用途却大不相同。刘季想得到它是想从中得到某种神明的指引,好以此夺得天下。我呢,却想利用它把那个一心想登基做皇帝的人消灭掉。我觉得拿敌手喜欢的武器除掉敌手是一件值得快慰的事,也很合乎我项家的规矩。然而很遗憾,我派了几批人赴吴越寻找,都毫无下落。我等待的就是这个。在鸿门的这些时日,我心中出现了一种极其复杂的情绪。我知道剪除刘邦已到了刻不容缓的时候,可我仍然想按照我既定的方式行事。这天,我又带着我的箫来到了一面坡上。我到的时候,亚父范增已在那儿,从老人的背影看,他在此已伫立了许久。我就走过去问道,亚父,您在寻思什么呢?

亚父说,我在看。看咸阳城的上空那片云,龙虎之形且现五彩,这恐怕是个危险的征兆。

我笑了笑,说,这难道就是你所说的天子之气?

亚父沉默片刻,又说,上将军,对沛公此人,在薛城时我们就已心领神会,如今他侥幸先入关,我们射鹿,他倒拾起来就走。此事关系重大,你不能再迟疑不决了。

我说,我知道该怎么做。

正说着,我的一个堂叔项伯领着一个男人匆匆来了。那人见面就说,他是从刘邦那儿来的,受左司马曹无伤所派。说着就交出了曹司马的密信。我对曹无伤毫无印象,猜想这又是范增的安排。不过,曹司马的这封信倒引起了我很大的关切,那信中说,刘邦正企图拜降君子婴为相国,开始谋划当关中之王的后事了!这大概不会有错,这就是他刘季一贯的风格。但是,我最后还是一语不发地离开了。这个晚上我突然感到了一种莫名的孤独,似乎有点束手无策了。我并非害怕刘季,只要一声令下,咸阳城顷刻便会血肉横飞。但这不是我想要的结果呀!

或许是天意使然,就在我焦虑之际,我派去寻剑的人回来了,遗失民间的那对青锋鸳鸯剑展现在了我的眼前!这真不愧为王者之剑,让我想起传说中的英武少年眉间尺与那位神秘的黑衣人。我喜欢这个血性的复仇故事。我用食指慢慢拭过它的双刃,深信它会削铁如泥见血封喉。然后,我将它们安放在我的案几之下,眼前豁然开朗。而这时,帐外传来了急促的马蹄声。少顷,亚父和我那位堂叔项伯进来了。原来刚才黄昏那会儿,项伯以为我会第二日发兵去攻咸阳,就快马加鞭地赶往灞上,对刘季通报了情况。亚父的神色明显地在指责项伯是个吃里爬外的家伙,就是说该军法从事。

而项伯自有一番解释,他说之所以赶去报信也就没顾及死,当年他亡命下邳,是张子房救了他,如今他不过是还这个人情而已。但他隐瞒了他和刘季已结为儿女亲家的事实。

项伯说,沛公不是你想象中的那种人,他的部队入关以来可以说是秋毫无犯,他约法三章,军纪严明,如果我们对他们下手,有悖天理,也不像我们项家的为人。明天,他会亲口对你说清楚的。

亚父很不屑地看了项伯一眼说,曹司马的信上可不是这么说的!将军千万别自作多情。

我就摆了摆手,说,你们都退下,明日沛公来,我自有道理。我不许任何人再掺和这件事!

第二天的情况大致和太史公说的差不多。一早,刘邦就带着张良、樊哙、夏侯婴、纪信等人由灞上奔向鸿门。我敞开大帐,并叫陈平前去辕门外迎接。与此同时,我让项伯去负责安排今日的宴席。他明白我这意思,我就是要让他知道,我项羽不是个靠酒里投毒之类的手段来消灭敌手的小人。我最瞧不起的就是这个。男人做事得像个男人,何必要去学那个混吃骗喝最后硬着头皮去充好汉的荆轲?那不是男人的方式。我要这么干,你们今天就会觉得我和宋代的那个骚妇人潘金莲是一丘之貉了。所以后来的项庄舞剑令我十分恼怒,这准是范增布置的,太史公却把这笔账记在了我头上。当时的情况的确很紧张,于是我就对项伯说,一个人舞剑如同一个人饮酒,太乏味,你不如和项庄对舞。这是我的原话,不知怎的,太史公又把它写成了项伯的话。试想,我若不发话,项伯敢跳出来吗?他已经被昨日的泄密弄得魂不附体了,哪还顾得上公开替刘邦保驾?我叫他项伯出来,就是要遏制项庄的这份疯狂。我不允许任何人来玷污我项家的名声。我要刘季死,但要让他死得服气,也要让他像个男人那样去死,别给追随他的弟兄们丢脸。你沛公不是朝思暮想得到这把剑吗?我今天给你找来了。我们各执一柄,雄雌任选,然后我们当着众将官的面把账算清,接下来我们应该去一个空旷的地方进行决斗,胜者为王,败者也不失为一条汉子,这方式可算公平?如果你沛公贪生怕死,也可以不与我交手,但你必须许下承诺,从此退出这个舞台。我甚至可以陪着你一块退出。实不相瞒,我对这江山的兴趣是真的冷淡了。我需要的是快马加鞭赶往彭城去找我的虞。

　　酒喝得差不多了,剑舞的表演也接近了尾声。我朝左侧的沛公看了一眼,他的额头上已渗出了一排虚汗,脸色苍白,目光黯淡。这个人还没与我交手就已经垮掉了三分。我的手不禁伸向案几的下面,稳稳地握住了剑柄,正欲抽出,一件意想不到的事发生了!

　　我对面的亚父范增,拿着他身上的那块玉玦对我再三示意:动手吧!

　　与我共事的将官都知道这老头有拿佩玉指挥杀人的习

惯。往日只要他一举这东西,边上人就会猜到将有一颗人头落地了。可这个不明智的老人今夜竟然指挥到了我的头上!那我算什么?我这个二十七岁的上将军怎么能够听命于一个年过七旬的老叟的唆使,来干一个小人的勾当?这样一来,这场鸿门宴岂不成了阴谋的代名词?我岂不是彻底背叛了我的血液?

我精心安排的计划就这么让一个老人给搅了。

我咽下了这口气,一饮而尽。这也就是我后来把刘邦放走的真实原因。我知道时至今日,你们还是觉得鸿门宴从来就是个陷阱,是一次流产的阴谋,这真叫我欲哭无泪!我能说什么呢?我的解释似乎没有一点力量,但我必须强调,我所说的全是真实的。

八

往事如烟。时间虽然过去了两千多年,可我经历的那些事儿却在眼前停滞着,挥之不去。昨天夜里我又梦见虞了,她还是那么美丽,但她的表情却是哀怨的。黎明前,我听见了她的哭声,那是悠远而凄怆的悲声,如同楚歌的旋律,寄托着对我的无限思念与爱怜!我便从这悲声里惊醒而起,那时分,我的窗外是一弯残月。

我第一次听见虞的哭声是在我开进咸阳城的第三天。

那天早上,我主要的事是接受秦王子婴的投降。我的本意是不想再捉弄这个柔弱的小男人,更不想取他的性命。但是这个人一见面就显出了一副媚态,声言只要饶他一命就感激不尽了,别无他求。我突然就对此人反感了。这并非我喜怒无常,我是觉得这个人实在没有一点骨气。我就问,听说上次你面见沛公,是抬着棺材去的,脖子上还缠着一条白绫?

子婴被问得不知所措,就盲目地点了一下头。

我又问,那么你今天见我怎么就取消了这些安排?

子婴这才感到不妙,就问,上将军是要我死吗?

我说,我不喜欢你投降,你知道为什么吗?因为你好歹也算是一国之君,尽管你在位不过四十六天。君王是一个国家的象征,你来投降其实就意味着全体秦国人都成了亡国奴。阁下觉得这妥当吗?

子婴一下就沉默了。过了会儿,这个人泪流满面地说,上将军,子婴今日实在是替先人受过,再说什么也是多余的,你就发落吧!

我说,不对,你是替整个秦国捐躯,而我也不想发落你。我不会像嬴政那样去杀一个手无寸铁的人。我讨厌的是你的投降。

说完这话,我就拂袖而去了。走了很远我还能听见子婴的哭泣声。等我移师阿房宫时,有人告诉我,那子婴已被人剁成了肉酱。然而这件事留下的阴影在我心里盘桓了许久。

我想这子婴也是命中注定要落到这番下场的,他要不继承王位,情形会是另一个样子。这么一想,我便对那死人感到了几分悲哀。继之我便想到自己,同样也是逃脱不了命运的安排。我的征战对我们家族是重要的,而对于我本人却索然无味。我干的是我不感兴趣的事,也可以说很无聊,但之于国家又显得举足轻重。我就想,一个人的使命或许是神圣的,但未必都有兴趣。从这个意义上看,我和这个子婴无疑就是同病相怜了。

这个晚上我陷入一种前所未有的孤寂之中。我仿佛看见我的魂魄像无边无际的汪洋中的一个岛屿。那岛屿是黑色的,在凄凉的月光下闪着寒光。没有人理解这块沉默的黑色石头,而它也不能自行沉没。它的身躯上记录着潮起潮落,而它的见证又是那么无力。我就这样想着,慢慢地睡去了。不久,我听见了一个女人的哭泣。

这分明就是虞的哭泣,是我的女人发自心底的呼喊。我惊坐而起,四下全是黑暗。清冷的月华在阿房宫的铜柱上颤动着,给我的感觉却是不寒而栗!白天的时候,我还曾设想派人去彭城把虞接到这世上最奢华的宫殿来,与她对酒当歌,共度良宵。而我在刚才的梦中听见的却是她如泣如诉的悲声!这声音使我内心震颤,它仿佛是子规的语言,带血的语言……

太阳映红了骊山。在这个朝露浓重的早上,我骑着我心爱的乌骓来到了骊山前。这座并不伟岸的沙丘之下,埋着曾经不可一世的秦始皇。我又一次想起楚南公的话:楚虽三户,但亡秦必楚。如今秦朝已灭,大局已定。我也算对得起我的祖宗了!我想我的事情做完了。现在,这始皇帝的坟冢已在我的马蹄之下,咸阳城霞光普照,炊烟袅袅升腾。那豪华无限的阿房宫镶嵌其中,闪耀着灿烂之光,但这该是最后的风景了。关中虽好,而我不能久留。阿房宫举世无双,但我会付之一炬!我要烧掉的不是一座奢华的宫殿,而是我项羽心中的一座坟墓。我是江东的子弟,那里有我的父老乡亲,那里,我的女人在等待着我回家。

于是在这天的黄昏,我下达了焚烧阿房宫的命令。我的命令立刻遭到了一些人的反对,其中就有刘邦。他说,上将军,这阿房宫耗尽了天下百姓的钱财,把它烧了可不好向天下人交代呀!

我说,不对,阿房宫耗尽的是天下百姓的血汗,我烧它就是祭奠这些劳苦大众。

说完这句话,我就走出了这座宫殿。亚父范增紧随而来,他这才问我,将军果真要烧了这阿房宫?

我说,军中无戏言。

范增说,我想知道将军做这件事的动机。

我说,很简单,我害怕在这宫里待久了,嬴政会借我的身子还魂。

范增沉吟道,看来将军的志向果然不在这江山之上,令老朽钦佩。但是,不知将军是否想过,这打下的江山交到谁手里才合适呢?难道将军还真的把那十五岁的孩子当成真命天子?

我说,亚父尽管放心,既然我项羽不想做皇帝,我自然也就不会容忍别人坐享其成。天下乃大家的天下,一个人掌管就是独裁,嬴政败就败在这上面。所以我愿禀告怀王与大臣,将这天下重新分配;不做大,而做小,在原先的六国基础上还可再分。

后来的史学家对我做出的这项选择是持否定意见的,认为秦嬴政好不容易统一的中国,到了我项羽手上却又把它重新实行了分封,这是历史的倒退。我说过,我这个历史人物面对历史是个门外汉,我不好就此发表看法。我只能说我个人不喜欢皇帝这个称谓,我也看不出你们这以后的历史上出了几个好皇帝。很长时间以后,有个叫孙文的男人彻底铲除了这个词。这是很了不起的壮举!而我在当时的情况下,实在是想不出谁能管理得好这个天下,我只能表明我没有称帝的欲望。所以我划分出了十八个区域,封了十八个王。我也不想排斥异己,要不然,刘邦何以能成为汉王?在这个问题上,我和范增意见相左,在他看来,鸿门宴上我的手软是大错,如今封其为汉王那就是特错了。于是他总爱重复那句话,你等着吧,有朝一日我们会成为他刘邦的俘虏的!那时我还觉得这是危言耸听,我觉得从前刘季不过是一个亭长,所辖十里,如今统治巴山蜀水与汉中,难道还不满足?鸿门宴上我没有灭他,但我自觉已粉碎了他的野心,挫败了他的锐气,我的目的也就达到了。我记得虞说过,不要用刀说话。我想,一个人的欲望总是受到良知道德约束的,刘季最清楚他自身的分量,他的确杀过一条蛇,但那蛇不是白帝之子,那就是一条最普通的蛇,稍有胆量的男孩都能办到。

我们的楚国也划成了四块,即西楚、衡山、临江和九江。我只要了西楚,定都彭城。这以后,人们就称我西楚霸王了。那时我就想,我这下也算是功德圆满了,自由的日子似乎伸手可触。我记得在班师回彭城的路上,我有了一种身轻若燕之感。与此同时,我的重瞳又一次重叠到了一起,于是我看到那遥远的地方,我的女人在向我招手。我一鞭落下,乌骓撒开了四蹄,于灿烂的阳光下卷起了一阵黑的旋风。这应该是公元前206年的春季,太史公从这时起就按汉的年代纪年了。其实刘邦登基是在四年之后,他后来这么一改,似乎显得汉代的日子长了不少。时间是个奇异的现象,人生如梦,草木一秋,一个朝代和一个人的生命一样,从诞生的那一天起就预示着死亡。发展的本质就是生死交替,这是规律。刘邦在位八年,也还是死了。他的阳寿有六十三年,一倍于我还要多。但我一点也不遗憾。

九

历史学家从来就认为我陷入所谓四面楚歌的局面实际上是这个时候形成的,认为自打这公元前 206 年开始,我的境遇在每况愈下了。这话当然也有几分道理,然而真实的情况还不是这个样子。我不是一个能对天下负责的人,我只能对自己负责。我们项家从来就没有这个规矩。我的本意已经向你们表明了,我不是那种吃不到葡萄就说葡萄酸的人。我随时可以吃这葡萄,但没吃之前我就猜到它是酸的,所以不吃。这不是文字上的噱头,是重要的区别。重新分封之后,我也没怎么指望从此天下太平。我的想法很简单,也可以说很幼稚,我希望他们自己管理自己的地盘,为老百姓干几桩好事,即使闹,也不要把手伸到别人的土地上来。但是,情况偏偏就不是这么回事。

我回彭城不久,原定带着虞去乌江那边寻猎,过几天轻松的日子,还未出门,亚父范增就匆匆赶来了,说齐国的田荣撵走了齐王田都,又杀了胶东王田市,现在联合昌邑人彭越把济北王田安也杀了,田荣自立为齐王。亚父说,一个田荣就把整个齐国的天给闹翻,这个事的影响坏透了,必须严惩不贷。

没过几天,心藏怨恨的陈馀也在常山兴风作浪,赶跑了他的老友张耳,与代王歇沆瀣一气,赵国也乱了。

这多少有点出乎我的意料。我原想日后要作乱的非汉王刘邦莫属,尽管张子房再三对我表明,说汉王已烧了蜀路的栈道,发誓不再回头,我还是心存警惕。果然,在我平息齐赵战乱之初,刘季便向三秦运动了。这就是史书上记载的"明修栈道,暗度陈仓",采取的是声东击西的策略,倒是让久经沙场的雍王章邯上了圈套,汉军兵临咸阳城下,章邯蒙羞自尽。接着,塞王司马欣和翟王董翳相继投降了,一时间,刘邦军队获得了空前壮大。在这年秋季到来之前,响应刘邦的各路人马会师洛阳,他们下一个目标就是直指西楚之都的彭城。他们向我宣战了,这很正常,我倒觉得是件十分开心的事。我就对亚父说:当初在鸿门宴上,我原想和刘季进行体面的决斗,结果你老人家急着对我三示玉佩,把局搅了。我希望这回你最好与我配合默契,光明磊落地除掉刘邦这个贼子。

亚父说,霸王,你是个很标准的军人,但有时候也有几分书呆子气,历来战争都是只讲结果而不论手段的,你大可不必考虑什么规矩。

我就说,我天生就是个讲规矩的人。没有规矩,何以成方圆?当初坑了章邯那二十万秦卒还一直是压在我身上的一块巨石。

那些日子我真的很兴奋。说实话,连年的征战令我厌倦,但是真的偃旗息鼓了,我又觉得有点寂寞了。范增说这一点上我又很像我爷爷项燕。于是我开始沉醉于制定作战方案,严阵以待来犯之敌。我甚至觉得,解决我和刘邦的问题现在已是最后的机会了。有一天,尖兵来报,说刘邦的汉军全穿上了白衣,连赤色旗上也系上了白帏,声称为刚死的义帝发丧。我一听就气愤了,本来你刘邦来挑战是一件很正常的事,你不安分,要打,我只好奉陪。可你不惜以诬陷我来征战,这就是王八蛋的伎俩了!历史上的义帝死于赴长沙的道途,相传是被九江王英布的人所杀,此事与我毫无关系。现在刘季却一口咬定说英布接受了我的密令。真是荒唐!一个人做事总是有目的的,天下实行了重新分封,所谓的义帝不过是个摆设,就像后来出现的西方大不列颠帝国的女皇,我凭什么要杀那个十几岁的孩子?即使我要杀,我可以在彭城就下手,公开下手,又何苦密令英布呢?再者,这个英布又不是我的心腹之人,我怎么向他下达所谓的密令?他不是很快就投降了你刘邦了吗?他干吗不把我那份"密令"呈到你汉王手上,作为见面礼呢?刘季这一手很高明,既讨了个师出的名分,又振作了军威,还可以笼络天下人心,可谓一石三鸟。但就是太下流了。兴兵发丧可谓用心险恶。我被这流氓彻底激怒了!我想,这回我的手是不能再软了。

在经过周密部署后,我决定暂时放弃彭城,先让他刘邦的出手,我后发制人。结果睢水一战下来,汉军死伤者三十余万,那些尸体横七竖八地堆在河里,几乎筑成了一道肉坝,迫使河流改道。这些战死的将士临死还穿着一色的白衣,现在他们是自己给自己发丧了。他们都是些好青年,倘若他们的汉王野心有所收敛,他们会娶妻生子男耕女织,过上祥和的日子,现在却成了炮灰。望着夕阳下的睢水河,我第一次感受到了什么叫残阳如血。这凄惨的景象连我的乌骓都看不下去,它向着北面仰天长嘶了三声。那是山东。

然而,刘邦逃脱了!

无论后人做何评价,穷寇莫追还是我恪守的原则之一。这或许不符合政治家的逻辑,但体现了一个职业军人的道德观。那时我想,如果你刘邦秉性不改,总有一天你还会落到我项羽的手上。我是不是很自负?是的,作为军人,我从来就是自负的。

我和刘季的这次交手,从我这方面看,唯一的损失就是让这家伙跑了。不过我又很佩服他,在如此混乱的局面下居然在亡命途中纳了妾,收了戚夫人,也算是大将风度了。他得了新人,却把旧妇和老爷子留给了我。我的手下曾多次提出把刘太公和吕氏杀了。我说,我和刘邦只是两个男人之间的事,与其他人没有关系。我也不认为这是楚与汉的问题。我有这么一个敌人,哪怕是假想敌,也算是圆了我作为军人的一个梦想了。没有敌人,军人该多么寂寞!我本以为天下重新分封之后可以带着我的女人去云游四方,可刘汉王不让我歇着,我当然就要奉陪到底。这样到了第二年的春天,我们就对刘邦据守的荥阳城实行了包围。我倒要看看这回他刘季如何逃脱。没过几天,张子房递来了消息,说汉王准备投降了。既然如此,我也只好鸣金收兵。亚父范增却不同意,他认为这肯定又是张良的诡计,主张打进去。他说,刘邦虽然目下陷入了困境,但他还有大片的河山在手,还有韩信的几十万兵马可搏,他怎么可能俯首称臣呢?我就笑道:我和刘邦之间本来也就不是什么君臣的关系,我只要让天下人知道,他刘邦尽管有萧何张良那样的谋士,尽管有韩信那样的骁将,但最终也照样不是我项羽的对手。我要的就是这个。

亚父就说,那你当初对秦王子婴怎么是那个态度?

我说,这不同。刘邦是我的敌手,交战的结果非亡而降,很正常的。子婴是作为秦王朝最后的象征而存在的,他虽然没有野心,但投降就是苟且偷生,使全体的秦国人蒙羞。他必须一死,对他的国家有个交代。

亚父长叹道,这老夫可就不懂了!同样是你的敌人,一个不战而降你却要他死;一个和你战了几年打你不过,你却愿意接受他的投降,这是什么逻辑?

我说,这是我的逻辑。

亚父也不想再辩,但从这老人颤动的白胡子看,他对我的看法是越发地强烈了。他历来就主张痛快地杀了刘邦,然而他哪里知道,这个刘邦的存在对我该是何等重要。第二天傍晚,受降的仪式开始了。等围困在荥阳城里的妇孺老人出来后,刘邦的车子就缓缓而来了。远远看见刘邦神情安然地坐着,亚父就说,汉王势子倒了,架子却还端着,俨然王者风范。听他这么一说我忽然就觉得不对,定睛一看,就发现这是刘邦手下的将军纪信。这纪信真是好汉,不由我说,他就点燃了自己,于火中高喊,霸王,汉王已脱险,你收兵吧!天下最后还是汉家的!

我什么也没说,被眼前这悲壮的景象所感动。我当时离纪信的自焚现场只有一丈开外,我能听见烈火灼烧皮肉的清脆声响。我内心感叹道,好一个壮士!

等我掩目转过身时,亚父范增已经不见了。

十

我和亚父范增的矛盾由来已久了。自打鸿门宴那次起,这矛盾就越发加剧。我完全懂得这老人的心思,这些年跟着我着实费了不少心。他的确算个高人,尽管我们观念上很不和谐。我欣赏并尊重他这种老人,张子房不能与他同日而语。范增老谋深算,但从来不出诡计,他讲信用,也不靠装神弄鬼来美化自己的过去。所以他的离去让我很伤感。后来我听说他病死在归乡的途中,我忍不住地哭了一场。我是个孤儿，自幼父母双亡，靠叔叔项梁一手拉扯大。项梁战死定陶，亚父便是我最后的长辈了。如今他也走了，我不能不感到悲痛！我听说现在的史书上认为，我是受到叛臣陈平的挑拨离间之计，对范增和钟离昧产生了怀疑，才把这老人气走的。这可能吗？我项羽能对一个老人恩将仇报，那我就不能叫项羽了。但我承认，范增老人是让我气走的，是失望而归。这是我们共同的遗憾。即使这一回他不走，到了割鸿沟为界时，他还会拂袖而去的。亚父对我最大的意见是责怪我的轻信，而他的离开又让后来的史学家们认为我多疑——一个轻信的人会多疑吗？

　　还有人说，我之所以落到楚河汉界这步田地，与当初不重用韩信这个人关系甚大。我承认，自从高密潍水一战韩信挫败了大将龙且并斩了龙且本人的首级，楚汉两家的军事形势的确发生了一些变化。然而即使这样，我对自己以前的决定仍不后悔。我第一次见到韩信对这个青年的印象很好，凭直觉我就感到此人日后是不可多得的将才。但是不久我就听说了他那至今广为传颂的"胯下之辱"的那一幕，心便霎时凉了。"忍是一个男人的美德"这句话或许不错，但是这个人为求一忍而不惜出卖自己的尊严，就让我觉得可怕了，甚至让我厌恶。一个男人倘若连尊严都可以舍弃，那他还有什么不可舍弃的呢？所以后来他为求自己化险为夷，竟然拿他最亲密的朋友钟离昧的头去讨主子刘邦欢心，也就不足为奇了。我讨厌"大丈夫能屈能伸"这种表达方式,我敬慕的是刚正不阿与宁折不弯的男人气概。比如说那位救主自焚的纪信将军,比如说后来那位宁死不屈的田横将军以及困守海岛集体殉国的齐国五百壮士。这种虽死犹生的男儿风范理当万世流芳。

相形之下,他韩信也不过是叱咤风云的苟且之人罢了。他最终落到吕后之手却是出乎我的意料。

当时战局的微妙之处就是韩信的左右彷徨,他既畏惧我,又不肯轻率地背叛刘邦,自己私下还打着三分天下的算盘。韩信据守齐国按兵不动,急坏的不只是刘邦一个人,我也急。我总觉得这时候进攻广武多少有点乘虚而入的意思。若不打,又怕贻误战机。人言韩信善战,他却始终不敢与我进行正面接触,反倒把我好战的胃口吊起来了。我倒是真的犯了难了。就在此时,张子房给刘季出了新招,派一个姓侯的家伙送来求和信。

那信写得极其诚恳,也称得上情真意切,一看便知是张子房的手笔。这封求和书的核心部分是提出割位于荥阳东南的鸿沟为界,以东归楚,以西属汉,此后双方互不侵犯,和好如初。但真正打动我的却是,楚汉两家几年的交战,殃及百姓众生苦不堪言,停止战争乃解燃眉之急。这倒是一下击中了我内心最软的地方。想来也是,我们为权力争,最终倒霉的还是广大无辜百姓。至于说什么我和他刘季今后仍旧兄弟相称，我看就显得多余了。我从来就没有把这种人看作兄弟。什么是兄弟？那起码也该是情同手足，何以同室操戈？

这一天，虞正好从彭城来到了军营。我就让她看了刘邦的这封求和书，想听听她的意见。她看过之后沉默了片刻，才感叹道：要是你们从今往后真按这信上讲的去做，天下也就真的太平了，老百姓会指望过上好的日子。

我说，男人看重的是诺言，讲的是信义。

说着，我就签字了。我觉得我这个签名很漂亮。

虞说，你很得意是吗？

我笑而不答。

虞又说，如果是你出面求和，你肯吗？

我说，这不可能，胜利者从来是不主动苟和的。

虞就叹道，你这个人的悲剧就在于你一贯的胜利。其实某种意义上，我很愿意看到你的一次失败。我想这对于一个军人，才算得上完整。

这话倒叫我一时糊涂了。

翌日早晨，我让所有的文臣武将一律身着便装，列队于大营的辕门两侧，等候刘邦的人到来。同时我吩咐钟离昧把刘家的老爷子和吕氏领出来，打算就此交给刘邦。钟离昧说：霸王，这么一来，我们就再没有什么赌注了。这话叫我不悦，就责怪了他几句。我说我本来就不是拿他们当人质的。

前些日子我们攻打广武,我在城下对刘邦喊话,让他出来把老父、妻子领走,可他害怕是计,不肯出来。我就说,刘季,你居然连父亲、妻子都不要了,你难道就不怕我一怒之下把他们杀了?

钟离昧说,这事我在场,当时汉王竟然说,你我是兄弟,我的父亲也就是你的老子,你杀他就等于杀你老子,我还正等着你分我一杯羹呢。刘邦这样说不乏机智,但我听起来很不舒服。

我就笑了,说,这就是标准的刘汉王!你后来射他一箭,我明明看见正中了他的右胸,他却说是射在了脚上,这算什么玩意儿?

钟离昧问道,霸王,你看清楚了?

我说,不会错,我这双眼睛与众不同。

我没有多做解释。这时,外面响起了鼓角声,刘邦一行人马到了。他们也换上了便服,收拾得还真体面。我自然要迎上去,还不到跟前,刘邦就对我施了大礼,说,籍兄,我感谢你给了我这个面子,从今往后我们按章办事,以行践约,老账就一笔勾销了吧?

我还礼说,和谈是结束战争的典范,有你这句话,我很满意。

然后我就叫钟离昧把太公和吕氏交给了刘邦。不料那太公对儿子扬手就是一耳光,骂道,畜生!你还有脸来见我!

你今天是不是来分我这身老骨头的?吕氏也跟着大哭起来,说刘邦不仅不来搭救她,反倒趁机纳了妾。这一闹,使得原本肃穆的和谈仪式变成了一出戏文。幸亏张子房及时将他们拉开了。这个瞬间,我和这个神秘莫测的张良对视了一眼,子房把目光转了过去。

接下来,是双方互换文书。整个仪式进行不过半个时辰就完了。我本想留他们共进午餐,刘邦说他急着要赶回咸阳,日后再聚。我说,这也好,我们在外面也待了不少时日,士兵们思乡心切,我们得回彭城了。

刘邦又对我施礼,这回是感谢我对太公与吕氏的照顾,他说:家父贱内在楚打扰已久,如此大恩容我将来图报。

我笑着摆了摆手,说,汉王言重了。我不过是尽了本分。你我的事只能由你我解决,与他们原本就没有关系嘛!

其实我心里在说,只要你刘邦按你说的去做,就是对我最大的图报了。为了表示诚意,我当即下达命令:全军将士整装待发,明日开赴彭城!我的话音刚落,鼓号齐鸣,一片欢呼。我望着这些江东子弟,心中突然感到十分内疚:他们跟着我南征北战,每一次战斗都要有人舍弃性命,他们图的什么?他们既不能封王又不能受地,所求的仅是有一个和平的日子,而我却不能给予。对于他们,战争是通往和平的一条险径,但绝非他们的前途。我的心越发地沉重了。

这天晚上,我和虞相对坐于大帐内,红烛高烧,久违的楚歌从营中飘荡而至，将士们在联欢，明天，他们就要踏上归乡的路途了，他们的家人在期盼着团聚。我给虞斟上酒，然后轻声地问她，你知道此刻我在想什么吗？

虞不答，也不饮酒，只是一往情深地看着我。

我拿起那把画戟挥舞起来，只见烛光像礼花一样五彩缤纷。等我舞毕，虞才站起来说，是不是突然仗打完了，你感到寂寞了？

我说，仗打完了我不遗憾。我遗憾的是自我起事以来，大小战斗经历了七十余次，却没有遇见一个真正的对手。

虞想说什么，却终于没有说。

我抚摸着这把上天赐予我的画戟，心里不禁涌出了几分忧伤。我对女人说，等回到彭城，我要带她骑着乌骓再去乌江边上过几日。我说那时我会把这件心爱的兵器送回到它原来的地方，上天赋予我项羽的使命，我已经完成了。

虞把那杯酒敬于了我。

十一

这两千多年来，我一直在想，对于人尤其是对于一个男人，最无耻的事大概莫过于背信弃义了。如果天下由一个既不信守诺言，又不准备践约的家伙控制着，这天下必定黑暗无疑。人不要脸是什么坏事丑事都能干得出来的。对于我，历史上的楚河汉界是我对历史的一个交代;而对于刘邦,应该是羞耻的标识。我履行了诺言,而这个小人却撕毁了协定。就在我们行至垓下之时,刘邦派韩信的人马对我们实施了包围。据说最初打这个算盘的还是那个一肚子阴谋诡计的张子房,他对刘邦说,鸿沟之约不过是个幌子,也可以看作缓兵之计,如果汉王想一统江山,这时候调兵遣将打项羽一个冷不防则是千载难逢的良机。就这样,刘邦调动了韩信、彭越、英布、臧荼等几路兵马向我扑来。我知道,我的处境很危险,陷入重围按兵不动,粮草给养只能维持到一个月。我只能选择突围。但在这之前,我需要同那位号称智勇双全的大将韩信会一下。倘若我死在他的枪下,我死而无憾。我甚至感谢他成全了我,让我像个军人那样度过生命的最后时光。

于是第二天,我策马来到了阵前,对着汉军的大营喊道,让你们大将军出来,项羽在此恭候了!

韩信果然就出来了。和几年前相比,这个人确实有了一些大将风范,神色也比较镇定。他对我拱手作揖道,霸王,别来无恙?

我笑道,我现在该称你齐王了,但我更愿意把你看作一个军人。

韩信说,我本来就是一个军人。

我说,可你怎么连军人起码的德行都忘了呢?你见过连战表都不下就偷袭的军人吗?

韩信迟疑了一下,说,霸王,军人是以服从命令为天职的。我是汉王的部下,他的命令我自然要执行。

我说,韩将军,这大概就是我们的不同了。我是发布命令的,你是执行命令的,但是,我心里十分清楚,你是个极善于把握时机的人。我兵临荥阳时,你的汉王朝思暮想地盼你来解围,你却借故推托,仅此一点,你不及纪信的忠诚。现在你来劲头了,我想这或许是两方面的原因吧?其一是你刚得了封地,成了名副其实的齐王;其二是你深知我将士疲惫,粮草短缺,桃子不摘自落,你轻而易举地就捞到了功勋与美名。可这对于军人是不是很不过瘾呀?所以说,我今天和你交手,无非是两个结果——不是你成全我,就是我成全你。我很愿意把我的头交到你手上,但不会轻松地让你拿。怎么样,我们开始吧?这或许是我项羽最后的一仗了,我希望我们玩得漂亮一些,也好让后人大书特书一番。

我说完,就勒住缰绳,在等待着他先出手。这时候我的重瞳再一次重叠起来,我似乎看见了韩信内心深处的虚弱与怯懦。这个人说穿了还是挂记着死,他怎么也舍不得把刚分封到手的几个县邑再交还给刘邦的。于是我的希望落空了,我期待已久的激烈搏杀很快就演变成了一场乏味的追剿。韩信和我交手还不到五个回合,就玩起了金蝉脱壳,一溜烟地向山里钻去了。我后来听说,这个背叛军人灵魂的男人居然说,他目的是想诱敌深入,好一举聚歼之。倒是那些助威的士兵给我留下了不错的印象。他们不阻挡我,像退潮似的闪开了一条路。他们的脸上刻着复杂的表情,他们想为我的武艺欢呼喝彩,但又怕伤了他们大将的面子,于是他们就用一种含糊的声音表达这种不可抑制愿望,他们叫喊着,呜嗨——呜嗨——

这很像我们楚歌里的和声。我的画戟如风呼啸,我仿佛在指挥着这壮美的和声齐唱,同时我也被深深地打动了。这大概就是你们后来听到的四面楚歌的前奏吧?

楚歌是在午夜之时响起的。那时我刚刚卸下盔甲,吩咐马夫去给乌骓洗个澡。像往日一样,虞已在大帐里给我摆好了酒菜。虽说我们的处境很不妙,但是女人并没有表现出意外的惊慌。她甚至看上去是平静的,好像眼下的局面和平常差不多。几日前,当我们得知刘邦撕毁鸿沟之约时,女人第一次现出了愤怒,当时她说,沛公年长你许多,怎么德行如此之低下呢?她也就说了这一句。

我坐到虞的面前,说,真没劲,连韩信也混成了这样!

虞说,是的,我看了都觉得没劲。

想来也觉得好没趣味,我说,怎么我老遇见这号人呢?

虞这才问道,你打算怎么办?

我不假思索地答道,突出去好了。

虞说,你认为能突出去吗?

霸王别姬

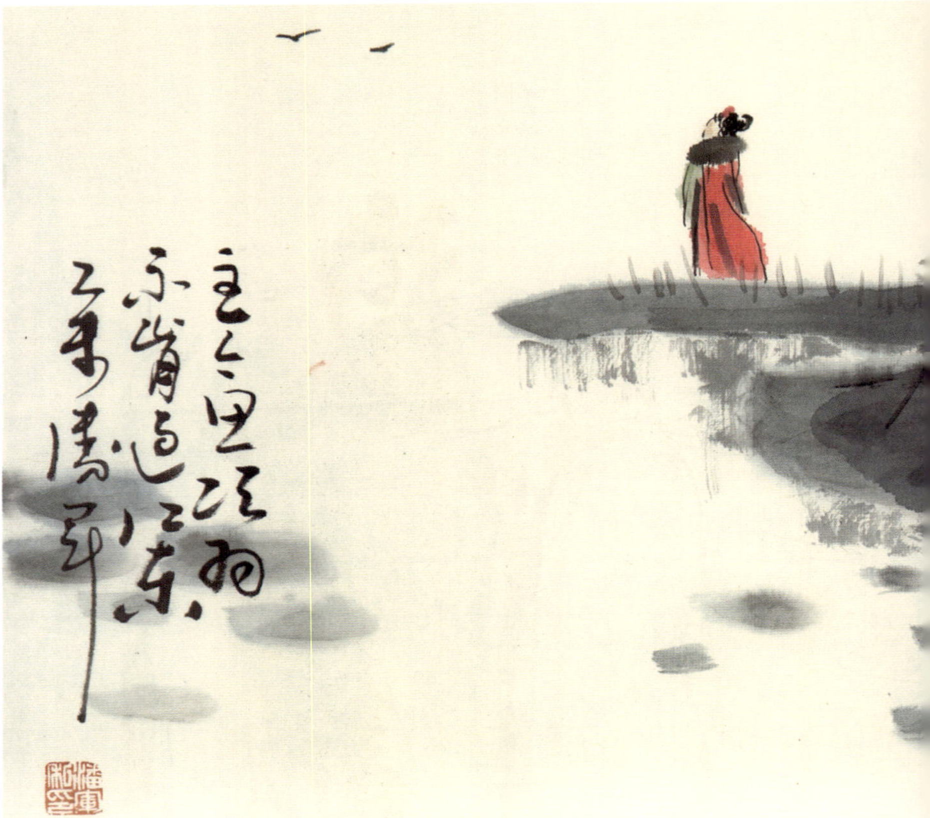
至今思項羽
不肯過江東

至今思项羽，不肯过江东

我说,不成问题的。我可以背着你突出去。

虞沉默了一会儿,说,我不想这样。

我说,不想?难道我们还坐以待毙不成?

虞说,对,我在考虑死。

这颇叫我吃惊,这个问题我还没考虑呢。我就扶着她的肩说,别这么想,我们突出去,我们不是说好了去乌江边上泛舟狩猎吗?

虞说,我觉得活着很累,也很乏味,因为我总要面对着那些我所不齿的人,而且还是男人。而且这些人最终都要成为统治者,要行使管理我们的权力,我无法忍受的就是这个。

我打断说,所以我要与他们决战到底。

虞说,没有决战。即使你杀了这个刘邦,还有另一个刘邦要做皇帝;即使是你自己做了皇帝,你又如何能保证你和刘邦毫无两样呢?你忘了吗?几年前你当了上将军不久,一夜之间就坑了章邯二十万的秦卒。什么使你变得残暴?是权力,是独裁。这是无法改变的。

我一下没话了。

虞接着说,我做这个选择,还有另一个意思,就是不想连累你。

我说,这从何谈起?

虞说,你别太大意了。韩信今天虽然败了一仗,但不会一败再败,他会一直拖着你,一直拖到你草尽粮绝,他拖得起。我曾经想过,你的悲剧在于你是个常胜将军,打遍天下无敌手,但是现在,我不希望你因为我而成为他韩信的俘虏,那种人不配接受你的投降。如果你是我心爱的男人,你就必须突出去!

这时候,我们听见了四面的楚歌声,像大潮一样由远而近。那是真正的楚歌,其声悲壮而悠扬,仿佛自九天而落。这歌声寄托着我们楚人最简单的理想,就是正义与和平。歌声从楚营传到汉营,响彻云霄。我们情不自禁地走出帐外,今夜的月色散发出清冷的寒意。虞依偎着我,轻声说,你听,这是为我以壮行色呢!

说完,她抽出我的佩剑,刎颈而去了。她的暖血喷射到我的脸上,与我的泪水融为一体。我很悲痛,但更多的是为此生拥有这样一个女人而自豪。我慢慢把虞放倒,然后小心地裁下她的首级,用我的衣服包好,再将她系到身上。

我下达了突围的命令。我说,弟兄们,让我们唱着楚歌上路吧!

十二

我必须告诉你们的史学家,垓下突围与你们对我的美化不一样。试想,面对韩信三十万兵马,我一支画戟能挑得开路吗?我是做好战死的准备的,结果却没有死。我的画戟上几乎没有溅上一滴血。就是说,汉军并没有怎么拦我,或者说只是象征性地拦了我一下。如果我这么说还欠妥当,那么后来我到了乌江边上,怎么恰好就碰见了那位乌江亭长呢?而且他还早备好了一只轻舟。他怎么能料定我要到此?太史公用心可谓良苦,非要借我之口来为我的死寻一个合适的托词,说我感叹是天要灭我,说我之所以不渡江东是无颜见江东父老。这似乎很具戏剧性,是个巧合。可我作为当事人不同意这种牵强附会的解释。我深知这是有人事先安排的,不希望我就这么给刘邦方便。这个人是谁?我不知道。我一直把他视为你们心中的那个人。这个人无疑是轻视刘邦的,至少他不信任刘邦以及刘邦们。如果按西方人的解释,这个人或许就是上帝。上帝之手总是看不见的,但每回伸出来都非常及时。

然而这回我让上帝失望了。我违背了他的意志。

当我从乌江亭长手里接过船时,我要做的是把我心爱的坐骑乌骓送了上去。于是那亭长就急了,他几乎是用哀求的语气对我说,霸王!江东虽小,但仍有千里江山,数十万兵马可用啊!你还是尽快过江重整旗鼓吧!

我笑了笑,说,老人家,问题是我是个不爱江山的人啊。再说,我就是重整了旗鼓,东山再起了又当如何?再去与刘邦玩吗?要玩也行,但总得有个游戏规则吧?如果我也不讲这规则了,岂不是两个流氓闹得天下不得安宁吗?

那老人就此沉默了。过了会儿,他便消失得无影无踪。

那个时分,天已经微白,曙光在乌江上闪烁着。我徘徊在江岸边,心情渐渐变得有些沉重。八年前,我就是在这个地方看见远方那团广博的绿色的。然后,我又发现了现在握在我手中的这把举世无双的画戟。它安静地躺在江底的白沙里,我竟将它打捞而起。这事仿佛就发生在昨天。现在,我需要把它送回它的原处。于是我扬手奋力一掷,送走了我的武器。但就在此时,一种极不舒服的感觉缠绕着我。我想自己从二十三岁起事,大小战役经历了七十六次,竟然还没有遇见一个真正的对手。作为军人,这不能不说是个遗憾。现在,我的画戟已离我而去,我的坐骑也离我而去,我最爱的女人也离我而去了!这世界仿佛只剩下了我一个人。

忽然,我听见了一个声音在轻轻地呼唤着我——

项羽,你听见了吗?

我说,我听见了。

我是谁?

你是我的虞!

你不该有所抱怨。

我没有抱怨老天对我不公⋯⋯

其实,有一个对手一直在跟着你。那才是你真正的对手。

我知道,我刚刚知道⋯⋯

那就好……

虞！虞！虞——

虞的声音消失了。而此时，我看见我的乌骓立在船头回首对我一声嘶鸣，然后纵身跳到了湍急的江水之中。我知道，我该与这个一直紧跟着我的对手进行最后的决战了。我抽出我的佩剑——当初的鸿门宴上，这本来应该是解决我和刘邦的手段，此刻却变成了我完成人生的助手。看来我的重瞳实在是不算什么。我头顶上还有一双亮眼——那是天的眼。从这个意义上，太史公认定是天在杀我，倒也自圆其说了。

我很轻松地就把我的头颅割下了。我最后的感觉是记得我的血很烫，带有微咸。

不久，吕马童和王翳他们赶来了。他们找到的是一具无头的尸体。他们没有找到我的头，当然也不可能找到虞的首级。这一对头颅去了哪里只有苍天知道。于是，他们只好把我的尸体当场就瓜分了，因为他们的汉王已悬赏，这具残尸却足以保证他们一辈子的荣华富贵。据说乌江的岸边还流淌着我和虞的鲜血，江浪竟没有把它冲刷干净。

第二年春天，这块地方开出了一片不知名的红花。有一天，一个老人领着他的小孙女到这儿散步。那孩子就问，爷爷，这些漂亮的花儿有名字吗？

老人思忖了片刻，说，有。它叫虞美人。

后记

春秋乱
CHUNQIU LUAN

这部小说文本，读者可以认为是一部有点另类的长篇，当然也可以认为是三部相对独立的中篇。很显然，这三部的叙述手法、结构方式乃至人称变化都有所不同。但一致的是，对发生在中国古代这三个历史时期的三个故事，都有着和以往不一样的重构与解读。正是这种一致性，我才有了结为一册的考虑，并以"作者手记"加以连接，重新命名为《春秋乱》。其创作的跨度前后竟达二十四年，其中《重瞳——霸王自叙》首发于 2000 年的《花城》第一期，《与程婴书》和《刺秦考》则于 2024 年分别由《天涯》和《作家》的第一期发表。

　　我的一位杨姓学妹在读完《与程婴书》后，曾给我发来一篇读后感，其中有一段就说到了这个"乱"——

　　　　那是中国历史上第一个乱世。那是有诗书礼乐，有贵族气的，不鼓不成列的时代，却也有杀戮、权谋、人性阴暗，无义战的时代。那是士为知己者死，一诺千金，有人性光辉的时代，却是又上演着背信弃义、弑君、乱伦的时代。那是近亲远亲、亲戚套亲戚的时代，但又见相爱相杀、骨肉相残的时代。那是左手拿着矛，右手拿着盾，一个非常矛盾的时代。这是悲剧的全部条件。

她说得挺好。

冬去春来，在这个阳光明媚的下午，我于故乡的泊心堂内,对这部书稿做了最后的梳理,满心欢喜。现在,我将《春秋乱》郑重地交给安徽文艺出版社,并向为本书编辑出版付出辛劳的各位朋友表达我诚挚的谢意。

潘军
2024 年 3 月 10 日于泊心堂

一意孤行——潘军访谈录

春秋乱
CHUNQIU LUAN

一意孤行
——潘军访谈录

时　　间:2024 年 5 月
地　　点:安庆,泊心堂
访问者:陈宗俊(以下简称"陈")
受访者:潘军(以下简称"潘")

写作是"第一日常生活"

陈:您在以前的讲座中,曾谈到读书与写作是您的"第一日常生活",我姑且暂借这种说法,侧重于写作。我想知道,在您四十余年写作生涯中,大致可分为几个阶段?

潘:如果仅从时间上划分,这有点复杂。因为我历来就不是一个专心致志的作家,倒像一个三心二意的作家。除了写小说,我还写剧本,做导演拍电视剧,现在又埋头画画。我只是在想写的时候去写,往往是写写停停、停停写写。当然,如果以小说创作为线索梳理,当从 1982 年在《青年文学》创刊号上发表第一个短篇算起,到 1988 年在《清明》上发表第一部长篇小说《日晕》,可以算是一个阶段。这个阶段对我而言,是习作,但对小说的文本实验已悄然开始,后者的意义更大。那时候我已经在《北京文学》上发表了《白色沙龙》,在《收获》上发表了《南方的情绪》,在《作家天地》上发表了《悬念》这样一些中短篇小说,都带有文本实验的性质。接下来便是先锋小说阶段,我的这种小说文本实验一直在延续,所以紧接着在《作家》上发表了中篇小说《省略》和《蓝堡》,在《钟山》上发表了《流动的沙滩》,继之连载了第二部长篇《风》,算是把这种文本实验推到了一个阶段,从中短篇到长篇。很可惜,这个阶段太匆匆,国家形势和个人的情况都发生了变化,写作当然也就搁置了。1992年我去了海口,两年后又去了郑州,鬼使神差忙乱于商务,用于写作的时间极少,直到1996年,我才摆脱了商务杂事的纠缠,以一部中篇小说《结束的地方》(发表于《钟山》)结束了为期四年多的经商生活,专心回到了案头,这之后才有了一个小说创作的集中爆发期,如发在《收获》上的《三月一日》《海口日记》,发在《花城》上的《对门·对面》《秋声赋》,发在《山花》上的《杀人的游戏》,发在《江南》上的《关系》,发在《时代文学》上的《我的偶像崇拜年代》等中篇,还有一些,短篇像《小姨在天上放羊》《寻找子谦先生》《和陌生人喝酒》《纪念少女斯》《白底黑斑蝴蝶》等,以及分别发表于《作家》《小说家》的长篇三部曲《独白与手势》前两卷《白》和《蓝》,直到2000年的中篇小说《重瞳——霸王自叙》(发表于《花城》),才掀起一个小的高潮,但还没有结束。

陈:2000年被一些媒体认为是"潘军年",国内七家出版社不约而同地出版了您十六部著作,全国十家文化单位还在北京联合举办了"潘军小说研讨会"。中央电视台《读书时间》栏目还专门做了一期《潘军和小说》。那时候我刚大学毕业参加工作,知道家乡出了您这样一位作家,真是感到兴奋。

潘:接下来我完成了《独白与手势》的最后一部《红》,两年后又写了长篇小说《死刑报告》,国内几十家报纸连载,反响也算强烈,但是单行本出来后遇到一些波折,导致了写作的停顿。这一停就是十年,那段时间我去拍电视剧了,写作反倒成为业余。你可能会感到疑惑,为什么会在这个时候放下笔去做电视剧?原因其实也很简单,那时我在北京,连一个立足之地都没有,甚至还向演员吴琼暂借了一套房子,住了小半年。我母亲身患绝症,女儿刚上大学,我得挣钱,得把自己安顿下来,得为母亲治病,得为孩子将来出国留学创造条件。像我这种沉醉于文本实验的作家,仅凭小说的收入是无法承担这些的。所以,就想以做电视剧的方式来解决这个迫在眉睫的现实问题。还有一个原因,在我人生规划里很早就有一个导演梦,我觉得自己有能力成为一个很好的导演,拍电视剧算是热身,想为今后做电影打点基础。当初我离开安徽就在作协主席团会议上公开声明:不参加任何协会,不担任任何职务,不申报职称和奖项——这种态度也就表明此生将一意孤行。

陈:在成为一名小说家之前,您的理想是当一名画家,是什么原因让您走上了小说创作这条道路的?

潘:有一个契机,带有戏剧性。1977年恢复高考,其时我还在农村插队当知青,听到消息便收拾行李准备回家复习迎考。那天走到公社附近,天公不作美,下雨了,我便去旁边的废品收购站躲雨,正好碰上几个工人在搬运旧报纸,我一眼就看到最上面的那张《安徽日报》,副刊上登载着我父亲的一篇小说《菱塘新歌》。这张旧报纸的日期是1957年5月27日,比我还大半岁,而且,这又是我父亲唯一的一篇见报的小说,却在这个冷僻的乡村与我不期而遇,我很受震动,因为那时我还不知道父亲长什么样,在我出生不久他就成了"右派",与我母亲离婚回原籍巢湖接受劳教了。县城的老人都说我父亲是写黄梅戏剧本的,还得过奖什么的。我当时想报考浙江美术学院(现在叫中国美术学院),复试之后参加体检,结果没有被录取。第二年我改报中文了,进了安徽大学中文系。我就想,那张老报纸或许是上帝的一个暗示,告诉我,你父亲没有完成的事你得接着去做,两代人是能够做成一件事的。

陈：一方面，您的文学创作之路是自己清醒的选择，不含有任何功利色彩。但另一方面，您也不是把写作看成是自己人生道路的唯一选择和目标。您曾说写作"不是神圣的事，就该是我日常生活的一部分"，并认为是"第一日常生活"。为何这么说？

潘：所谓"第一日常生活"当然不是一种修辞，而在于我对这一劳动形式的热爱与依赖。当然，我的爱好还有很多，比如绘画和导演，都想进行一定的尝试。我一直把写作理解为利用文字造型的艺术。这个判断除了影响我的写作，还影响了我的阅读。比如读鲁迅的书，我一直痴迷的是他的文字营造的汉语言美感。比如读某些外国书，译笔对我是关键。正是这样的一种态度，让我对写作痴迷，并且力求文字严谨。我认为这才是写作、阅读带来的快乐。所以，我读书，不限于小说，如果读第一自然段觉得文字不好，大概就不想再读下去了。写作同样如此，你的句子写得不好看，你根本就无法继续下去。

陈：您将自己的写作分为"内心需要的写作"和"生活需要的写作"，前者保持着写作的纯粹，后者立足于解决生存问题。您是如何平衡这两者的关系的？另外，您认为自己的写作是"民间立场"与"贵族精神"，如何理解？

潘：所谓"内心需要的写作"是为自己写，自己说了算，一切都是为了内心的表达,力求做最完美的表达,做不好是你个人的能力问题。而"生活需要的写作",显然是指以文字的方式谋生,比如写电视剧——我写的电视剧也有几百万字,但不完全是我说了算,还得听听投资方的意见,这里面当然就有妥协,尽管双方都有底线。至于你说的平衡,其实是一种个人选择,但凡有人找你做一件事,某种意义上就是向你提供了一个"势",你会审时度势,可为则顺势而为,不可为就干脆推掉。不要端着一个纯文学作家的架子来挣钱,那很矫情。比如美国导演史蒂芬·斯皮尔伯格,他可以拍《辛德勒的名单》《拯救大兵瑞恩》这样的有良知有情怀的电影,也可以拍《侏罗纪公园》《大白鲨》这种娱乐性、商业性的片子,很自然的。这些"势"的形成,都是一种个人选择。小说是写人的,也是写给人看的,所以说得站在这个民间立场上,但不等于取悦大众,你得体现自己的表达,这种表达应该追求精神层面的高度,具有格调和境界,这才算得上"精神贵族"。

陈:您说过,某种意义上,一个作家的童年和少年的记忆决定了他的写作方向。能具体说说吗?

潘:写作是有方向的。那年莫言获得诺奖,有记者问我怎么看。我说,诺奖颁给莫言我很高兴,要是颁给别的中国作家,我指的是那种传统手法的作家,我大概从此不再写作了,因为世界对中国文学的发展方向失去了界定。诺奖颁给莫言,某种意义上就是肯定了中国当代文学的方向。我们都是这个方向的。如果那些追求形而上精神层面的作品没有得到世界的认可,反而那些复制明清话本的得到肯定,写作将失去意义。一个作家的成长离不开环境,无论是社会环境、地域环境还是家庭环境,这些约束或者陶冶,在你的童年或少年时期留下的印迹难以磨灭,使你在不知不觉中形成了一套独特的价值观和审美观。如果我不是出生在一个梨园世家,不是一出生就陷入逆境,换一个家庭,比如我父亲是个军人,或者我从小是在机关大院里长大的,那么我的价值体系和审美体系肯定会发生变化,我的小说也将是另一种色彩、另一种样子。

陈:您早期的一些小说,在艺术上就显现出了自己的追求,如短篇小说《别梦依稀》《没有人行道的大街》等作品中对意识流、反讽等手法的运用,乃至长篇小说《日晕》中,以人物心理刻画进行文本结构,也都起到了很好的效果。这也表明您在创作之初,就不满足传统的写作手法。请您谈谈早期创作在艺术上的考虑,您如何评价自己的早期创作?

潘:我的早期创作时间很短,也就几年时间。唐先田说,到了1987年《白色沙龙》问世,才出现了明显的转折。其实这之前的几年,都可以看作对不同小说形式的摸索和尝试。这个起点很重要,因为正是这样的折腾,才培养了我的小说认识,树立了我的现代小说观念,也训练了我的小说写作能力,让我自信地认为,自己能够成为一个不错的小说家。我后来坚称的"现代小说是对形式的发现和确立""不同的题材应该有不同的表现手法""写作是未知不断显现的过程",诸如此类,就是从这个时候开始逐渐形成的。

陈:从您后来的小说创作看,大都能找到与早期一些作品的内在关联性,这个脉络很清晰。从这个意义上说,一个作家的早期作品是其走向成熟的必经阶段,也是一个作家成长的文学见证。另外,您如何看待故乡与地域文化对一个作家创作的影响?

潘:几乎在先锋小说这个概念提出的同时,有一场运动,就是由韩少功等人发起的"寻根文学",他写了一篇很著名的随笔《我们的根》。在韩少功看来,一种文化的衰退,首先就是语言的衰退。我是同意这种观点的。但是后来一讲地域文化,有人就认为是当地的方言、习俗、习惯等的拼盘。我认为这是不确切的。地域文化应该是一种文化意识。意识是属于形而上的,习俗则是一种具象,是形而下的。比如《阿Q正传》里面没有地域文化色彩吗?未庄没有象征意义吗?阿Q的思维方式、行为方式、人际关系,小说中营造的那种氛围,都是特定的地域文化意识的反映。脱离了这些东西,《阿Q正传》本身也就难以存在了。这种意识渗透在小说的字里行间,而不是作为一个简单的标签贴上去。这种意识上升到一定的高度将会超越地域文化的界限,而成为一个民族性的东西,如《阿Q正传》不能说仅仅是一种江浙文化的意识,而是整个中华民族的意识。鲁迅和我们的距离,就在于他是从地域走向民族,从民族走向世界,而我们往往局限在地域的框架里面打转转。

陈:从内容上看,您的一些小说(尤其是早期的小说)大都与故乡安庆有关。您能就这个问题谈谈吗?

潘:安庆这块土地对我的创作有很大的影响和帮助。比如我的第一部长篇小说《日晕》,还有中篇小说《秋声赋》《我的偶像崇拜年代》《从前的院子》等,都与这块土地休戚相关。能调动我的不仅是我作为安庆人、怀宁人的生活积累问题,更多的是我自己在这块土地上这么多年积累的东西所形成的观念的东西在起作用,小说中反映出的人物的状态、行为方式,在我看来,与这块水土是有关系的。我在写这部小说时,主要是用某种观念的东西对这种文化做一种观照,反过来是这种地域文化色彩的东西对我本人的创作发生影响。《独白与手势》第一部《白色》带有我个人履历的底色并成为小说的背景,但故事是虚构的。小说从1967年(包括1967年以前)写到世纪之交,写一个男人三十年的心路历程,有一种沧桑感。有人说这是一种属于真正个人化的写作,而这种个人的东西和民族、和时代很难拆解开。我写了我最熟悉的东西，这是我血液中浸泡最深的东西，深入骨髓，又怎能和这块水土分得开？这种地域文化的影响与作用，首先表现在作家本人的观察、思维、表达方式上，因此他塑造的小说人物才有可能与众不同。小说文本也因此变得鲜活而生动。鲜活、生动的东西是富有灵性的，富有灵性的东西往往是不固定的，但诗意盎然。诗意会使小说飞翔。

一个好作家必须具有的怀疑精神

陈：在当代中国文坛，您被认为是先锋小说的代表作家之一，一些文学史也沿用了这种说法，您是如何看这一定位的？

潘：先锋作家的称谓是批评家做学问的一种归纳，主要是把成名于20世纪80年代的在小说文本上具有探索性的作家群体集中放在一起进行观察，这有一定的道理。因为这些作家的作品形态确实与传统小说有着明显的不同，千姿百态，而且还或多或少和外国的某些文学流派有着联系。不过有一点值得肯定，所谓的先锋小说在当代文学史上不可忽视，它推动了中国文学的发展。至于我，忝列其中算不得什么荣誉，倒是这样的一种写作，影响了我的小说观念，加深了我对现代小说的理解和实践。直到今天，我依然在小说文本中保持着这种精神与气质,比如近期的《断桥》《与程婴书》和《刺秦考》等。可以这么说,我算不上先锋作家中风头最健的一个,但这种对文本探索的精神却是一以贯之的。

陈: 方维保教授说,潘军是中国先锋小说告别仪式中最引人注目的一位,正是因为有了一部《重瞳——霸王自叙》,才使先锋小说没有草草收场,而有了一个辉煌的结局。

潘: 这是鼓励,但我并不认为先锋小说已经落幕,至少在我这里是这样。

陈: 我在阅读过您几乎所有的小说之后,觉得怀疑精神可以说是您小说中的一个关键词,您怎么看?

潘: 某种意义上,"怀疑"是先锋作家的共识。可能是我的小说中这种语义表现得更为强烈一些,比如那个阶段的《南方的情绪》《流动的沙滩》《爱情岛》《风》,以及后来的《三月一日》《戊戌年纪事》,甚至包括像《重瞳——霸王自叙》这样的历史题材,"怀疑"贯穿始终。它基本分为两个方面:一种是对外部世界的置疑;一种是对自己身份的置疑,就是哲学上"我是谁"的问题。有人说,我的作品受存在主义哲学影响比较大,比如说萨特、加缪,包括卡夫卡——我觉得卡夫卡作品中也有存在主义倾向。现在不少人认为,先锋小说式微之后,它的主要作家的小说面貌发生了改变,慢慢倒向带有现实主义倾向的写作,由过去的晦涩难懂变为现在的通俗易懂。我也不例外,比如我写了《合同婚姻》《纸翼》这类作品。这些小说大家都是能看懂的,却依然能感觉到先锋形式的存在,怀疑的语义并没有消失,甚至更加强烈。《合同婚姻》就是对人类婚姻制度的置疑嘛!我的一些作品,像《重瞳——霸王自叙》,既是对历史的怀疑,也是对项羽这个人物本身的怀疑。项羽是司马迁笔下的项羽,还是我心目中的项羽?这一切都是怀疑。《重瞳——霸王自叙》是很鲜明的,那么多人写项羽,为什么这部成为一个另类而引人注目?首先是我对以司马迁《史记》为代表的一些典籍表示了怀疑,那些他们语焉不详或者没有打开的空间我把它拓展了,然后我去寻找了另一种可能性的解读,这是一种颠覆。其实我丝毫没有改变历史典籍中呈现的基本事实,但是我去寻求了另一种解释。这种寻求真相的过程就是不断怀疑的过程。一个好的作家必须具有怀疑的精神。

陈:近期的《与程婴书》和《刺秦考》表现得更加强烈,这个我们后面再谈。

潘:"怀疑"不仅仅是作家的眼光,也应该是学者的眼光。我对学者或者学术的基本定义,其中一条是,一家之言,自圆其说。首先这个观点是你自己的,不是别人的;然后你能把这个观点加以论证,构成逻辑自洽:这就是我对学者的基本定义。读书也如此,也要有一种怀疑的眼光。只有带着怀疑的眼光,才能发现书中的观点与自己之间的一种对应关系。我不会轻易去相信并认同某个东西。

陈: 这种怀疑本身就带有批判倾向。您曾说,知识分子存在的价值首先表现为有勇气站在社会的对立面上,应该拥有一种质疑和批评的立场。您对知识分子是怎么定义的?这种意识散发在您的某些作品里,您又是怎么处理的?

潘: 知识分子和拥有知识的人是两个概念。我觉得知识分子至少应该具备三个条件:第一是有一颗自由的灵魂,第二是有一定的文化修养,第三是有一定的社会担当。具备这三条可以称为知识分子,而不是你拥有很多学历、学位、头衔,享受什么待遇。如果拿这个标准去衡量,很多人都是不称职的。这是知识分子的宿命。只要是配为知识分子的人,都要永远站在任何社会的对立面上,无论这个社会是怎样的体制。知识分子的责任就是要观察、关心乃至批评社会,这样才能为社会进步尽力,这就是良知和担当。批评社会不等于反社会,性质不同。但是要真正做到这一点非常不容易,我本人就做不到。至于你所说的作品中的处理问题,我觉得,作家的责任就是发现问题、提出问题,但是作家没有解决问题的能力。他把这个问题通过自己的作品呈现出来,引起全社会的关注。比如说《合同婚姻》。它是一个没有政治偏见或者说不带有意识形态色彩的小说,但这部小说提出了对人类婚姻制度的怀疑,婚姻作为一种制度是否合理?人类发明了一系列的制度,初衷是让人更成其为人,就是说人应该更自由。但是,婚姻这种形式究竟是束缚了人的自由还是丰富了人的自由?我的观点是束缚了人的自由。《合同婚姻》后来被改为话剧,北京人艺首演,轰动一时。这个戏被意大利米兰国际戏剧节推介了,美国华盛顿特区的一个话剧团也演了,效果很好。再如《死刑报告》,对死刑作为刑罚的最高手段表示了怀疑。刑罚不等于剥夺人性的尊严,应当体现一种宗教情怀。死刑犯首先是人。基督教国家之所以废除死刑,是认为同为上帝之子,当你的一个兄弟犯了罪,另外的人以上帝的名义去剥夺他的生存权是否合理?尽管他是十恶不赦的,但是作为个体,他是生命。这种宗教情怀中含有一种巨大的宽容。尽管很多人会不理解,甚至很多国家不接受。死刑的存废是国际上一直争论不休的问题,但从人类文明发展的趋势来看,这个星球上人类肯定会废除死刑,这是我本人对死刑的一个态度、一个立场。

陈:您的一些作品,无论是像《风》《独白与手势》这样的长篇小说,还是像《南方的情绪》《海口日记》《重瞳——霸王自叙》《秋声赋》等中短篇小说中,您都偏爱第一人称叙事方式,是有意这样做的,还是出于其他原因?

潘：一个作家采取什么样的叙事方式是根据题材而定的，所以我才认为，不同的题材应该有不同的写法。我们习惯说形式和内容，但很少有几个作家在寻求形式和内容的关系，把形式看成内容的一个部分的作家则更少。记不清国外哪位批评家说过，形式无疑是载体，但自身同时也是被载的一部分。我认同。我曾经打过一个比方，为什么喝红酒得用高脚酒杯？把红酒倒进啤酒的杯子并不会改变酒的品质，但还是改变了——喝酒的感觉变了，意思变了，你会觉得不对劲。这就是形式和内容的关系。特别是像我这种比较另类的作家，容易给人造成一种错觉，总以为你是形式大于内容。也难怪，我在写一部小说之前，不像有些作家，会有一个详细的提纲或初稿，我得首先找到自以为合适的形式，同时在很大程度上，又借助这种形式促进写作的即兴状态。至于第一人称的叙事，多年前我和牛志强——他是《潘军小说文本系列》的策划者和责编——曾有过一个系列对话，其中一篇就叫《第一人称》，他说一个作家最容易掌握的和最难掌握的，都是第一人称的叙事。他称赞《重瞳——霸王自叙》的"第一人称"，"说你居然用第一人称来写两千多年前的项羽"，开篇就是"我讲的当然是我自己的故事。我叫项羽。这个名字怎么看都像一个诗人"。正是这样的一种叙事，立刻调动了他的阅读欲望，一口气看完，觉得爽。其实，当初写这部小说，我有过三个开头，都觉得不对，直到找到第一人称。当然，这已经不仅是个人称问题了,这里的"第一人称"意味着你是在用项羽亡灵的视角俯瞰沧海桑田,最终成为小说的支点。"我"把过去的历史拉到你的眼前,让你感到不是历史,而是当下。第一人称的叙事最佳的效果是能营造出一种身临其境的氛围,甚至有一种代入感,好像作者说的不是他的故事,而是你的故事,能引起你的共鸣。记得《独白与手势》发表之后,不少读者给我写信,说小说中的某个人物特别像他。

陈: 由"第一人称",我又想到您经常提及的"叙事意识",能就这个问题具体谈谈吗?

潘: 这个词是我生造的,实际上是在谈叙事和小说的关系,最初针对的是长篇、中篇、短篇的划分。习惯上或教科书上一般按文字多少来分类。比方说以前二十万字以上或十五万字以上,现在十万字以上就算长篇了,甚至有人说十万字是小长篇等,我觉得不科学,很随意。我觉得它们唯一的分类标准是"叙事意识"。因此,在我的小说里,当我认定这部小说只能是短篇小说时,我绝不可能把它写成中篇小说。举一个例子,鲁迅的《阿Q正传》,前后也就两万来字,按照过去的划分是短篇小说,但从叙事意识上怎么看它都是一部中篇小说。它的结构方式、事件容量、人物关系,故事的发展、起伏、跌宕,不折不扣就是一部中篇小说。因为短篇小说没有能力承担这样一个题材。再比如汪曾祺的《大淖记事》,写得洋洋洒洒,好像也将近两万字了,但怎么看都是短篇小说,不能成为中篇小说的构架。长篇小说的意识、范式就更不一样,不是说一篇小说字数够了就是长篇小说,字数不够就是中篇小说。我有一篇谈短篇小说的随笔,我说短篇小说是一个专有名词,有点类似中国画中的小品,寥寥几笔,尽得风神。小品不是浓缩的后果,放大了也不是巨制。甚至我都有可能觉得有的题材用小说表现不是最好的形式,比如我的一部话剧《地下》。当时别人提议,能不能把它写成小说?我说写没有问题,但最好的表现形式还是话剧。因为我满脑子想的都是舞台上话剧呈现的效果。我能想象几个演员在舞台上,在虚拟的"黑暗"空间里表演,我当时追求的就是这个效果,这是小说无法做到的。

陈:作为当年先锋小说阵营里的重要一员,您怎么看待中国当代先锋文学?它现在有哪些地方值得我们反思?

潘:先锋文学推动了中国当代文学的发展,这是有目共睹的。它的出现,至少是一部分改变了中国小说的两个源流关系:一个是明清话本小说,另一个是苏联文学。先锋文学的出现把这两个传统打乱了,引进的是西方现代派的一种新的语系,甚至一定程度上改变了方向。这是第一个贡献,也是最大的贡献。由此,中国的小说在形式上别开生面,出现了一批新锐作家和一批异样的作品。而且这个影响至今还存在着，还在发生作用，可见影响深远。第二个贡献，确实是这些作家以他们的创作实绩，使中国当代文学走向了一个前所未有的高度。我们可以将之前以及之后的小说与这些作品相比，即使是有些作家，像莫言、史铁生、王安忆、韩少功、张炜等，他们虽然不曾被批评家们纳入先锋作家阵营，但他们的作品里或多或少具有先锋文学的精神气质。正是由于这样一批作家和作品的出现，当代文学进入最辉煌的历史时期。哪些地方值得我们反思呢？以我个人的观察和检讨，我觉得先锋作家由于一开始的刻意张扬的个性——那时候我们写作有一个自觉和不自觉的心理定式：一定要写得和以前的小说样式不一样。这就难免带有一种刻意性。比如说我的《南方的情绪》就有这样的问题。这样一种创作上的偏激，会导致你对传统文学和世界文学史上的优秀的现实主义文学的冷漠。先锋小说的创作没有做到兼容，或者说有效的兼容。时隔多年，我感觉得到这是一种损失。中国本土文学应该有中国传统文学的一种气息和精神。一个中国作家写的文字，一个用汉语言写的作品，应该比用英语、法语写的文字更具有民族魅力。这也就是至今汪曾祺的文字、阿城的文字具有生命力的原因。比如汪老的文字看上去是传统的，但他的思想观念、叙事意识是现代的，他的文字具有汉语写作的美感，你会感觉到他的小说里有诗情，有画意，有尺牍札记般的散文感，这些东西都能够让你联想到唐诗、宋词、元曲，以及像张岱那样的简约之美。而在我们的小说中间看不到这些,是一种明显的缺失,所以说这是先锋小说中值得反思和总结的一个地方。第二个方面的不足是,先锋小说由于强调意识个性,因而忽略了读者,没有真正地把读者放在心中,自以为是曲高和寡,独领风骚,甚至扬言我的小说是留给下一个世纪看的,这种学术上的张狂导致了作家的心浮气躁,其实是一种病态,也丧失了我所言的民间立场。我曾经想,这批人中应该出现一个写出一部大书来的作家,如《百年孤独》《1984》这样的叱咤世界文坛的经典,可惜没有!这跟当时那种浮躁心态甚至急功近利有很大关系。

陈:您本人会有写一部大书的计划吗?

潘:我自觉不具备这样的能力和毅力。我是一个追求自由散漫的人,从来就没有一种为文学献身的姿态,倒是想把自己有限的生命拓展到极限的姿态。因为我的爱好比较多,写作对于我,日常意义远大于使命,它只是我的一部曲。导演算是第二部,书画是第三部。以前说过,六十岁之前舞文,之后弄墨,舞文弄墨就是我的人生规划,很简单。后来又加上了导演,想以后有机会拍几部作为个人表达的电影,但是这件事不是我能说了算,左右不了。我没有想过此生要成为某个领域的顶尖人物,所以不混圈子,所以会主动放弃或拒绝某些东西。但是作为一个生命个体,我会尽可能让自己的生活丰富多彩。每个人的人生观不一样,我就是按照自己的愿望去生活,远离文坛或别的什么坛。去年过六十六岁生日时,我填了一首七律自况,其中颔联是"六十六年路中路,三十三载坛外坛",就表明了这种心境。当然也会遇到胳膊拧不过大腿的时候,那就暂时搁下不做。前面说过,我非常清楚在中国做事,得讲究一个顺势而为。势不在,着急也没用。这么说有些悲观,我骨子里从来就是一个悲观主义者。

陈:与其他先锋作家相比,先锋小说的创作经历带给您什么独特的东西?

潘:我只谈自己的体会,不做比较。首先,前面提及过,我在小说写作之初,就有了对"怎么写"的要求,这种要求是自发的,所以那几年就一直在摸索。受到西方现代派文学的影响,也就逐渐开阔了眼界,当一些批评家,如陈晓明等,认为我的写作属于先锋文学范畴时,对于我,则意味着寻找到了一个写作的方向,同时确定了一个作家所坚持的立场。放在世界文学坐标里,什么样的小说才算是好小说?类似这样的判断与认知都包含其中。这一点很关键,除了写作,对我个人之后的某些活动,比如读书、拍戏、书画,都有一种统领作用。其次,我在自己最好的年华,毕竟还是写出了一批作品,尽管我一直认为没有写出最好的作品,但随着时间的推移,这些作品依然有生命力,所以我会缅怀那个时期。最后,先锋小说的创作实践,某种意义上也影响了我的世界观、人生观和价值观,它实际上已经成为一种精神力量,支持我一意孤行。

陈:能否谈谈海明威、博尔赫斯等作家对您的小说创作的影响?

潘:海明威和博尔赫斯都是我喜爱的作家。大学时代有一年放暑假,我曾经将国内当时有限的海明威的作品集中起来读了,放在一起比较,还是鹿金译得好一些。实际上我还是喜欢海明威的中短篇,我不大喜欢他的长篇。他的中短篇,我觉得跟我的书写气质比较契合。我喜欢简洁,不需要那种繁杂。海明威的文字我感觉很亲切,简洁而准确。短篇小说因为文字篇幅的限制,所以更难。海明威的《白象似的群山》也是用对话体写的,他写得那么准确,《印第安人营地》写得那么克制内敛。这种东西对我的影响还是很大的。博尔赫斯对我的影响是在认知和叙述层面上。我们这一代作家,所谓的先锋作家,受到博尔赫斯影响的应该很多。当时王央乐先生在上海译文出版社出了第一部博尔赫斯的中译本,是部短篇小说集,这本书后来被誉为先锋作家的《圣经》,几乎人手一册,甚至公开模仿。1993年,马原来海口拍《中国文学梦》,他圈了一百个作家,其中就有王央乐。我就说,如果那时候第一个传进来的不是王央乐的译本,那么博尔赫斯在我心目中就可能大打折扣。我前面说过,我读外国书(不仅是小说),特别在意译笔的味道,我对一部作品的迷恋,其实是从对文字的迷恋开始的,读张岱,读鲁迅都是如此;而对一部外国作品的迷恋,其实最初是对译笔的迷恋,如大学时期读傅雷译的《约翰·克利斯朵夫》,李健吾译的《包法利夫人》,汤永宽之于卡夫卡,李文俊之于福克纳,施咸荣之于塞林格,王道乾之于杜拉斯,如此等等,无一例外。这是问题的真相。所以说,在我还没有来得及认识博尔赫斯多么伟大时,就已经情不自禁地喜欢上了王央乐。汉语写作(包括翻译)的魅力就在于此,几行字就能让你眼前一亮。博尔赫斯跟马尔克斯不一样,马尔克斯是那种魔幻现实主义的手法,让别人眼前一亮。马尔克斯的影响在于方法,而博尔赫斯的影响在于语言和叙述,对叙述本身的一种迷恋。季进就曾经说过,先锋派这些作家中间,受博尔赫斯影响最大的就是我。他列举了我的一部叫作《流动的沙滩》的中篇小说,说这部小说是国内受博尔赫斯影响最大的作品。但这部小说并没有引起批评界的关注,因为那个时候先锋小说已经式微了。但是我跟博氏之间,我个人认为区别在于,我虽然迷恋博氏那种从容不迫、顾左右而言他的叙述,但希望在那种叙述的语境里建构一个比较完整的故事。如果我换另一种写法,它完全可能写成一个自给自足的起承转合的故事,但这部小说的叙事方式,使故事在戏剧性层面得到了一定的消解,会让人感觉到扑朔迷离。这大约也是我和其他作家的一个区别。我理想中的小说文本是一种具有汉语言美文气质的"有意味的形式",是那种讲究叙事并且还要固执地建立起故事构架的文本,而非不知所云。比如《流动的沙滩》,这里面实际上讲的是人生的轮回,散发出人生的无意义的悲观情绪。年轻作家面对的老作家其实是自己的未来,前途等于末路,于是就有了一种恐惧,所以最后萌生出"我"的人生不能轻易被人拿走的念头,他必须杀掉那个老作家。但是,老作家留给他的遗物就是他梦想中一定要完成的一部作品,都叫《流动的沙滩》,这是一种在劫难逃的宿命的悲剧!在一个新鲜的、带有一种现代色彩的叙述文本里去企图建构一个属于自己的故事框架,这应该是我所追求的一个方向,我从来不觉得我自己的某一部作品没有表达,完全是虚妄的,没有。

陈:我在撰写《潘军论》时,大致有一个梳理。大概从2003年,您的小说,如《死刑报告》《合同婚姻》等,开始变得很好读,也很有吸引力,在社会上造成了很大反响。虽然在形式上放弃了早年对叙事技巧的过分迷恋,但作品仍然显示出独特的先锋气质。您也肯定自己前后的追求是一贯的,即形式与内容的和谐统一。您是否把"先锋性"作为自己写作的目标?您的小说中精神上的支撑是什么?

潘:这实际上也就是我刚才的反思。正因为有了这些东西,我才会问自己为什么要写作,你是写给自己看的吗?那写日记就够了,为什么还要发表、出版?一个作家把他的作品发表出来,目的就是希望赢得一些社会认可,赢得一些知己——有人喜欢你的小说,有人受到你作品的启迪,甚至有人通过阅读你的小说成为你的朋友,于是你就得要求自己写出一些"好看"的小说。这种调整,首先是要去掉自己以往写作中的某些毛病,让文本由刻意变为朴素,但前提还是叙事策略必须服从于小说的题材,比如《合同婚姻》这样的题材,它只有这样去写才合适。那么另一个问题就出现了,作品的"先锋性"又在哪里呢?你是不是又回归到现实主义手法了?其实,质疑婚姻制度本身就具有先锋性!多少年前我在一个访谈里就讲过,所谓的"先锋性",应该是一种小说文本的精神价值追求。一部小说对故事层面的突破,进入形而上的探索就是最大的"先锋性";反过来说,如果一个作品只是停留在故事层面的表达,这个作品肯定是没有生命力的。比如说《死刑报告》,我并行写了一个"辛普森案件",就是为了形成一个中西方刑罚观念的比照关系。最初没有这样的考虑,写了几万字觉得没有意思,格局显小,后来想到"辛普森案件",于是整个感觉就改变了。这就不仅仅是一部小说的故事结构了,而是改变了作品的气质。我对小说的理解,简而言之,还是"有意味的形式"——苏珊·朗格的这个定义,应该是一个小说的纲领,至少我是这么认为的。

陈：除了受西方现代作家的影响，您也受中国古典文学的影响，经常有人对我说，您的古诗词写得不错。您如何看待传统文学对自己的影响？

潘：这两年陆陆续续填了近百首格律诗词，起因是作画的需要。中国传统的文人画讲究一个诗书画印的配合，于是就有了一些题画诗。后来一家出版社约稿，他们希望能编一本我的诗画合集，百首诗词百幅画，这样就一口气填了一些。其实我的古文底子很薄，读的古书也少，但有自己的偏好和选择。比如习惯中的"四大名著"，我会保留《红楼梦》《西游记》，去掉《三国演义》《水浒传》，增补《聊斋志异》《儒林外史》，当然也可以是《金瓶梅》。有时候读这些古典小说，会读出一种现代性。比如《聊斋志异》的开篇《考城隍》，开始你以为是这位宋生在做梦，后来才知其实他已经死了三天，他的身体躺在棺材里，灵魂却被两个小鬼带走了，让他考城隍。结果因他老母在世无人奉养，阎王爷查阅生死簿，老母还能活上九年，于是同为考官的关帝建议，让同考的张生补缺代行职务，因此又给了宋生九年假期。果然，这位宋生当晚就在棺材里发出了呻吟，活过来了，仿佛真做了一场大梦。翌日他去长山那边打听，与他同考的那位张生果然刚刚死去，显然是代替他走马上任了。这位宋生在世上又活了九年，等他送走老母亲，他很快也就跟着死去，阎王爷一点都不含糊呢！你看,是不是写得很"现代"？对格律诗词,我也有自己的考虑,除了遵守格律要求,还想尽可能写得新奇一点。比如这首《西江月·农家乐》："雨后一轮明月,山前二水交叉。三三四四是农家,七嘴八舌闲话。五六声鸡狗闹,七八响唱虫蛙。九层坡上采新茶,十里桃花如画。"用数字织成了一幅"农家乐",通俗易懂,画面感还很强,挺有趣吧？没有用典,但能看出是受到了辛稼轩的影响。我平时阅读,接触较多的,还是《史记》这样的史书、张岱这样的笔记,这还是一个写作者的选择,看重的还是文字本身,感觉这样的文章和唐诗宋词的韵味是相通的。难怪鲁迅会说《史记》是"史家之绝唱,无韵之离骚"！严格说起来,中国小说的气质离不开传统文学的影响。狭义地看,汉语写作的魅力也与传统文学一脉相承。这方面,鲁迅是当之无愧的典范。

陈：中国现代作家中,您说一个鲁迅的存在就能压倒三代人。为什么？除了鲁迅外,您对沈从文、张爱玲也比较喜爱,而对于有些作家,哪怕名头很大也不太认同,又是为何？

潘：好像是2010年,日本著名汉学家、中央大学教授饭冢容在北京对我做过一次专访,其中就提到一个问题——鲁迅和中国现当代作家是什么关系？怎样看待鲁迅？我不假思索地说：鲁迅和中国现当代作家的关系是一枚感叹号——鲁迅是那唯一的一点,其他人,包括我在内,都排成一条线。

我们和鲁迅之间永远有一段无法填补的距离。他频频点头，说这个比喻很形象。最近我刚从东京回来，在饭冢教授饭局上又回想到了这个细节。其实我对鲁迅的认识有一个过程，最初想的是读懂，最后迷恋的是文字。这些年我时常会把鲁迅的书拿出来翻翻，其实是享受阅读文字、阅读叙述的美感。由于这个标准的确定，鲁迅的有些在别人看来或许并不重要的作品，如《社戏》，在我这里的地位一点也不低于《阿Q正传》《孔乙己》。这已不是一个读者或写作者的阅读，而是一个对文字迷恋者的阅读。当然，这种迷恋也不会脱离对文本意义层面的认知，但不可否认的是，鲁迅的文字对于我是先导。今天恰逢"五四"，回顾那场声势浩大的新文化运动，我还会坚持我的观点——胡适率先提出了白话文，但践行这一主张最好的是鲁迅。我也同样是以这样的态度去读沈从文、张爱玲以及废名这样的作家，同样也会以这样的态度去拒绝一些作品，这与一个作家的名头没有关系。

现代小说是一种形式的发现和确定

陈：您在七卷本《潘军小说典藏》的序言里，有一段话让我印象深刻："某种意义上，现代小说的创作就是对形式的发现和确立。"这一观点最早出现在《风》的创作谈里，我想首先就长篇小说《风》的创作来展开这个话题。在您的先锋小说中,《风》具有很高的文学地位,吴义勤就说过:"潘军在中国新潮小说的发展中起到了继往开来的作用,而长篇小说《风》更以其独特的文本方式和成功的艺术探索在崛起的新潮长篇小说中占有一席之地。"时隔多年,这部小说至今还不断有相关评论出现,张陵甚至认为"中国文学迄今再也没有出现像《风》这样的长篇小说"。您能谈谈这部小说的写作情况吗?

潘:《风》的写作时间在1991年春末至秋初,差不多小半年时间。1992年《钟山》杂志第三期开始连载,到1993年第一期连载完。对于一些喜欢先锋小说的人来说,《钟山》是很有影响力的刊物。不过那个时候大家已经不怎么谈小说了。写完《风》,我就去了南方,随后就中断了写作,大概是第一次中断写作,前后差不多有四年时间。之所以写这部小说,是因为想把在中短篇小说中的文本实验带入长篇,这个想法一开始就很明确。在《风》之前我已经写了一些实验性的中短篇小说,比如《白色沙龙》《南方的情绪》《流动的沙滩》《蓝堡》等。特别是《蓝堡》,这个中篇虽然和《风》的写作没有直接的关系,但是从叙事本身来说是有关联的。《蓝堡》满足了我叙事上的需要。

陈:《蓝堡》发表于《作家》1991年第四期,从时间上看,应该是在这之后您开始了《风》的写作。

潘：前面说过，《风》的写作是形式先于内容，我需要先想好，这样一部带有文本实验性质的长篇小说该怎么去写，踌躇不定，直到找到现在的叙述方式，才开始了写作，也算是一种冒险。

陈：从后来的情况看，文本的实验是这部长篇小说取得成功的重要原因之一，如排版印刷时用了宋体、仿宋体和楷体三种字体，分别来表示"现在的""过去的"以及穿插其中的"作家手记"，由此形成后来如吴义勤所说的三种调性——抒情性、神秘性和理论性。

潘：鲁枢元说这三种字体好比三种颜色——"现在的"是绿色，表示事情还在生长；"过去的"是蓝色，往事如梦；而"作家手记"则是红色，如同"朱批"，对自己正在写作中的文本进行评点。这种比喻很有见地。对于我而言，所谓"过去的"，是历史回忆，是断简残编，零零碎碎，甚至自相矛盾；"现在的"是想象与推理，是主观缝缀，我得用一种主观的、自作多情的方式企图把获得的东西联系起来；由此生发出来的"作家手记"则是弦外之音，对寻找本身产生了怀疑。这三块构成了《风》这个文本的叙述构架。林舟当年做我的访谈时，说"作家手记"是一种局外人的眼光，造成了一种距离和缝隙，从而让读者看到了一种另外的真实。青锋认为，这三个部分在故事发展上相互贯穿，环环紧扣，缺一不可，并使得小说的构架脉络清晰,一目了然。

陈:您在关于《风》的创作谈中谈到,《风》缘起于您的一部未曾面世的中篇小说《罐子窑》?

潘:对,那个一直没有完成的中篇写于1986年,半途而废,还是因为叙事意识出现了问题,总感觉这个题材不能是一个中篇,而应该是一个长篇,那就应该有另外的写法——长篇的写法。我对这一点历来很看重。

陈:您曾说过,《风》曾有个副题"历史的暧昧"。陈晓明也认为,《风》这部小说是试图怀疑一部巨大的历史神话。您能具体谈谈吗?比如小说中试图表现的历史观是什么?

潘:《风》的写作时期是萧条而寂寞的,似乎是背负着一种历史的责任感,促使自己写作。所谓"历史的暧昧",除了指对历史面貌的一种描述,更多的是指对历史的一种认知态度。克罗齐说"一切历史都是当代史",我深以为然。《风》看上去是一个青年人煞有介事地调查、考证一段历史的真伪,企图探寻历史的真相,结果是四处碰壁、一头雾水,毫无真相可言。一部《风》中,事件与人物、真相与谎言、扑朔迷离和语焉不详,似乎无处不在。究竟是事先的安排,还是一种命运的巧合,无法说清,更难以证明。

陈：陈晓明还认为，您的每一篇小说都是一个陷阱，诱人深入，却一无所获，最后还回味无穷。《风》算是集大成者了。

潘：面对一段历史，无论是典籍所呈现出来的、用文物鉴定出来的，还是目击者的见证或者当事人的口述，我认为都应该被继续质疑，你无法忽视个人的判断和认知。谁在书写历史？谁在篡改历史？谁在掩盖历史的真相？谁又在推动历史的发展？历史中的人永远只能被历史所裹挟，就像生活中的人无端地被风裹挟一样，你没有办法捕捉它，但是你又无时无刻不感觉到它的存在，它会迫使你在风中做出任何的姿态，让你发生改变。这大概就是为什么取名叫《风》吧。跳出这部小说，首先我强调的是我自己在历史中的角色，就是我对这段历史介入了没有？尽管在一定程度上它符合了我的某种倾向性，但并不意味着我对它达到了高度信赖。资料看上去是盖棺论定的，但随着新的研究不断涌现，你会发现以前认同的东西很多自相矛盾，甚至带有颠覆性——比如某个文物的出土，一下子颠覆了几千年的历史认知，这就恰恰说明，历史本身充满疑问，稍微久远一点，它就脱离了你的视线和你的认识，即使是作为亲历者，也由于个人立场的不同会导致"罗生门"，因为你过分强调你的角色、你的认知，对于旁观者来说，也不是客观的。历史中的人和人对历史的认知，永远是两个作用力，历史便是在这两方面作用力下产生的结果。对于一个创作者来说，用这种历史观来写，会赢得更大的自由。因为不需要为某段历史的结果承担责任,但可以利用自己的认知与想象去建构这段历史,做出有限度的呈现,任人评说。

陈:1993年您在接受马原的一次访谈时曾说,某种意义上,《风》的写作,是出于对这种叙事的冲动。知道了"怎么写",却还不怎么知道"写什么"。您还声称,"故事是一点一点生长出来的"。不过看您后来写的历史小说,如《结束的地方》《夏季传说》《桃花流水》等,要从容得多。由此,您如何看待作家创作的"写作中"与写作前必要的构思之间的关系,尤其是对长篇小说这一文体?

潘:《风》中的故事层面确实是"一点一点生长出来的",换言之,这部小说确实存在即兴发挥的成分,事先并没有一个比较完整的故事提纲。随着写作的展开,才逐渐呈现出一个大概的脉络和指向性的判断,所以我才说"写作是未知不断显现的过程",因而很在意"写作中"的状态。一部小说,段落与段落之间,乃至句子与句子之间,很多时候是互相诱导的,故事的发展往往会脱离你最初的构思,不是作家在指挥小说,而是小说在引导作家,我以为这是"写作中"最佳的状态。这种体会多年前我就在随笔《小说者言》中说过。

陈:我的老师余昌谷至今还说,您的那篇《小说者言》给他留下了深刻的印象。我查阅了,这篇关于小说创作的心得写于1987年,您正好三十岁。

潘:《风》作为一部长篇小说,似乎也并没有鲜明的主题,倒是时常陷入对某些意味的纠缠,比如信仰。小说中的叶家兄弟,和各自的信仰、使命纠缠了一辈子,最后却双双濒于崩溃,如同小说中的无字碑和一盘残棋。大戏已经落幕,但是演员还不能退场,需要继续表演下去。神话也失去了光泽,但还要流传下去。这不是他们的失败,而是人性的扭曲、人类的悲哀,令人感叹唏嘘。作品中的历史面貌往往是似是而非的、可疑的、暧昧的,这些作者也无法解答的。但是,小说家的任务是呈现,而非解释。

陈:这是否会让读者有一种求而不得的失落感?或者被一些人理解为"历史的虚无主义"呢?"历史的虚无"和"历史的真实"之间存在怎样的界限?

潘:对历史的置疑并不等同于历史的虚无。我们应该对任何一段历史保持一种质疑的态度和立场,但质疑不代表这段历史不存在。历史虚无主义认为,什么都是不可信的,但《风》这个文本表现的是个人对历史的感受和认知,强调的是一种态度和立场。张陵在重读《风》的评论文章中有一段表述相当精彩—:"人消失了,但历史还在。风看不见,但风实实在在吹过大地田野。我们抓不住风,但分明能感受到风的存在、风的力量。历史是客观存在的,我们的努力正在不断靠近历史。这种文学历史观,不管怎样变性解构,都与历史虚无主义有着本质的区别。"

陈:我想再谈谈您的另一部长篇小说《独白与手势》,这部"白、蓝、红"三部曲,很多人认为带有个人回忆录的色彩,对此您怎么看?

潘:这种说法很多,但我早就申明,个人履历只是这部小说的一种底色,或者说成为时代背景和小说的发展线索,但小说的故事层面都是虚构的,人物是虚构的,没法一一对号入座。回忆和想象是作家的双翼,互相补充,共同推进小说的发展。小说有一个题记:"我要说的这些话,已对自己说了三十年。我现在把它告诉你,它便成了一个故事。"就是说,在这部小说里"我"有两个身份:故事的亲历者和故事的转述者。后一种意义更大。我要写的是一个男人三十年的心路历程,在这个小说文本中,我和"另一个我"同呼吸、共命运。

陈:这部小说在文本上最大的亮点,是您采用的图文相结合的叙事手法,这种文体上的创新是出于一种自觉的追求吗?

潘:对,依然是一种自觉的追求。大约在 1994 年吧,还是在海口的时候,我就想写一部带绘画的小说,但它不是插图,而是叙事,是叙述的另一个层面,和文字形成二元的关系。文字和绘画共同纳入一个小说文本,形成一种独特的互文性。比如小说开头,就是一幅画,是我熟悉的那种皖西南的小巷,而开篇的第一句话是"你眼前的这条小巷是故事开始的路"。这种关系顷刻间就建立起来了。戏剧中叫"规定情境",能一下子把你带进故事特定的环境中。所以你不可能想象这个故事发生在北方,因为它不是胡同,它只能是皖西南沿江一带的小巷,绘画所呈现的是典型的徽派建筑,带有一种闭塞、陈旧、潮湿的感觉,形成了那个年代记忆的符号。这种东西如果用文字来写,当然也可以,但你的描写未必有画面的冲击力大。它一下子把你带到那个时代那个氛围里,你会感受到所有故事都与这个环境密不可分。还有一些象征性的东西,比如说那些奇异的梦幻、一个人在茶杯中淹死的画面等,都带有后现代的意味,它无疑在揭示生命的卑微和脆弱。你如果用文字表现,也未必有绘画的丰富性。这种尝试我还是感到满意的,也正是因为对这种尝试有了信心,才会有《独白与手势》这部小说,尽管很另类。"独白"是言说,"手势"是比画,难以言说。或者说"独白"是文字的,"手势"是绘画的。"说"与"难以言说"就是文字与绘画的结合。但是有点遗憾,因为第一部《白》出版之后反响极好,出版社一直在催后面的两部,我也把持不住,所以后两部显得急就了,我本人也不是很满意。几年后出合订本的时候,我把绘画部分重做了一遍,一律换成了水墨画形式,但对文字层面没有触碰——我已经失去了那种叙事的冲动,或许今后某个时期能找回来吧。

陈:像《独白与手势》这种小说文本,文字与绘画由同一个作者完成,注定是另类,也注定是罕见的。

潘:我不是中国最好的作家,但自觉是在小说、戏剧、影视、书画这几个领域都能做到六十分以上的作家。所以我才有条件来完成像《独白与手势》这样的小说文本。就我个人的阅读范围,这种复合的小说文本以前没有见过,几十万字加上一百多幅画,耗费了很大气力,也产生了一些影响。这是一次新的尝试,算是始作俑者吧,但还是引起了一些批评家对这种叙事策略的关注,如王素霞、谢萍等人就有专文论述。对于我,首先还是享受了创作过程带来的激动。我甚至这样想过,随着科技的发展,像这样图文结合的小说,如果再融入声音、音乐的部分,也许会更有意味。《独白与手势》如果仔细去研究,应该能独立写出一本书。比如每一部分的文字与图画之间是怎样的一种关系,作为评论者肯定有一些东西可写,它向批评者提供一个很大的空间。

陈:我经常与一些同行交流,谈到您写的城市小说,都认为写得非常有魅力,尤其是一些中短篇小说,如《海口日记》

《合同婚姻》《关系》《对门·对面》《三月一日》《纸翼》《和陌生人喝酒》《白底黑斑蝴蝶》等。这些作品对都市人心与人性的刻画入木三分,所以李洁非才认为,"潘军的城市小说在哲学、文化和感觉方式上迥异于所有同类创作",并坚称"没有第二个人可以重复他"。李洁非认为,这些小说"之所以那么深地走进了城市人的内心",是因为您"更深地走进了自己的内心"。您怎么看?

潘:李洁非文章篇幅虽然不大,但影响很广。前两年《安徽文学》发我的小说,还重发了这篇文章——《现在的写城市的潘军》。很感谢他对我的鼓励。前段时间去珠海参加一个活动,第一次见到卢一萍——这篇访谈也就在那时约下的。当时讨论的一个话题就是"城市文学",我有一个即兴发言,大意是说,所谓的城市文学显然不仅是指发生在城市里的故事,也并非一个人对城市的几点感慨,而是需要发掘城市与人的一种关系。城市会以"润物细无声"的方式在不经意间改变着每一个人,反之,生活在城市中的人也在影响着城市的气质。人们的喜怒哀乐都会投射到城市的背景之上,成为城市的底色。这话有点空泛,但意思还是明确的。我看重人与城市构成的心理层面的关系,那种距离感。另一个不可忽视的因素,是对这些城市题材的表现手法上,还是一个"怎么写"的问题。你仔细想一下,或者回头再读一遍,以上你提到的这些小说,写法各有不同,甚至会感觉不是出自同一个作家之手。

陈：您一直坚持"不同的题材应该有不同的写法"，这种立场从您回乡之后创作的一些中短篇小说中也看得很清楚。

潘：比如《海口日记》，就是一种"日记"的方式，好像记流水账，那些不痛不痒的生活经过叙事就变得很不一般；《合同婚姻》很平实，感觉这种事就发生在你身边，小说中的人物你一点也不陌生，甚至很熟悉，他们的困惑就是你的困惑；《关系》则以一男一女的对话为主体，看上去像一个话剧剧本，表面上看鱼不动水不响，实际上暗流涌动，结尾更是让人揪心；《对门·对面》有电影的结构，镜头感很强，故事却是一波三折；《三月一日》带有一种魔幻手法，一个人因车祸失去一只眼睛，却意外地能看见人的梦境，导致精神崩溃；《白底黑斑蝴蝶》又明显带有后现代拼贴手法，把一些看似不相干的东西组织到了一起，如此等等，都是表达的需要。某种意义上，你也可以认为我选择这些题材，首先是它们走进了我的内心，引发了我的思考。我生活在不同的城市里，和形形色色的人打交道，与这些人保持着不同距离的关系，却有意无意中与之发生了缠斗。这种选择很重要，因为不是什么素材都可以拿来做小说的。比如《三月一日》，一个人遭遇车祸没有意思，但瞎了的一只眼睛却能洞察别人的梦境就意味深长，他看到了生活中不该看到、不想看到的东西，却一一得到了印证。这种痛苦几乎成为恐惧,一直纠缠着他,等于让他又死了一回——心死了!再比如《纸翼》,一个出差到此地的风光摄影师,适逢自己的生日,闲得无聊,于是就按生日号码随意拨了一个电话,但是这个拨出的电话竟然通了,被一个女人接听了,继之引起了这个女人一连串的心理反应与变化,这才可以成为小说的素材。女人从厌烦这种骚扰到期待这个陌生而神秘的声音,从最初的拒绝见面到最后在电话里教他如何用肥皂解决裤子拉链卡顿的生活常识,两个陌生的男女成了老熟人。当女人鼓起勇气期待和电话那头的男人见上一面时,这个男人就消失了,每天同一时刻一准要来的那个电话也消失了,很多天之后她从晚报上得知,某地刚发生一起车祸,一个风光摄影师死了。整个小说里这个男人没有形象,只有声音,但他像一个巨大的影子笼罩着这个女人,也改变了这个女人。这就是人生的况味。

折腾是要为生命寻找一个支点

陈:2006年之后,您的小说创作有了一个较长时间的停顿,差不多十来年看不到您的小说新作,"第一日常生活"让位给电视剧了,从《五号特工组》《海狼行动》《惊天阴谋》"谍战三部曲",到《粉墨》(播出后更名为《永远的母亲》)、《虎口拔牙》和近期的《分界线》,虽然这些电视剧播出来都很火爆,甚至重播率也很高,但不少人,包括我在内,都觉得很惋惜!

潘:别说拍电视剧了,就是我写出像《合同婚姻》这样的现实主义题材的小说,都曾遭到读者的批评和置疑。有一位广东的读者,不知怎么找到了我的电话,毫不留情直接质问:像你这样写出《流动的沙滩》《重瞳——霸王自叙》的先锋作家,怎么又回头去写现实主义呢?我很感谢这位读者,他是真的喜欢我的那些先锋实验性的小说的。我一直强调,一部小说作家只能写出它的一半,另一半是由读者来写的。我还打了一个比方,作者和读者,如同茶叶和水,作者提供精致的茶叶,读者提供适度的好水,二者合作才能沏出一杯好茶。这里不仅是一种"冰山理论",更是一种"参与意识",好的小说是为好的读者准备的。

陈:前面您提到了,之所以后来投身做电视剧,有两个用意:解决实际问题、为日后拍自己的电影热身。我想知道,除此之外,还有其他原因吗?

潘:2004年初《死刑报告》由人民文学出版社出版,作为重点书推出,第一版就印了六万册,本来会有一些后续的跟进推介活动,最后却因为莫名其妙的原因搁浅了,倒是一时间盗版满天飞。我自己也意识到,或许今后相当长的一段时间里我的写作将陷入一种困境。你能否写得更好?你的写作是否会受到限制和干扰?这些对我都非常重要。于是时间就另作分配了,先是与北京人艺合作的话剧《合同婚姻》——有一天,北京人艺的演员吴刚,就是后来在电视剧《人民的名义》中饰演达康书记的那位,带着一本《小说月报》来找我。那一期的头条就是我的小说《合同婚姻》,他说喜欢这篇小说,问我能不能改成一个话剧?我当时就同意了,利用三个晚上写出了剧本初稿,交给导演任鸣,他看过也没有提啥意见,直接投入排练,由吴刚、史兰芽、王茜华、吴姗姗等主演,很轰动。这个戏后来成为北京人艺的保留剧目,每年都演,过去那一拨演员年纪大了,现在换成"青春版"了。接下来,中国国家话剧院又开始与我谈把《重瞳——霸王自叙》改编成话剧,都是那一年的事。

陈:回想起来,在写小说之前,您就写过话剧。那时您还在安徽大学读三年级,就自编自导自演了一部独幕话剧《前哨》,后来获得了全国大学生文艺会演一等奖。

潘:那是在1981年,我二十四岁,当时为了纪念鲁迅一百周年诞辰做了这个独幕话剧,剧本发表在《戏剧界》上,后来又改编为电视剧,由安徽省话剧团演出,中央台播出。

陈:2000年,《北京文学》第五期又以头条位置发表了您的三幕九场话剧《地下》,随即引起了一场"《地下》与突围的先锋文学"的讨论,但这个戏至今没有排演。

潘：我一直有亲自执导这部戏的想法，还有另一部话剧《断桥》，只是总觉得时机不对。什么时候才有对的时机呢？天知道。

陈：根据《重瞳——霸王自叙》改编的多场次话剧，后来更名为《霸王歌行》。这个戏于2008年首演，也是中国国家话剧院的保留剧目。

潘：这个戏的导演是王晓鹰，他的一些处理手法很不错，如让一个演员（张东雨）饰演十三个角色。这个戏在很多国家都演过，还获得了第三十一届"世界戏剧节"优秀剧目奖。我喜欢话剧这种形式。话剧属于文学，诺贝尔文学奖不少得主是剧作家，如萧伯纳、尤金·奥尼尔、萨缪尔·贝克特等；有的也写剧本，如加缪，去年（2023年）的得主约翰·福瑟，也是挪威的剧作家。话剧选择舞台安身立命，承载的却是思想，这与中国传统戏曲决然不同。舞台能够产生一种类似宗教般的庄严，更有一种仪式感，演员与观众完全是面对面地交流，这种来自现场的震撼效果不是影视作品可以获得的。前面说了，导演这个职业是纳入我个人的人生规划的。如果把我的一切爱好和知识储备集中在一个职业上，那就是导演。1978年我上大学，从图书馆借出来的第一本书不是小说，而是苏联导演库里肖夫的《电影导演基础》，比砖头还厚，我几乎是连抄带画记了几大本。所以我一直相信，我能成为一个很好的导演,拍出最好的电影。现在看来,这种想法过于天真,你在这个圈子里所遇见的基本是两类人:懂电影的找不到钱,有钱的又不懂电影。当然令人沮丧。我在北京住了近二十年,原本想利用京城的便利寻找做电影的机会,既然求之不得,那就索性放手。于是在2017年,我做出一个决定,把北京的房子租出去,回到故乡安庆另购一处。这一年是我的本命年,以前就说过,六十岁是我的一条分界线,之后我打算把主要的心思放到绘画上了。这些年我始终没有放弃绘画,只是在写完一部小说,或者拍完一部戏之后,把作画当成一种调剂。现在,我将全力以赴。我之所以这么折腾,其实是要为生命寻找一个支点。生命是需要支点的,每一天都需要,哪怕是打一场麻将。

陈:2017年您回乡之后,虽然大部分时间用于作画,但还是没有停止写作。先是写了一些随笔,结集出版了《泊心堂记》。泊心堂是您的斋号,有什么说法吗?

潘:我在《泊心堂记》的序文中说过,我在北京住了近二十年,越发感到心不安宁,我早已厌倦都市的喧嚣与嘈杂,交通拥堵,出行不便,莫名的紧张,自然就很向往那种安逸放松的生活,静下来。我现在的房子位于长江边上,三楼是我的工作区域,有书房、画室和茶室。每天站在这里,抬眼望过去,大江一横,水天一色,江南峰峦一带,过往帆樯几点,颇有张岱"湖心亭看雪"的意思,我这里应叫"泊心堂望江"吧?

陈: 您刚才说"生命的支点"对我很有启发。其实当初停止小说写作之后,您一直没闲着,从写话剧到拍电视剧,再到全身心地投入书画上,都是在为生命寻找一个支点。

潘: 说得直白一点,就是有一种玩的心态,尽量让自己活得有趣。我觉得有趣是人生的最高境界,做有趣的事,交有趣的人。你不是打算一意孤行吗?那么,这个"一意"就是孤行的支点,"一意"就是寻找有趣,尽管别人也许会不屑一顾,但我会乐此不疲。庄子有言,"举世誉之而不加劝,举世非之而不加沮"。这话很对我的胃口。我很庆幸自己当初做出的选择,放弃了某些东西,也拒绝了某些东西,不混圈子,我行我素。我过不了那种无所事事、百无聊赖或者假模假式的日子,一天都过不了。

悲悯应该成为一个作家最炽热充沛的情怀

陈:《泊心堂记》之后,除了拍了一部四十集的电视剧《分界线》,作画之余,您一共写了四部中篇、五部短篇,还有一部话剧《断桥》。从这些小说中,您还是保持着"不同的小说应有不同的写法",有些作品还上了榜、获了奖,但其中最让我震动的是,历经二十四年,您终于继 2000 年问世的《重瞳——霸王自叙》之后,又写出了两部举足轻重的中篇——《与程婴书》和《刺秦考》,从而完成了"春秋、战国、秦汉三部曲",值得祝贺!

潘: 二十四年前,《重瞳——霸王自叙》发表之后,引起了不小的反响,迄今还有人不断提起这部小说,后来改编为话剧,影响就更大了。或许在那个时候就有了一个写"春秋、战国、秦汉三部曲"的想法。我想在这三个历史时期中,选择三个家喻户晓的故事,企图做一种具有颠覆性的重新解读,很自然地就想到了春秋时的"赵氏孤儿"和战国时的"荆轲刺秦"。但是,家喻户晓的故事皆耳熟能详,颠覆肯定是不容易的。但是不做颠覆,就没有意思了,故事新编得有新意,这是起码的。不过当时也就是想想而已,因为我知道,这不是一件轻而易举的事,加上精力分散,何况有心无力,倒是时常想起。那年陈凯歌筹拍电影《赵氏孤儿》,与我谈起过这个题材,我说,如果依旧去写程婴拿自己的亲生骨肉去换取所谓忠良之后,这种价值取向显然是反人类的,今天怎么还可以去歌颂这样的一个父亲呢?那是最坏的父亲。荆轲刺秦也是如此,图穷不可能匕见,荆轲连一根针也无法带进戒备森严的秦王宫,怎么刺秦?像这样的支点如果都站不住脚,重新解读就是一句空话。

陈:《重瞳——霸王自叙》曾经入选第一届"中国小说排

行榜",甚至列为当年"中国当代小说排行榜"的榜首。我注意到有学者认为这部小说是先锋小说的落幕之作,同时也有专家,如陈俊涛,认为是"新历史小说"的开山之作。他说所谓"新历史小说","就是用一种新的观念和新的叙述方法对历史进行重构,让历史和历史人物以一种不同于前人叙述的面貌出现在人们眼前,从而引发人们对历史和历史人物的重新思考。从这一点上说,《重瞳》是写得相当出色的,可以看出作者非同寻常的笔力。它以一种从容洒脱而又诗意盎然的笔调,叙写了项羽的一段最精彩又评说不一的生命旅程"。我十分认同这种评价,时隔二十四年,我又读到了《与程婴书》和《刺秦考》,还是眼前一亮,感到意外和震撼。我想知道,一部"春秋、战国、秦汉三部曲",为何中间跨越了这么长时间?

潘:《新安晚报》的蒋楠楠对我有一个专访,标题叫《二十四年,忽如一梦》。这两部小说确实像梦一样在我脑海里时隐时现,却一直无法破局,找不到重新解读的支点,放弃又是欲罢不能。直到去年(2023年)《天涯》主编林森约稿,才又起了这份心思。《天涯》发了我一年的人物画,从鲁迅到张爱玲,我当然想为它写一篇像样的稿子。但我还是延续了自己几十年的习惯,但凡写小说,都会自觉地先去考虑"怎么写"。当初写《重瞳——霸王自叙》,直到采用第一人称,以项羽的亡灵作为视角,才豁然开朗。那么,"赵氏孤儿"是否可以用第二人称来作为主打？你怎么样？于是你说，那时你想……程婴先生，别来无恙乎？这个瞬间就跳出了小说的名字——《与程婴书》。这个支点一旦形成，后来的事慢慢就理顺了。我以一部电影编导的身份与程婴隔空对话，并向他进行导演阐述，甚至融入了一些"电影剧本"，小说的叙事由此变得灵动。回头再翻《史记》和《左传》，断断续续地想着这个故事的构成，很快也就找到了另一种解读的可能性，譬如赵庄姬在出嫁之前就和赵朔的叔叔赵婴齐的私情，那场"下宫之难"，《左传》中是有所提及的，那么，这个女人与程婴之间的私情就成为一种可能，后者自然就会奋不顾身地去救孤了。但是令老程婴意外的是，十五年后，他一手抚育成人的"赵氏孤儿"却出人意料地拒绝了复仇使命，认为上辈人的恩怨和自己没有一点关系，因为他姓程。可是，当晋景公决定重新起用赵氏血脉时，那孩子又毫不迟疑地、响亮地回答说自己姓赵。这让人悲痛欲绝，程婴焉能不疯？我用十天时间完成了这部四万多字小说的初稿，但这个结尾让我不寒而栗。

陈：您在创作谈《形式的发现》中谈到，《与程婴书》直接诱发了《刺秦考》，这两部中篇是一口气写出来的？

潘：是的，都是去年（2023年）11月间完成的，这源自叙事的内驱力，欲罢不能，也始料不及，说明那个阶段我"写作中"的状态特别好，确实到了必须写作的时刻。但《刺秦考》

的完成,首先得力于对"图穷匕见"这句成语的突破。前面提及过,"图穷匕见"怎么看都是难以成立的。司马迁在《刺客列传》中描绘的场景与画面多少有点滑稽。既然失去了"单刀",荆轲还有必要"赴会"吗?这值得琢磨。其次,这部看上去是写荆轲的小说,实际上是围绕着燕太子丹来展开的,小说开宗明义,在这场阴谋大戏中荆轲不过是主演,或者主演之一,燕太子丹才是唯一的导演——小说中的每一个人物,如田光、樊於期、秦舞阳乃至荆轲,都是燕太子丹刺秦杀局里布下的棋子。荆轲识破了这一点,但他不会像田光那样一死了之,他选择了将计就计。他要借助这场阴谋来圆自己的英雄梦,一步跨进历史,这是他的"一意"。作为一名出色的剑客,荆轲只要接近并瞬间控制了秦王,目的即已达成。杀一个人与证明能杀一个人,对于剑客,境界高下立判。所以,当自以为是的秦王打开燕国督亢一带的地图时,没有发现其中隐藏的匕首,似乎有点失望,而听到的却是荆轲那句"我就是那把匕首",还是微笑着说的,朝廷上所有的人都听到了。恼羞成怒的秦王最后只能从肉体上灭了荆轲,但后者无疑在精神上彻底挫败了嬴政。

陈:三部小说采取了三种人称,在《与程婴书》中,您依旧发挥了运用"元小说"叙事的优势,就这部小说的创作有过这样的表述——"在笔者看来,所谓捕风捉影,即在扑朔迷离的历史缝隙中去寻求另一种解读的可能,或者依靠想象来重构这个支离破碎的故事。我只希望推理层面能够达到逻辑自洽,叙事层面也可以自圆其说。至于真实,那只能存在于我的内心。"

潘:《与程婴书》和《刺秦考》分别发表于《天涯》和《作家》,都是今年(2024年)第一期,也引起了关注。有人说当年的《重瞳——霸王自叙》写得飘逸飞扬,现在的这两部相对要冷峻沉静一些,但这与年龄的关系不大,而是题材的处理不同,更是文本和叙事的需要。

陈:这"三部曲"应该有结集出版的考虑吧?

潘:我最近又写了一些导语,把这三部独立的中篇进行了连接,某种意义上,读者也可以将其看成一个相对统一的长篇文本,取名《春秋乱》。这三部小说,尽管写法有所不同,但文本上有一致性,都是具有颠覆性和探索性的,都是重新解读的"故事新编",都是以一种悲悯心去发掘人性的幽暗,并散发出诗意和哲思,悲悯应该成为一个作家最炽热充沛的情怀。

陈:最后我还想谈谈您的绘画。返回故乡后,您创作了几百幅绘画,都是中国水墨画的形式,涵盖了人物、山水、花鸟、戏曲人物以及扇面,不仅出版了三卷本《泊心堂墨意:潘军画集》,去年,又在合肥、安庆举办了个人画展,还将于明年赴日本举办个展。在谈到绘画时,您提出一个观点"认知高于表现",我觉得这与您的小说创作其实是一致的,比如说,如果没有新的认知,或者认知的高度,所谓"春秋、战国、秦汉三部曲"也就无从谈起。

潘:艺术都是触类旁通的,小说也是艺术,一种以文字造型的艺术。从本质上看,中国传统绘画的提升不是一个技术问题,而是文化问题,不是塑形,而是表达。某种意义上,读万卷书,行万里路,胜过造型、笔墨的训练。所以后来才出现了所谓的"文人画"。但这个"文人画"不等于文人的画,这是两码事。中国传统的"文人画"一直强调个人修养,强调诗画的同一性,这就提升了作者的认知,表现力也随之明显不同。我以前在文章里有过这样的表述——"文人画"这个称谓,最初是由明代的董其昌提出的,但可以追溯到汉。它的精髓之处,是主张让中国画进入一个诗、书、画、印相通交融的境界。画中有诗意,有墨趣,有性情,有思想。无论是王维的"以诗入画",还是苏轼的"以书入画",为的都是这个,与当时的民间工匠画和宫廷绘画有着显著的不同。随着时代的发展,所谓文人画实际上已经演变成了一个文人表达主观情怀的载体。倪瓒讲"自娱",顾恺之讲"形神",本质上是一致的,都是在力图寻求一种与自然亲近的方式和抒发自我的情怀。

陈：听您说过，电脑里有一个文件夹叫"未竟小说"，是否意味着今后您还会继续写下去？

潘：如果说写作是我的第一日常生活，那么，书画就是最后的精神家园。但在这个私人园子里该栽种什么，一要看个人趣味，另一个要看天气和时令。

（原载《青年作家》2024 年第 7 期）